我從前認識的某個人

臥斧

目次

零　我會在你身邊陪你　005

一　我忘不了　013

二　妳昨晚在何處入眠？　051

三　我們只是明日的孩子　087

四　我的心在某日迸裂破碎　123

五 你是誰？ 159
六 我們之中 197
七 我的祕密生活 233
八 你要再黑暗一點 271
九 我們相識的終末之日 305
十 我從前認識的某個人 345

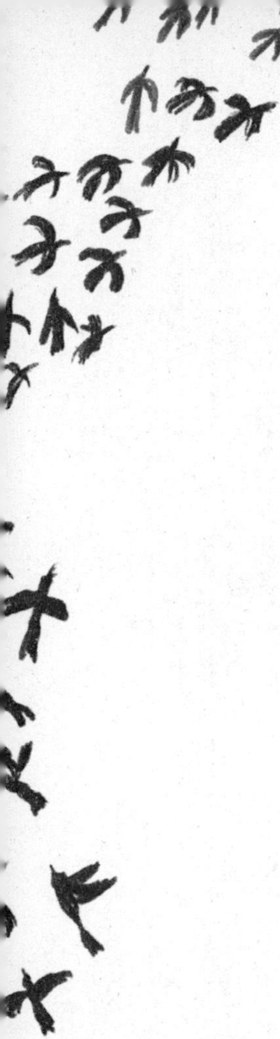

零　我會在你身邊陪你

你整天衰、整週衰、整月衰，甚至整年都衰，
但當大雨開始傾盆而下，我會在你身邊陪你

——The Rembrandts〈I'll Be There For You〉

01.

「各位，」湯日清用筷子叮叮敲響杯緣，「我有重要的事情宣布。」

「我爺爺說乞丐才用筷子敲碗。」坐在一旁的雷損揚起右眉，挑釁似地斜眼瞪視湯日清。

「拜託，你有沒有在追劇啊？」湯日清翻了個白眼，「西方人在宴會上有事要宣布的時候，不是都會拿叉子敲酒杯嗎？」

「你拿的明明是筷子。」對面的徐霏霏懶洋洋地說，抿了一口紅酒。

「我們又沒用叉子。」湯日清回嘴，「阿損，你家叉子放在哪裡？我去拿一把。」

「因為我們不是西方人。」徐霏霏身旁的柳亦秋道。

「來這麼多次還不知道叉子在哪？」徐霏霏加碼，「學學人家阿穀，每次聚會結束後還留下來幫阿損收拾，哪像你和馬達，吃完就閃人？」

湯日清兩手一攤，沒再爭辯；過了會兒，柳亦秋問：「不是有事要宣布？怎麼不說話？」

「等馬達和阿穀抽完菸回來再說。」

「那你敲什麼敲啊！」徐霏霏拿起桌上的花生扔向湯日清，湯日清沒閃，張嘴接住，徐霏霏眨眨眼，「哇，厲害，再接一顆！」

「喂，那是鼻孔，暴投了啦！」

柳亦秋和雷損都笑了。

這六個人是小學同學，相識超過二十年——他們同年出生，現在的年紀全在二十九與三十的交界，這麼算起來，他們幾乎可以說是一輩子的朋友。

小學位於國內偏遠小村，六個人雖然不全在同一班，但從小就常玩在一起。小村青壯人口有極大比例移居外地，起初為了工作，後來變成定居，接著就會組成家庭，或者把留在小村的孩子接到身邊，落地生根在外地開枝散葉；就算一直住在小村，有些父母也會覺得小村的學校資源有限，一待孩子國小畢業、長大了點，就會設法遷移學籍，讓孩子到外地去讀中學。

大多數人不會費事和小學同學保持聯絡，小學畢業後就各自進入不同國中，在不同朋友不同環境裡度過自己的青春期，被時間推著身不由己地長大變老，小時候的情誼褪成幾乎沒有顏色的回憶。他們六人本來也不例外，奇妙的是，將近二十年之後，他們在這城陸續偶遇，發現彼此居然都在離鄉遙遠、國內最繁榮的這城生活，才一個拉著一個地重新串起聯繫，每個月都會找空聚會。

他們當年就讀的小學，幾年前已經廢校，他們都知道，但都沒有因此覺得該回去看看；小村附近工業區長年排放有毒廢氣的傳聞，前些日子已被證實，他們方才聽湯日清提起，但都沒有因此拿出手機搜尋相關報導。

聚會地點一向在雷損住處。這裡是個嶄新的大樓單位，剛蓋好沒幾年，大樓裡空屋很多，鄰居很少，還有個小陽臺可以讓馬達翰與白文禾抽菸，聚會時只要關上門就可以放肆吵鬧，不用擔心干擾別人，相當方便。

而且，雷損收藏不少ＣＤ，播流行歌大家就算沒麥克風仍可以大合唱，不想吵鬧時也總有好音樂可以聽。

這天是二月十六日，週二，今年春節年假的最後一天，大家先前就約好要喝春酒；雖然大家是小學同學，但聚會時向來很有默契，不會有人主動提及小時候的事。

最常炒熱氣氛的總是馬達翰與湯日清，因為工作的緣故，他們遇上的奇人怪事比其他人都多，只要其中一個開口，另一個就會盡責地接話，接連爆出笑料，柳亦秋常說他們應該搭檔去當搞笑團體。雷損會故意挑他們話裡的毛病，刺幾句逼出更多笑點，白文禾相對安靜，不常說職場趣事，但會請教徐霏霏一些投資股票的心得；柳亦秋時常覺得，自己這群同學的聚會就像一部美國喜劇影集裡六個住在一起的主角，歡樂愉快，只是男女比例不同，而且沒法子每個人都剛好對應到一個角色。

畢竟那是影集，不是真實人生；柳亦秋想：前幾個月聽說那六個演員要重聚，演出一集特別節目，過了這麼多年，他們看起來一定和從前不一樣了吧？

但柳亦秋也清楚，每回想到那部影集，自己就會下意識地快快挪開念頭，想些別的，避免感受到一股微微的刺痛。

那股刺痛，是大家全都不提幼時往事的原因。

02.

白文禾吐出一團煙，咳了一下，覺得頭又開始隱隱作痛。馬達翰的菸對他來說太濃了點。聚會時白文禾不常抽菸。每次聚會，他都非常珍惜，一點也不想浪費時間站在陽臺吹風，況且菸癮本來就不大。白文禾記得身上沒菸了，也記得回家路上要順道去便利商店買，所以要不是馬達翰剛才嚷著一個人抽菸太無聊，他也不會站在這裡咳嗽。

「阿穀，」馬達翰長長緩緩地吁出最後一道煙箭，把菸屁股按進小菸灰缸。雷損不抽菸，這個小菸灰缸是馬達翰帶來擺在陽臺邊上的，馬達翰從沒理會過菸灰缸裡塞了多少菸屁股，反正每次聚會過後雷損都會清理；沿著陽臺牆腳排了幾盆雷損種的植物，馬達翰每一株都不認得名字，「你想追霏霏，對吧？」

「追？」白文禾也捻熄了菸，揉了揉額角——聚會時他也很少頭痛。他總以為看見徐霏霏，自己就不會頭痛。「沒有，我這叫暗戀。」

「暗個屁，」馬達翰笑了笑，「瞎子都看得出來啦。老朋友了，勸你一句，你的個性和霏霏不會長久。」

白文禾搖搖頭，「試過才知道。」

「那就去試啊！」馬達翰隨手一拍白文禾的背，白文禾又咳了一聲，「要是你真的連追都沒追，還講什麼『試過才知道』？」

「我可不像你這麼迷人。」

「這沒辦法，我天生人見人愛；」馬達翰聳聳肩，「不過你天生腦子好，這我就比不上。真要追你一定想得出好招，到時我挺你。」

馬達翰和白文禾回到客廳，看見柳亦秋把鼻子湊近徐霏霏頸項，馬達翰睜圓眼睛，「咦，我們不在的時候出現激情場面？清湯，你怎麼沒出來叫我？」

柳亦秋坐正身子，「我只是在說霏霏的香水很好聞。」

「限量版，不容易買；」徐霏霏先答柳亦秋，再瞪馬達翰，「你們這些男生的腦漿是黃色的嗎？」

白文禾指指自己，露出無辜的表情，湯日清催促，「快坐好，我要話要說。」

「等等，」徐霏霏伸出手，「你不是又要我們別叫你『清湯』、改叫『日清』吧？你爸是不是因為喜歡吃泡麵才幫你取這名字？」

「我爸根本不知道日清是日本最大的泡麵公司。不過那家公司用了我的名字，你們這樣叫我，我就比較風光。」湯日清一本正經地道：「況且再怎麼說，泡麵的滋味也比清湯好。」

「你真的要講這個？」雷損道：「講這麼多年了還不煩啊？」

「不是要講這個；」湯日清清喉嚨，「我要宣布的是——我決定寫書了！」

「拜託！」「又來了！」「什麼嘛！」「唉！」「喔。」一起出現，分不清誰講了哪一句，每個人臉上都是似笑非笑的無聊；湯日清皺眉，「喂喂，你們也太不夠朋友了吧？」

「這算什麼重要的事？」雷損道：「你說過不知道多少次，我們都聽膩了。」

湯日清的確試著寫過書，而且曾經投稿到出版社，那是他和柳亦秋重拾聯繫的起點。柳亦秋記得主編給的評語是「這人的文字能力是我國語文教育失敗的證明」，不過退稿通知是她負責寄的，她沒把主編的評語加進去。和柳亦秋恢復聯絡之後，湯日清弄了個雲端資料夾，分享給柳亦秋，把平常想到的點子存到雲端，找機會就問柳亦秋的意見。這件事他和柳亦秋沒向大家提過，大家只知道他宣稱要寫書的次數不少，但不知道他到底寫出什麼了沒有。

「從前忙著工作；」湯日清嘆氣，「我很想寫但沒空好好寫嘛。」

「這理由我們也聽到不想再聽了。」徐霏霏哼哼笑了一聲。

「現在不一樣！大家都知道，全球大流行的肺炎疫情已經搞了一年多，全世界都很慘，各有各的禁令，群聚很麻煩、移動很麻煩，國內還算好，國外一團亂；」湯日清揮著手，「我的工作就是得到處跑，現在這種情況，我的工作能力再好，也沒多少事要忙，這回一定能夠好好寫本暢銷書，到時你們這些沒眼光的傢伙別來找我簽名！」

「要寫什麼？」白文禾問。

「阿縠不愧是我最好的朋友，簽名書先留一本給你。」湯日清放下手，「內容目前得先保密，不過可以透露一點：這本書裡的主角是個怪怪的人，他和媽媽被黑道組織害死，但是因為某種原因，他從地獄回歸，要調查真相，找黑道報仇。這個主角的靈感，來自我們從前認識的某個人。」

大家有了興趣，「哦？」馬達翰問：「誰？」

湯日清環顧眾人，「神經仔。」

那個瞬間，柳亦秋感覺所有人的呼吸一窒，動作凝結，彷彿有縷幽魂剛剛入席。

「酒實在帶太多了；」過了會兒，柳亦秋打破沉默，「喝得完嗎？」

「沒問題啦！」湯日清拿起酒瓶，「阿穀，不要打混，杯子過來！」

大家紛紛恢復動作，笑鬧得格外起勁，沒有人明說，但人人都知道該填補方才暫停的那個空白。

「清湯說的沒錯。」雷損靜靜開口，發現大家都看著自己，輕鬆地笑了笑，「他剛不是說疫情很嚴重、禁令很多？誰知道下個月我們還能不能照常聚會？所以今天一定要喝個夠。」

「對啦，」馬達翰舉起酒杯，「乾啦！」

雷損當然沒料到，幾個月後國內疫情加劇，提高了對群聚人數的限制。

其他友伴也沒人料到，雷損這麼說的原因，其實與疫病無關。

而這群人全沒料到，雷損剛示範了什麼叫「一語成讖」。

一 我忘不了

我忘不了，我忘不了，
我忘不了但我不記得我忘不了誰

——Leonard Cohen〈I Can't Forget〉

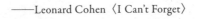

01.

柳亦秋攫過擺在床頭櫃上的手機，按掉她設為鬧鈴的音樂，伴著旋律的低沉男聲戛然而止。

這首曲子是雷損介紹給柳亦秋的，柳亦秋很喜歡，不過馬達翰常說柳亦秋選這首歌當鬧鐘根本叫不醒人；轉頭看看，身旁的馬達翰果然還沉沉睡著，發出規律的鼾聲，絲毫沒有聽見。

柳亦秋知道馬達翰今天輪休，決定讓他多睡一會兒——身為這城的人民保姆，馬達翰年假時還上了幾天班；他和湯日清的工作時間比較不固定，聚會總挑他們撥得出空的日子。不對，柳亦秋修正自己的看法：我在出版社上班，週休二日，就算有時回家還得看稿，也是六個人裡頭工作時間最固定的人。

不過休假總會結束，柳亦秋輕輕下床，發出一聲自己也沒有察覺的嘆息，不知是因為今天得開始上班，還是因為昨晚的聚會。

昨晚喝的酒稍微超過柳亦秋平常的標準，而且她的酒量一點都不好，馬達翰已經不著痕跡地替她喝掉不少，但現在額頭右側接近太陽穴的地方還是微微發疼。

馬達翰昨晚陪柳亦秋一起搭計程車回到住處，柳亦秋還在摸索鑰匙開門，馬達翰的手已經在她背上遊走，從頸背滑到腰際，從臀側滑到大腿。柳亦秋一面低聲笑罵，一面任由馬達翰從身後頂著走進住處，然後被攔腰抱起，兩人滾到床鋪。

柳亦秋和馬達翰已經交往了一段時間，還瞞著其他同學；馬達翰有時會到柳亦秋的住處過夜，柳亦秋只到過馬達翰的住處幾次，停留時間不長——馬達翰住處太亂，柳亦秋受不了，馬達翰每回都說會整理，但從沒真正行動。第一次上床的時候，柳亦秋擔心馬達翰粗枝大葉，心裡暗忖要是他的動作太野，自己就要果斷喊停，沒想到馬達翰溫柔得超乎想像，沒多久柳亦秋就忘了原來在擔心什麼。

那回完事之後，柳亦秋覺得渾身發燙，拉過被單蒙住臉；馬達翰一手枕在腦後，另一手的兩根手指隔著被單在柳亦秋側腹走來走去，彷彿巡視領地的城主。

「怎麼啦？」一面仔細確認領地，馬達翰一面發問。

「我不好意思。」柳亦秋還是蒙著頭。

「剛才很投入呀。」馬達翰笑著說。

「先不要告訴大家。」柳亦秋的聲音悶在被單裡。

「害羞什麼？」馬達翰用手指拉低被單，看見柳亦秋紅著臉，幾縷長髮混著汗水在頸側繞出神祕的圖案，微笑說道：「我們又不是小孩子了。」

「我就是不好意思嘛。」柳亦秋嘟嘴。

馬達翰的手鑽進被單，「再來一次，我就答應。」

其實柳亦秋也不明白有什麼需要害羞的。大家多年沒見，要真在這城街上巧遇還不見得馬上認得出彼此，這年紀大家應該都已經談過不只一次戀愛，實在沒什麼不能公開的顧慮；所以說，倘若他們六個是成年後才認識的朋友，她和其中一個開始交往，應該沒有人會覺得哪裡不對。只是現在和自己上床的是小學同學，面對其他小學同學，柳亦秋就覺得有點不好意思。

馬達翰後來的確沒公開他們的關係——他信守承諾，柳亦秋很開心，不過柳亦秋也知道，就算馬達翰真的在聚會時講了這事，自己不可能否認，大概就是雙頰發熱地低頭遮臉，任由友伴們以大驚小怪的恭賀或不帶惡意的譏笑攻擊。麻煩的是，柳亦秋知道那些攻擊接下來就會轉變成幾時要發射紅色炸彈轟開大家的荷包或打算生幾個要認誰作乾爹乾媽之類的提問。或許就因如此，柳亦秋才不想太早坦承。和馬達翰的交往情況沒什麼問題，不過她不認為男女交往到最後非得一起在一紙證書上簽字、生養後代不可。柳亦秋並不排斥結婚生子，只是現在還沒打算做這些事；但假若友伴們大力起鬨，就算只是笑鬧，她也很難當場搖頭。

柳亦秋不喜歡被人勉強，既是如此，就不該製造會被人勉強的機會。

交往時間長了，馬達翰越來越清楚什麼時候可以放肆一些，什麼時候應該尊重一點，就像昨晚兩人一起回來時在門口那樣。

雖然平常舉止有點粗魯，不過柳亦秋認為馬達翰是個細心的人，自己的選擇沒錯。她一面刷牙洗臉，一面胡亂想著，馬達翰前些日子一下子說去刷本子確認存款，一下子問她如果要買房子會想住在這城的哪一區，感覺像是暗示她應該一起思考兩個人的下一個人生階段——是不是真的應該好好打算了呢？

「如果馬達開口求婚，結果我回他『以後再說』，他會怎麼想？」柳亦秋換好衣服，悄悄走出房門，馬達翰翻了個身，咕噥了一聲什麼，但柳亦秋沉浸在思緒裡，沒有注意，「馬達尊重我，也了解我，好好解釋，他應該會明白的吧？」

不過，要是馬達真的選對了時機、自己也一時心動答應了呢？柳亦秋想像友伴們得知這事的反應，自顧自地笑了起來。大家這麼多年後能在這城重聚，緣分當真不淺，婚禮不要搞得太誇張，但得讓大家都開心，而且應該包個紅包給雷損。

能和馬達在一起；柳亦秋想：最該感謝的人就是阿損。

02.

幾年前柳亦秋在這城的一家大出版社任職。

小時候柳亦秋功課不錯，但對課外讀物沒有太大興趣，成績好的主因是她個性不服輸，題目擺在那裡答不出來，她就覺得心裡有疙瘩，只是雖然因此用功，但考試成績很少贏過白文禾。白文禾是真心喜歡課本，不像大多數學生為了考試應付了事，成績優異對他而言算是附加贈品。雷損的父親是小學老師，不過雷損對幫祖父做事的興趣多過坐在書桌前面用功，學業成績不算糟糕也不算頂尖，和湯日清差不多。馬達翰就甭提了，他那時很野，同儕眼中的孩子王，師長眼中的壞學生。

彼時常讀課外書籍的是徐霏霏，主要是言情小說，有時也讀翻譯的世界名著。徐霏霏加入聚會之後不久，有回柳亦秋私下詢問，徐霏霏表示自己中學之後就不讀那些小說了。

想起這事，柳亦秋總會感覺人生際遇奇妙，因為她的閱讀習慣就是中學時期培養出來的。

國三時她出過一場車禍，在醫院躺了幾週，無聊時候把醫院裡找得到的八卦雜誌和漫畫小說全讀了一遍，結果讀出濃濃的興趣，不但高中時越讀越多，大學時進了文學相關科系，研究所畢業後還在這城的小出版社找到編輯工作。

過了約莫兩年，柳亦秋發現一家大出版社空出職缺，投遞履歷、順利應聘。那家大出版社是國內的老字號出版社之一，公司規模是柳亦秋原來那家小出版社的好幾倍，出版過許多著名作家的作品，雖然頭銜一樣是編輯，薪水也只高了一些，柳亦秋還是很興奮。

到職後幾個月，公司尾牙，設席在這城西北的一家大飯店，距離柳亦秋的住處有點遠。柳亦秋沒有喝酒，也沒打算和同事續攤，但發行人那番產業日漸辛苦、讀者文化淪喪、通路貪婪殘酷、同仁共體時艱之類的冗長演說推遲了開席時間，讓她錯過末班公車。站在路邊，柳亦秋正打算難得奢侈地叫計程車時，就瞧見有部計程車駛近；她抬手招呼，耳邊響起一個聲音，「一起坐吧，我懶得再等，車錢我付就好。」轉頭一看，是公司一個副總。

柳亦秋和副總不熟，不過既然有人付帳，又是公司裡的上司，她點頭答應。

副總替她拉開車門，隨口問道：「新人對吧？我剛有看到妳上臺自我介紹。」

「對，謝謝副總。」柳亦秋坐進後座，挪了位置，心想這年頭還有男士會替女生開車門，副總真有禮貌。

但沒坐多久，副總就沒那麼禮貌了。他的手覆上柳亦秋膝頭，開始一路朝腰際前進。

柳亦秋嚇了一跳，扭動身子朝左方車門移動，副總傾身壓了過來，帶著厚重的古龍水味道，呼吸裡摻著酒氣，「新人我該好好認識一下。」接著抬頭，「司機，附近繞兩圈，然後回剛才的飯店。」

繞兩圈是為了等尾牙的同事全數離開；柳亦秋驚慌地想：回飯店難道是想直接把我拽進房間？他以為我會乖乖聽話？但我該怎麼辦？在飯店大廳大喊求救？

「別擔心，飯店經理是我的好朋友，」副總湊回柳亦秋耳際，「會替我們準備一個妳沒見識過的豪華客房。」

柳亦秋苦著臉緊抓左側扶手，還沒想妥該怎麼應付，車身突然一個急轉；副總被拋離柳亦秋身側，跌回右方座位，肩頭撞向車門。「我操！」副總揉著肩膀揚聲大罵，「你會不會開車啊！」

計程車司機回頭，對副總冷冷下令：「下車。」

「你這什麼態度！哪個車行的？」副總掏出手機，「我要投訴你！」

「我自營跑車；」司機表情沒變，「你找得到人投訴就去吧。」

「呃，我要讓你吊銷執照！」

「這個呢，叫做雙鏡頭行車紀錄器；」司機沒理會威脅，指指後視鏡下方，柳亦秋看見那裡裝了個小小的鏡頭，「一鏡錄外頭的路況，一鏡錄車裡的乘客，兩者都是為了發生糾紛時有所依據。你剛對這個小姐毛手毛腳，我全錄下來了，不管你想找誰投訴，我都得公開影片。小姐叫你副總，你說小姐是新人，看來兩位在同一家公司，這影片貴公司的同仁應該也有興趣看看。」

「你，你不要亂來！」副總指著司機。

「亂來的明明是你，你發什麼神經？」司機一臉無所謂，「好啦，不要囉哩囉唆，是男人就好好道個歉然後下車，待在這裡很難看。」

「操！」副總惡狠狠地打開車門，兩腿剛一前一後跨出車外，司機就踩了油門；車門還開著，柳亦秋聽見副總的咒罵聲在車後傳來，「操，你他媽把我扔在橋上！」

司機又開了一段，才在路邊停下，回頭問：「妳沒事吧？」

柳亦秋的思緒仍然一團混亂，聽了問話，發現自己張口回答，「你車門沒關。」

「妳剛被騷擾，現在只想到我車門沒關？」司機笑了笑，「這段路沒監視器，我們也沒遇上警車，只要剛才沒有別的車在後頭拍我舉報，就不會吃罰單。幫我關個門吧，妳要去哪？」

「呃，謝謝……」柳亦秋依言挪動身體關上門，才想到應該道謝，眼光落到立在儀表板旁的司機名牌，突然睜圓眼睛，「等等，你是阿損？」

十多年沒見，讓柳亦秋認出雷損的關鍵不是長相，而是他罕見的名字；柳亦秋喊出雷損的名字之後突然覺得尷尬——要是雷損不記得她怎麼辦？所幸雷損稍稍一愣之後，笑道：「好久不見啊，小秋。」

兩人自此恢復聯絡，有時相約一起吃飯。過了一陣子，柳亦秋聽雷損提及馬達翰也在這城工作，於是提議一起聚聚；再過一段時日，柳亦秋收到湯日清的投稿郵件，湯日清因此加入聚會，當天拉著白文禾聯袂出席，最後徐霏霏出現，小時候的友伴全員到齊。

或者說，幾乎全員到齊。他們之中有一個成員已經永遠離開。

想到雷損，就想到湯日清昨晚聚會時的發言。

清湯提神經仔做什麼呢？他沒發現他一提到神經仔，大家的表情都有點怪嗎？怎麼這麼粗線條？清湯明明很細心呀？柳亦秋心裡怨怪湯日清，接著想起：難道過了這麼多年，清湯已經忘記雷永涵的事了？

03.

春酒聚會過了兩天，湯日清還是不大確定自己在聚會時提及神經仔，是不是個正確決定。

六個同學當中，從小學畢業後一直保持聯絡的，只有湯日清和白文禾。他們兩個雖然個性不同，但兩家住得很近，從小就互相認識，不但小學同班，還上同一所國中。白文禾成績一直不錯，順利進入升學高中；湯日清也進了同一所學校，不過他自知那是運氣好。

那大約是湯日清覺得運勢難得站在自己這邊的時刻——他一直認為自己的運勢古怪，真想努力做的事大多做不好，因為興趣胡搞瞎搞的東西反倒頗有成績。不過運勢再怎麼古怪，也好過神經仔和雷永涵。

如果可以，湯日清並不想在聚會時提神經仔。

湯日清記得神經仔，也記得雷永涵。事實上，是雷永涵和他提起的神經仔有關。

雷永涵是雷損的哥哥。小時候雷永涵比較高，雷損比較矮，雷永涵比較有肉，雷損比較瘦削，兩個人長得一點都不像，知道他們是兄弟的話，大多數人會覺得奇怪，因為這兩兄弟同班，又很明顯不是雙胞胎。有些人會猜測可能兩人出生相隔不到一年，一個年頭一個年尾，也可能雖不同年，但兩個都在年頭或都在年尾，大的那個延後入學或小的那個提早入學，所以兩兄弟才會同一個年級。

不過實情並非如此。

國內教育法規定的小學入學年齡是九月一日前滿六足歲。雷損三月出生，滿六足歲後的幾個月就成了小學生；雷永涵的生日在十月，滿六足歲後又過了大半年才入學，比班上多數孩子年長幾個月。

這兩兄弟並沒有血緣關係。

雷永涵住在雷損家隔壁，兩家從祖父那輩就是朋友。雷損的父親在村裡小學任教，上下班時間固定，母親是家庭主婦，全家的作息起居很有規律；雷永涵的父母都在村裡的工業區廠房工作，遇上加班或輪值、沒法子準時開飯的時候，雷損的祖父就會要雷永涵過來自家用餐。

小村工業區發生過一次小規模爆炸事故。事故過去不久，有天雷損上學時告訴這幾個朋友，「你們認識永涵吧？從今天開始，永涵變成我哥了，和我一樣姓雷。」

「和你同班那個？我知道，」湯日清問：「他怎麼會變成你哥？」

「我爺爺叫我爸媽收養他，」雷損回答：「因為他爸媽不在了。」

「姓雷不錯啊，」馬達翰說：「不像我，姓馬，聽起來就是會被人騎在頭上的樣子。」

「騎馬是騎在背上啦。」柳亦秋道。
「反正會被欺負，」馬達翰哼了一聲，「很衰。」
「誰敢欺負你啊？」徐霏霏搖搖頭，「你打架王耶。」
「永涵還好嗎？」白文禾沒理會其他人鬥嘴，「我聽爸媽講過他家的事。」
「還好，他這幾天請假，我爺爺說會幫他把事都安排好。」雷損道：「他爸媽不在了，現在變成我哥，我爺爺說我們要多幫忙照顧他。」
「雷公的話一定要聽，包在我身上！」馬達翰挺起胸膛，「你兄弟就是我兄弟，誰敢找他麻煩，就是找我麻煩！」
馬達翰說到做到。接下來的日子裡，雷永涵在友伴的包圍當中，逐漸恢復了笑容，和大家玩在一起。
直到小學五年級。
湯日清的個性一向遠離麻煩，只是現在想起往事，湯日清無意識地抓抓頭，認為自己提起神經仔，可能已經惹了麻煩。
不過話已經出口，只能硬著頭皮繼續。
況且，這是為了柳亦秋所做的決定。
湯日清記憶裡的柳亦秋只有兩個特點，一是瘦，二是倔。但在這城重聚之後，湯日清發現柳亦秋變得十分漂亮，而且個性溫婉細膩，沒有小時候那種事事要爭的稜角分明。「小時候比較好看的明明是霏霏，雖然霏霏現在還是很正，又會打扮，但小秋看起來反倒比較吸引人；」湯日清在心裡自問：「我呢？我在他們眼中，還是從前認識的那個人嗎？」

聚會次數越來越多，湯日清的眼光停在柳亦秋身上的時間也越來越長。他早就看出柳亦秋和馬達翰開始交往，私心覺得驚訝，不過沒有表現出來。按照聚會時聊到的內容推算，馬達翰和柳亦秋重遇的時間不比湯日清早多少。湯日清知道自己對柳亦秋有好感，有點後悔沒有早點開始行動——但每思及此，湯日清就會訕笑自己，為什麼會自認開始行動就能得到柳亦秋的垂青？湯日清認為柳亦秋條件很好，自然不乏追求者，況且湯日清也不會否認，長大後的馬達翰是個頗有魅力的男人。

提起神經仔的原因，是因為湯日清想單獨找柳亦秋談一件事，但想先看看神經仔的名號會引發什麼樣的反應。只是提到神經仔時，湯日清沒能得出什麼觀察心得，倒是覺得有點對不起雷損。

「那晚聚會結束時，阿損看來精神不大好，不會是因為我提神經仔的關係吧？」湯日清想著，又為自己開脫，「阿損年假時八成都在跑車、沒有休息，一定只是太累了。」

04.

週日的生意一向不錯。

雷損開計程車有一套自己的工作計劃：週間五日不跑白天，週末假日不跑上午，這是基本原則。週間白天和週末上午不是沒人有移動的需要，只是要在這城移動，選擇太多，不見得非搭計程車不可；相對而言，他挑的時間有人叫車的機率就很高。習慣用手機程式叫車的人越來越多，加上又有些國外進駐的共享平臺搶生意，像他這種沒有加入任何車隊、得在街上繞圈碰運氣的，更應該要慎選工作時段。

平常晚上的工作時段大約從八、九點開始，這時候車流量比下班時間少一點，吃完晚餐要前進娛樂場所或者吃完正餐要換個地方續攤的群眾，開始從餐廳裡被吐回街道上，這類店家密集的商圈是候客首選。

平日黃金時段是十點到凌晨一點左右，尤其是十一點過後。大眾交通工具漸次歇班，但玩得太遲和喝得太醉的人需要更直接可靠的移動方式，到公車站和捷運站附近巡一下，遇上客人的機率不低。

週末或假日上午時段需要計程車的人不多——早起出遊的人大多事先做好計劃，中午有聚會的人大多不趕時間，其他的潛在客群則都還沒掙脫前一夜玩樂後遺留的疲憊。結束第一個行程要轉往第二個地點的人下午會需要叫車，參觀藝文展覽和遊逛商店市集的人也會在下午行動；近晚如果有演唱會之類大型活動，事先打聽好時間場所就能在演出前後接送客人，入夜之後的策略與週間差不多，夜越沉，可能性越大。

奉行這套計劃，就算是自營計程車，收入仍然不壞。

雷損一直是個有計劃的人。

按部就班執行計劃，載客的機率就高；不過機率再高，載到自己小學同學還是出乎意料。

開了幾年計程車，雷損從後照鏡看過的怪事不少，通過某個隧道遇上白衣女鬼收了冥鈔當車資之類的都市傳說，對他而言只算小菜一碟，連聚會時拿出來消遣都嫌太了無新意。

雷損小學六年級曾經看過某些他當時無法明白的景象。雷公過世之前向雷損解釋過那些異象的成因，而雷損明白，這事他無法對朋友們說明。

有次聚會湯日清問到雷損有沒有遇過什麼詭異的事，雷損避重就輕地說人比鬼還可怕，講了幾樁誇張的載客經歷。同學們雖然嘖嘖稱奇，不過湯日清大約認為那個夏夜的氣氛很適合講鬼故事，所以後來自己補充了幾則帶團出國時撞上的靈異經驗。

湯日清曾被出版社退稿，大家都知道；那份稿子文筆究竟如何，大家都不知道。但是那晚之後，大家都發現就算湯日清使用文字的技巧拙劣，講鬼故事的技巧倒是極佳；聚會結束，是雷損開車護送徐霏霏和柳亦秋回家的。

不過，雷損那次講的種種載客事蹟當中，沒有提到柳亦秋碰上的騷擾事件。

他知道柳亦秋會不好意思。

一般情況下，無論後座乘客是盤腿在座口宣佛號，還是女客直接拉開男客的褲襠拉鏈，是嗑了不知什麼東西所以兩眼發直好像正在接收宇宙傳來的指示，還是有座位不坐硬要蜷成一團縮在前後座之間的車盤上抱膝流淚，只要不影響行車安全，雷損一概不管。上車時報得出目的地，下車時拿得出鈔票，其他就都不是問題。

這是雷損開計程車的規矩。

所以載了柳亦秋是意外，發現她被騷擾是意外中的意外。

柳亦秋在街邊伸手招呼時，雷損已經覺得眼熟；她上車不久，雷損就認出了她的身分。和小時候相比，柳亦秋的外貌變化頗大，但雷損直覺認定是她。

雷損很相信自己的直覺。

直覺凌駕於計劃。直覺重要過規矩。

所以那天他才會插手管事。

剛送一個客人下車，雷損拐了個彎，把車開進計程車司機專用的停車場，打算伸伸腿。

這城幾處陸橋下方規劃了這類場所，有廁所也有自動販賣機，計程車司機可以在這類場所打個盹、上個廁所、買幾瓶飲料，或者和同行聊聊天。

雷損停好車，照例先到入口附近那張簡陋的神桌前頭向神明請安，然後去洗了把臉。

大概不久前有人擦過，洗手臺上方的鏡子還算乾淨，但因為擦乾淨了，鏡子上的裂痕看起來特別明顯。

雷損瞪著鏡中自己裂成兩半的臉。

春酒聚會是週二晚上的事，將近一週之前。這幾天雷損一直在想：湯日清究竟為什麼要提神經仔？

雷損記得神經仔，當然也記得雷永涵。

他從未忘記，也從未停止自責。

05.

「阿損，」雷損還沒進小學的時候，雷公問過他，「你討厭你的名字嗎？」

「不會。」雷損抬頭，「為什麼？」

雷損的祖父是小村裡王爺廟的廟公，為人豪爽、聲音洪亮，村民都直接叫他「雷公」。雷損喜歡自己的名字，那是雷公取的，但雷損的父親不喜歡。父親的喜好與雷公幾乎完全不同，唯一共有的興趣是下象棋，父親輸多贏少，可是時常挑戰，因為那是他少數能夠與雷公正面衝突的機會。

「小孩子怎麼會懂？」雷損的父親對雷公道：「爸，先前我順著你，但阿損就要上小學了，學校裡孩子又多又皮，有個怪名字一定會被欺負，還是改改吧。」

「學校那麼小，哪有多少孩子？最皮的不就是馬達翰嗎？他也沒欺負阿損。」雷公搖搖頭，「你不也叫得很順口？有什麼好改的？」

「爸……」

「你說來說去只有一個理由，就是你不喜歡，但我幫阿損取名字的時候已經解釋過了。」

雷公沒讓雷損的父親反駁，繼續說道：「這孩子命帶劫厄，取個有缺陷的名字，或許能夠避上一避。何況阿損自己也喜歡這個名字，沒必要改。」

「命帶劫厄？你那是……」

「是什麼？你說說看？」雷公眉心一皺就要發怒，不過見到自己兒子縮起頸項，臉色緩了下來，嘆了口氣，「我知道你認為這是迷信。但每個人自有天命，這是塵世真理；我辛辛苦苦栽培你，讓你讀到大學畢業，當了老師，可不是要你自命不凡，以為什麼都懂。世間你不懂的道理還多得很，你要謙虛看待。」

雷損上小學之後，沒有因為名字碰上什麼麻煩，唯一有點困擾的是雖然他成績普通、外貌也不引人注意，但老師們還是很容易記住他的名字，偶爾想要稍微違反校規搞點什麼花樣，就得特別小心。

雷公口中的「劫厄」是什麼，雷損當時一無所悉。小學一年級，鄰家夫妻因工廠爆炸意外過世，自己多了個哥哥，雷損從大人口中又聽到「劫」字，還曾對雷永涵說：「要是請爺爺替你爸媽取名字，搞不好就躲過了。」

「你在說什麼啊？」至今雷損仍然記得雷永涵那個帶著困惑的笑容。

雷永涵內向安靜、溫和有禮，雷損本來以為他個性柔弱，但沒多久就發現雷永涵其實相當堅強，雖然一夕之間遭逢家庭巨變，有時難免情緒低落，可是甚少掉淚。

雷公去世那年，雷損剛上高中一年級，父親已經沒再提過改名字的建議；幾年之後，雷損因故改了名字，過了兩年左右又改回來。他從來不覺得自己的名字有什麼不好，況且，這個名字讓柳亦秋在多年之後喚起童年記憶——那時雷損雖然直覺認定後座這名年輕女子是自己的小學同學，但柳亦秋要是沒有開口叫他，他也不知道該怎麼相認。

救了人是一回事，雷損對自己的直覺極有信心是一回事，但假設他問：「妳是柳亦秋吧？我是雷損啊！」結果柳亦秋早就忘了他，那不僅很尷尬，還會讓柳亦秋很害怕——三更半夜，剛被上司騷擾，又遇上一個自己不認識但卻認識自己的計程車司機，兩人同處在一部車裡，這狀況怎麼想都很恐怖。

幸好柳亦秋沒忘記他。幸好有這個名字。雷損很高興。

與柳亦秋重逢很開心，與小學友伴們聚會也很開心，不過雷損明白，大家聚會時盡量避談小時候的事，是有原因的。

小村居民鮮少為孩子的生日辦活動，可是雷永涵滿十歲那天，雷損的父母特別為他把馬達翰、湯日清、柳亦秋和徐霏霏都找到家裡，舉辦了小型的慶生會，還準備了蛋糕。孩子們很興奮，雷永涵也笑得愉快。吹完蠟燭，大家催促雷永涵說出自己的願望。

「第一個願望，希望在天上的爸爸媽媽現在很好，不用掛念我，我過得很好；第二個願望，希望爺爺、爸媽和弟弟都幸福健康，謝謝你們照顧我。」雷永涵笑得羞澀，發言感性，「聽說第三個願望不必講出來，不過今天你們都在，所以我要告訴你們，我很感謝有你們陪我，希望我們一直都是好朋友。」

當時的六人如今都遷居這城生活，而且很難得地在多年之後重聚，感情仍舊很融洽，雷永涵的願望幾乎成真。

只是「幾乎」。

因為雷永涵不在這裡。

沒人知道他的笑臉是不是還帶著一點羞澀，只知道他永遠都不會加入聚會。雷永涵死了。小學還沒畢業。甚至沒唸完五年級。

他的死亡，可能與神經仔有關。

06.

春酒聚會過了一週，這一週裡，馬達翰時常想起雷永涵。

只要想起雷永涵，馬達翰就會記起當年的氣惱。

那個氣惱由許多原因層層疊疊纏繞構成，包括小時候不被成年人信任的憤恨，以及沒能好好保護友伴的自責。

馬達翰從小身強體壯、力氣很大，喜歡到處惹事——惹事的因由大多不具任何惡意，只是單純覺得好玩。馬達翰惹事有時自己行動，有時夥同幾個同學，但他從沒找湯日清這些人一起做過什麼令師長頭痛的壞事，他知道湯日清對這些沒興趣，白文禾是個沒膽子犯規的好學生，雷損喜歡和祖父待在廟裡做事，至於柳亦秋和徐霏霏，因為都是女生，所以從來不在考慮範圍之內。和馬達翰一起胡搞瞎鬧的是其他同學，師長眼中的壞學生集團。

雖說師長們大多認定馬達翰行為頑劣，但平心而論，馬達翰沒做過太難以收拾的壞事，也未曾當面頂撞師長，不管什麼懲罰他都乖乖接受，只是太喜歡打架。師長們認為馬達翰脾氣不好、懶得動腦，加上精力旺盛、難以專心，一言不合時的反應就是用拳頭解決爭端，就算本來沒有衝突，他也會自己製造衝突。

馬達翰則覺得師長們的腦袋根本有問題。

打架不是要解決爭端，而是要避免衝突——馬達翰如此認為——麻煩永遠都會出現，而且總是在料想不到的時候出現。如果事先讓所有人知道自己不好惹，就可以讓其他人想找他麻煩之前，先想想有沒有必要冒險和他衝突。只要自己建立了可靠的名聲，那些衝突就不會發生。

為了好玩一起蹺課違規的那些人不是朋友，馬達翰嘴上沒這麼說過，但心裡明白：他們有的算是玩伴，有的只能算是跟班。要打架時馬達翰也會找他們，不是為了壯大聲勢或加入戰局，而是為了要有觀眾，可以四處宣傳自己輝煌的戰績。

湯日清這些人才是朋友，是循規蹈矩、不應該沾惹麻煩、理應受到保護的普通人。身為男子漢，馬達翰自認必須保護朋友；成為打架王，附加的好處就是可以更妥善地保護朋友。

馬達翰覺得自己根本是他媽的超級英雄。

雷永涵在小學一年級下學期加入這個小團體之前，馬達翰對他並不熟悉，只知道他是雷損的鄰居和同班同學。工廠爆炸事件發生在那年春節過後不久，剛過完年就失去父母，馬達翰自然覺得雷永涵很可憐，加上雷損開口要大家幫忙，馬達翰也就將雷永涵納入自己應該保護的名單當中。

一段時日之後，馬達翰開始覺得雷永涵和其他友伴不同，有某種特質。

雷永涵比雷損高，雖然沒有馬達翰那麼壯碩，但也不算瘦小，只是個性似乎太安靜了點，不怎麼主動參與大家的活動，對大家討論的話題也不大熱衷。馬達翰起初以為雷永涵因為家中變故，所以一直沒能走出悲傷，後來發現他和徐霏霏、柳亦秋聊天的時候十分開心，似乎早就已經能坦然面對。

倒也不是因為雷永涵比較喜歡和女生聊天才讓馬達翰覺得怪，但那個特質是什麼，馬達翰說不上來。

「阿損，」升上二年級，有天馬達翰私下問了雷損，「永涵在你家還……正常吧？」

「正常？」雷損皺眉，「什麼意思？」

「就是……」馬達翰歪著腦袋，「我也不會講，就是覺得他和我們不大一樣，好像比較喜歡跟女生講話。」

「那有什麼好奇怪的？」雷損反問：「你和清湯也常和女生講話。」

「我是去鬧她們好不好！鬧女生很好玩。」

「有什麼好玩的？你去鬧小秋呀，她拿課本扁你的時候，我叫全校一起看。」

「我才不會去鬧小秋咧。」

「說不定……」雷損想了想，「我爺爺告訴我很多次，說永涵這輩子會過得很辛苦，遇上災禍，我們應該要幫忙。我問爺爺『災禍』是什麼？是不是永涵爸媽的事？爺爺說『災禍』就是不好的事，永涵以後還會遇到，但還不知道是什麼。永涵個性太好，真遇到什麼不好的事一定是被別人欺負，你說的『不一樣』，搞不好就是因為你也有這種感覺。」

「我感應到永涵會遇到不好的事？你說我和雷公一樣會通靈？」

「通便啦，」雷損道：「想求我爺爺收你當徒弟喔？」

「雷公要收我，我就去拜師；」馬達翰哈哈笑道：「不過廟公會收徒弟嗎？」

「我也不知道。」雷損搖頭。

「既然雷公說永涵會有『災禍』；」馬達翰點點頭，「我一定好好罩他。」

馬達翰小時候很崇拜雷損的祖父，總覺得雷損的祖父像是武俠片裡那種隱居山林的世外高人，甚至可能是個不為人知的超級英雄。

07.

只是打架王雖然許下承諾，雷永涵還是遇上災禍。

小學五年級上學期，天氣剛開始轉冷，還沒到新曆年的某天放學時分，一個急著上廁所的低年級同學，發現雷永涵倒在學生廁所裡。

匆匆趕來的老師蹲下身子，確認雷永涵只是暈厥，仍有呼吸，稍微安心了點。雷永涵額頭被血染紅，不過老師看出只是皮外傷，出血量不大，心忖孩子應該是不慎腳滑擦撞了水泥牆，果然也在一面牆上瞧見血跡。老師吃力地抱起雷永涵，放到廁所外的通風地面，拍打雷永涵的臉頰，但雷永涵沒有醒轉。老師突然驚覺自己方才可能做了錯誤決定，慌忙囑咐圍觀的孩子看顧、不要移動雷永涵，然後急急地跑回教師室；他心裡明白，這個狀況找診所沒用，得打電話叫救護車送往鄰近城鎮的醫院。

跟著雷永涵坐上救護車的老師後來表示，雷永涵在送醫途中醒過一回，沒說什麼就再度陷入昏迷。

那是雷永涵最後一次睜開眼睛。

救護車還沒到達醫院，老師就知道來不及了。

校方認定雷永涵的死亡是個意外，按規定前來調查的警方原來也接受這個說法——雷永涵在最後一節課的中途舉手說要上廁所，在廁所裡失足出了事。警衛作證當天沒有外人進入學校，校內除了幾個蹺課的學生之外，其他學生當時都在教室裡，在各班上課和待在教師室批改作業的老師也都有堅實的人證，顯見雷永涵到廁所時，應該是單獨一人。

警方當中僅有一人指出不同意見，他是湯日清的父親。

湯警員認為，倘若雷永涵是滑了腳撞到頭，那麼與頭部撞擊的牆面，應要低於雷永涵的身高，但沾了血跡的牆面高度與雷永涵身高相仿；再者，廁所在倒數第二堂課的下課時間雖然做過例行打掃，但沒有拖地，是故地面乾燥，看不出有什麼會導致打滑。

校方及其他警員則認為，高度的判定並不準確，打滑的因由可能很多，現場無人目擊，難以如此斷言。

湯警員承認自己關於高度的判定不算精準，但仍堅持應做必要調查；校方則承諾會檢討安全問題，可是不希望事態擴大，不想答應警方搜查現場。雙方沒有討論出共識。

而當天雖有兩個證人提供一條追查的線索，但在警方循線查訪後，仍不了了之。

馬達翰知道春酒聚會時，大家聽到神經仔全都一愣，一定是想到了雷永涵出事時的那條線索——兩個證人指出，當天下午最後一堂課的時候，曾經看見神經仔在學校廁所附近遊盪。

村裡小學的周邊有圍牆，門口有警衛室，學校後方垃圾場旁有個鐵門，校內這側可以上栓加鎖，外側僅有門把，內側栓上就無法從外側開啟。不過絕大部分的小村居民都知道，小學幾乎沒有門禁管制——待在門口警衛室裡的其實是校工，向他打聲招呼就可以從正門進入，校工大部分時間不會多問，真問起了，回答要進去找人，校工也不會費勁撥電話確認，而是揮揮手直接放行。而且，校工有其他雜務要忙，不一定會待在警衛室裡。

至於垃圾場旁的鐵門，很多時候都沒上鎖甚至沒栓上，鎖頭鬆鬆地掛在旁邊。想蹺課的學生都知道先去看看鐵門，大多數的情況，他們都會發現自己毋需翻牆，可以直接開門離校。

小村居民向來不覺得門禁不嚴有什麼不好。家裡臨時有什麼事要通知孩子、孩子忘了什麼得幫忙送到學校、急需解放時進來借個廁所、傍晚或假日到操場繞幾圈權充做了運動，門禁不嚴都很方便。然而在工業區擔任高階主管的王經理接任小學家長會長之後，認為這種情況需要改善，從工業區裡調了個警衛來和校工輪值，村民進出開始需要登記。有的村民覺得麻煩，認為小村不比大城，孩子們不會有什麼危險；有的村民覺得多層保障其實不壞，王經理果然心繫鄉里。

警衛雖說沒有外人進入校園，但神經仔確實可能經由垃圾場後的鐵門出入學校。既然事發當時神經仔就在廁所周圍，可能就曾經看見什麼，甚至直接與事件有關。

警方找到了神經仔，可是沒問出什麼確切答案，連他當日是否進入學校都無法確定。

湯日清到底為什麼要提起神經仔？一個禮拜以來，這個問題和雷永涵交替出現在馬達翰的腦海裡，交疊翻滾、不肯停歇；馬達翰心忖：清湯提及這事，只是尋找小說靈感時的巧合，還是另有目的？事情已經過了二十年，難道清湯發現了其他線索？

因為，馬達翰一直認為：神經仔雖然怪里怪氣，但從不曾傷人，雷永涵的死和神經仔沒有關係。

08.

記憶是非常奇妙的東西。

白文禾記不得自己有多少年沒想起雷永涵和神經仔了，可是一個多禮拜前，「神經仔」

三個字無預警地從湯日清口中彈出來的剎那，過往的記憶像是一串多年沒有電流通過的老舊燈泡，開始不情不願地閃閃爍爍，然後一一盡忠職守地亮了起來，匯成一團讓他不想直視但難以忽略的刺眼。

那天聚會之前，白文禾從未意識到沒有任何一個同學提及小時候的事。三十歲了，小學畢業快二十年，他在唸大學時遷居這城，畢業後繼續唸研究所，接著找到工作，雖然一直租屋居住，戶籍也仍在小村，但已經算是這城的居民，在小村的童年生活，是太遙遠的歷史遺跡，沒有任何回顧的必要。

再說，回顧自己的童年成長，其實只有「平淡無奇」四個字可以形容。

算了；他在心裡對自己笑笑：就算是現在，我的生活大多數時間，依舊平淡無奇。

雷永涵出事那天，幾個老師指揮孩子們離開學校，校長、其他老師和警察站在事發現場的廁所外面，來回討論是否應該展開調查。討論還沒得到共識，圍在一旁的人群裡有個男孩的嗓音響起，「警察叔叔，剛才上課的時候，我看見神經仔在廁所外面。」

湯警員低頭，講話的人是王慶旭——村中首富王家的第三代，王經理的次子，原來在鄰近城鎮讀私立貴族小學，五年級時不知為何轉回村裡小學，成了白文禾的同班同學。

眾人安靜下來。湯警員問：「放學了怎麼還沒回家？」

「在等我家司機。」王慶旭答得稀鬆平常，湯警員聽見一旁有人發出羨慕的嘆息。夾在大人當中的白文禾縮進一名老師身後，湯警員沒注意到他。

「王慶旭那班最後一節課是我上的，」白文禾看見老師羅博聞舉手指向教室，「我也瞥見有人在廁所附近，現在想想，應該就是神經仔。」

湯警員順著羅博聞手指的方向看看教室，判斷從教室裡的確能望見廁所，轉頭看看派出所所長。所長頷首，「大家分頭到村裡找找。」

當天晚上，警察分別到幾個蹺課學生的家裡問話，確認他們在事發當時不在校內。警方也找到了神經仔，但問不出什麼結果。

小村裡的人都認識神經仔——準確地說，應該是小村裡的人都知道神經仔這號人物，也都用這個外號稱呼他；這樣很難稱為「認識」，白文禾想，村裡知道神經仔到底叫什麼名字的居民，大概屈指可數。

神經仔是個清瘦的中年男子，白文禾不清楚他的歲數，留在回憶裡的只有他單薄的身形——這大約是在王爺廟旁遇上那回留下的印象，因為雷公是個瘦高的男人，神經仔站在雷公面前，看來兩人身高相仿；白文禾記得自己和雷公一起注視神經仔離去的背影，覺得神經仔比自己還瘦，雖然拖著腳離去，但整個人彷彿並未踏在地面，微風一起，就會隨風而逝。

平常在小村裡行走就可能看見神經仔。神經仔晚上會回家睡覺，鮮少在外遊逛；他的家裡還有一個老母親，靠回收維生。

或許因為自覺兒子給村裡帶來困擾，老母親出外回收廢棄物時，頭總垂得很低，遇上村民招呼，頭就垂得更低。神經仔鎮日在外閒晃，有時一個人站在路邊發愣，有時低聲呢喃一連串含糊話語，最常見的是他站在田邊圳溝旁，靜靜聽著水流淙淙，但無論如何，他從未在小村裡闖出禍事。小村居民大多認定神經仔溫順無害，只是腦子有點問題，加上老母親一向把神經仔打理得很乾淨，所以有時雖會噓幾聲將他驅出視界，免得妨礙手頭正在進行的工作，其餘時間，大概都任由他去。

某些時候，神經仔的確會顯出害怕或張皇樣貌，全身繃得死緊，口中大聲嚷嚷，只是這些時候神經仔也不會做出暴力舉動，頂多是模樣讓人覺得古怪心煩。反而是村中有些孩子會趁機高喊「神經仔發神經囉」，然後撿起石塊扔他。

白文禾從來沒做過這種事。

神經仔當晚照常回家，警方就是在家裡找到他的，連同老母親一起請到警局。老母親表示神經仔返家時並無異狀，但不確定神經仔傍晚的行蹤，村裡則沒人確定那天神經仔到過哪裡——他像是村裡慣見的風景，不會有人記得他在什麼時候掠過自己的眼簾。

羅博聞和王慶旭指稱神經仔最後一節課就在廁所附近，所以有些警察認為神經仔可能目睹事發經過，甚至可能不知為何和雷永涵起了衝突、有了拉扯。神經仔雖然清瘦，但畢竟是名成年男子，雷永涵在爭執間被他推向牆壁，造成腦內出血，也在牆上留下擦撞的血跡。依此看來，應該先行拘留神經仔，設法問出事發經過。

包括湯日清父親在內的其他幾個警員持相反意見：雖有兩名人證，但沒有其他事實佐證神經仔確實進過學校。蹺掉最後一節課的學生證實他們從垃圾場旁的鐵門溜出學校，鐵門本來就沒栓，他們離開後也不可能從外側上栓；也就是說，任何人都可以從鐵門進入學校。再者，神經仔向來沒有暴力傾向，雷永涵也是個乖順的孩子，很難想像這兩個人之間會出現動手動腳的場面。

商議之後，警方認為神經仔不會逃跑，囑老母親將他領回家，待後續查明狀況再說。不過，隔天村民發現，神經仔臉部朝下癱在田邊圳溝裡頭，老母親則在滿屋子的回收物包圍中上吊。

有人認為是神經仔牽涉到小學生命案這事終於讓老母親決定結束長年的忍耐，自我了結，而神經仔發現老母親自縊之後煩亂外出，跌入圳溝後溺斃；也有人認為老母親先在圳溝裡按著神經仔的頭淹死了自己兒子，然後回家自盡。由於兩個現場都沒有掙扎跡象，所以警方認為這兩種說法均不成立，以兩人分別自殺結案。

回想起這些往事，白文禾忽然發現小學畢業之前、仍住在小村的那幾年，其實發生過幾樁大事，自認童年平淡無奇的原因，在於自己當年雖然好奇，但不至於太過關心這些他人之事，也從未將它們當成聊天的話題。

而且，白文禾現在傾向認定老母親先殺了神經仔。神經仔之所以沒有反抗，是因在生命的最後時刻，他清醒地選擇結束老母親長年的痛苦——或許神經仔以為，自己死了，老母親可以更輕鬆地活下去。

白文禾認為神經仔是個溫柔的人。

生活在不公平的世間，太溫柔的人總是必須受苦的可憐人。

同時，白文禾也意識到，就是因為曾經對這些事情抱持好奇，自己才會對罪行與人性產生興趣，因而大學選讀法律系所，畢業後考上律師。
只是由於膽子不大，所以白文禾是個民事律師，不碰刑事案件。
這麼說來，白文禾現在的生活也不算平淡無奇。
民事律師雖然多數時間不需接觸充滿血腥氣味的刑案，但面對的人性暗面並未因而減少。有些時候，乍看簡單的工作，也會出現令人訝異的轉折。
就像他剛宣讀的那份遺囑。
當事人是個獨居的老先生，子女四散，多年來都沒有相互聯繫。老先生自己預立遺囑，找人作證，封緘之後交由白文禾工作的律師事務所保管，說明過世之後請律師召集所有子女，開封宣讀。白文禾聯絡老先生的幾個子女時，每個人的回應都不情不願，顯見與老先生的關係並不和睦。
但遺囑內容不僅讓好不容易聚集的子女大吃一驚，連白文禾都嚇了一跳。那些子女開始議論紛紛、將事務所的會議室變成鬧哄哄的傳統市場時，最近幾年常困擾白文禾的頭痛，在他的太陽穴附近大聲歡呼。
他胡亂找了個藉口暫時離開，走出會議室，掏出手機，撥了一個他熟悉的號碼。

09.

徐霏霏昨晚見了白文禾，兩人在外頭吃了飯，談了許久。白文禾訂的餐館檔次不低，可是徐霏霏現在全然想不起自己吃了什麼、味道如何，只記得兩人都沒有點酒。回到住處之後，徐霏霏重新出門，到附近超商買了瓶紅酒，整瓶喝乾，卻仍翻來覆去了大半夜，接近黎明時分才糊里糊塗地睡著。

雷永涵出事的時候，距離小學畢業還剩一年半；那一年半當中，除了在學校的時間，他們六人全部湊在一起的次數急遽減少。

原因之一，青春期。

女生發育較早，徐霏霏和柳亦秋開始長高，雖然不及馬達翰，但很快就依次超越雷損、白文禾和湯日清，本來似乎挺有男子氣概的男生，彼時看來越來越像腦子裡除了情色話題之外空無一物的蠢蛋，一起聊天逐漸失去以往的樂趣。

徐霏霏那時認為男生們也注意到了這個情況，只是不知道怎麼應對變化，於是假裝一切如常，也就更顯得他們停留在幼稚階段，完全搆不上成熟的邊緣。

而且在這個年紀，即使男女生再怎麼坦然相處，同儕之間都不免傳出半是戲謔半是認真的悄悄話，流來轉去一大圈最後鑽進當事人耳裡。徐霏霏的確長得漂亮，也在意自己的外貌，當聽見自己的名字和那些耳語糾葛纏繞，就覺得煩。

原因之二，升學。

小村的小學生畢業之後，進入工業區的國民中學最方便，倘若家長在工業區上班，還有一點學雜費補助；到鄰近城鎮唸國中的人數也不少，上下學通勤得費點時間，不過不至於太麻煩。工業區國中是王經理爭取成立的，王經理雖然誇口說工業區國中的資源優於鄰近城鎮的公立學校，但小村居民大致認為沒什麼差別，讀哪裡都可以，真正在意孩子學業的村民，重點都聚焦於接續在後的未來——進入升學高中、考進國立大學、到都市找個好工作，讓孩子脫離偏遠小村的平凡生活。

要進升學高中，國中時期就要成績優異；國中時期要成績優異，國小高年級時就得開始收心、別再成天遊戲。而倘若孩子中低年級時考試的分數本來就不錯，父母親更容易認定自己該多出點力幫忙孩子，把孩子推向想像中日子過得更好的那個階級。

柳亦秋小學五年級開始，放學後每週有幾天得去鄰近城鎮的補習班報到，這是未雨綢繆；湯日清同時進了另一家補習班，湯日清的父親認為這算亡羊補牢。白文禾起先沒有動作，一個學期之後大概有了危機意識，寒假結束後也開始補習。六個人裡頭有一半放學後不一定還留在村裡，全員到齊的機率自然不高。

這兩個原因徐霏霏都清楚。她認為自己不是成年之後才想通這些的，而是當時就已經看得透徹。

徐霏霏向來自認思想比同輩更加成熟。

她知道小學時期彷彿有用不完的時間，每天從清晨睜眼到夜晚入睡之間似乎就是永遠，但一輩子的日子會越過越急，將來回頭看看，就明白小學不過是個一眨眼就能掠過的篇章。

況且，徐霏霏也知道，小學最後那一年半裡六人難得齊聚的真正原因，並不是年齡漸長帶來的不可抗力。

徐霏霏認定的真正原因之一，是雷永涵。

從非自願加入到非自願離開，雷永涵和他們密切相處了五年左右，對當時的他們而言，那五年已經是人生的一半歲月。六人當中的兩個、三個，甚至五個聚在一起，都沒什麼問題，可是倘若六人齊聚，「少了一個人」的感覺就會非常強烈。因此無論其他幾人是否也意識到這個狀況，就結果而言，每個人都有意或無意地採取了迴避的態度。

徐霏霏認定的真正原因之二，是她自己。

同學們在這城的首次聚會，徐霏霏並未出席，事後聽聞，也沒打算參加；聚會舉辦過幾回之後，徐霏霏才意外現身，讓席間爆出一陣驚喜。徐霏霏發現自己很享受聚會時的氣氛——將近二十年後，大家在這城重逢，互動仍舊友好熱切，簡直是個不切實際的奇蹟；但徐霏霏也明白，這種奇蹟似的和樂融融，來自於有些祕密隱而未宣。

在小學的最後一年半，就算大家都能自然接受彼此生理心理的變化，就算沒有那些誰喜歡誰誰甩掉誰的熱切耳語，就算沒有人必須在放學後離村上課直到夜裡才能疲憊返家，或者，就算雷永涵沒有遭遇意外，大家在小學畢業之前漸行漸遠，也仍是肯定會發生的必然。

因為徐霏霏如今是最後加入的那個人，當年則是最早離開的那個人。

只是朋友們都沒發現。

10.

小學五年級第一次段考之後，羅博聞下課時經過徐霏霏身旁，問起考試成績，要徐霏霏放學後留在教室。

徐霏霏有點緊張，但這感覺與考試分數不佳沒有關係——她的小小緊張，來自心中占比更大的竊喜。

羅博聞是村中小學男性教師裡最年輕的，三十出頭，沒有其他老師那種僵化古板的思想，不曾抬高音量訓斥學生，講課幽默、不時穿插各種有趣的小故事，總是穿著襯衫長褲、舉止斯文得體。王慶旭一轉學進來，羅博聞馬上被王經理請去當家庭教師，可見王家也相當信賴羅博聞的教學品質。

更重要的是，羅博聞長得很好看。

徐霏霏知道學校裡不少女同學暗自戀慕羅博聞，也聽說有膽子大的女生寫過情書，不過徐霏霏從未和其他女生一起吱吱喳喳地對羅博聞品頭論足，也從未寫過吐露心意的情書。

羅博聞就是徐霏霏心目中理想男子的模範樣版。這樣的男性，對其他同學那些小女生行徑是不會感興趣的。

徐霏霏並非對羅博聞的魅力毫無感覺——和羅博聞在課堂上偶爾四目相對時，徐霏霏的心跳會突然加速，而她慌忙垂下視線掩飾心慌之前，總會先捕捉到羅博聞嘴角揚起的笑意。

羅老師也喜歡我——這件事徐霏霏十分確定。

昨晚徐霏霏喝完紅酒，躺在床上但感受不到任何睡意，只覺得頭顱塞滿紊亂思緒，多數是她壓在記憶底層不願翻攪的陳舊往事，彷彿潛在汙泥下方的某種惡獸，倘若驚動，惡獸就會破開泥層，張嘴獰笑，長舌舔著血漬未乾的利牙，準備撕裂她的大腦。

當時我對戀愛的想像多麼貧乏啊，徐霏霏心想：我那時真的以為那樣就是談戀愛了，不是小孩子那種幼稚的東西，而是更成熟的、既對等也受寵的那種關係。但如果真是如此，我為什麼一直害怕去想它呢？徐霏霏翻了個身，嘆了口氣，在心裡糾正自己：別自我催眠了，徐霏霏，哪有戀愛是那個樣子的？每次見面就急著把手指探進妳的內褲，不然就是站在妳眼前拉下拉鏈？妳明明知道是怎麼回事，只是不想承認自己很蠢而已；妳不是國一的時候就認清這個事實了嗎？那時妳還對自己說那叫失戀呢，可笑啊可笑，妳的人生從羅博聞走進那個放學後的教室時就毀掉了啊。

那天，放學後的學校，僅有兩人的教室裡，羅博聞性侵了徐霏霏。

羅博聞和徐霏霏的關係持續了將近兩年。

徐霏霏的父母在市場裡經營麵攤，從早忙到晚；相熟的好友們即便碰面，交談的時間也不長。因此沒人發現徐霏霏的情況，徐霏霏也認為這樣很好——朋友們都還是小鬼，成熟的戀愛他們是不會懂的。

倘若雷永涵沒有發生意外、大家仍然沒事就混在一起，或許就會察覺有什麼不對吧——徐霏霏當年慶幸能夠穩妥地保護祕密，現在則不那麼確定，自己是不想面對被朋友發現之後會湧出的羞愧，還是不想面對那段關係與戀愛完全無關的事實？

小學的最後半年，羅博聞找徐霏霏的次數開始減少。畢業後的那個暑假，羅博聞沒再找過徐霏霏。

等了兩週，徐霏霏主動聯絡羅博聞，羅博聞推說自己很忙，用誠懇的語氣要徐霏霏專心國中課業、邁入新的人生。徐霏霏聽出羅博聞語氣有異，囁嚅地詢問羅博聞是否打算分手，羅博聞沒有回答，掛了電話。

接下來幾個禮拜，徐霏霏一方面有點魂不守舍，一方面覺得莫名地輕鬆。她到父母親的麵攤幫忙了一陣子，讓父母親很訝異；徐霏霏不是不知道父母親賺錢辛苦，只是她一直不喜歡傳統市場的吵雜髒亂，父母親也從來不曾要求徐霏霏分攤工作，所以徐霏霏很少在麵攤出現。

父母親感覺很欣慰，認為女兒長大了，變得更為家裡著想，但也叮囑：國中開學之後就好好用功，不用掛記麵攤生意；徐霏霏嘴上答應，心裡明白自己幫忙只是要找點事情打發時間，開學之後當然不會再來，因為待在市場裡的時間越久，她越是感覺自己不屬於這裡。

徐霏霏讀的是工業區的國民中學。開學一個多月，有天放學，徐霏霏路經村中小學，一時心血來潮地晃進校園；走過幾個月前自己覺得已經看膩了的教室，發現熟悉的一切已經蒙上一種陌生的質地，心中生出一股不知怎麼形容的感慨。

空氣裡有種什麼讓徐霏霏在一間教室前突兀地停下腳步。她偷偷探頭——羅博聞在教室裡，緩緩將手伸入一個女孩的裙底。

接著，徐霏霏記起，羅博聞開始減少與她獨處的時間，就是她初次月經來潮之後。

二 妳昨晚在何處入眠？

我的女孩，我的女孩，別欺騙我；
告訴我，妳昨晚在何處入眠？

——Nirvana〈Where Did You Sleep Last Night?〉

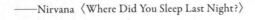

01.

高中時代有天放學，湯日清和同學打完籃球才回家，誤了吃飯時間，一面被母親叨唸一面狼吞虎嚥的時候，想起明天該交的作業一個字都沒動。阿穀在升學班，那個進度他們班一定已經教過，去向他借來抄好了。湯日清抹抹嘴巴，對母親說要去找白文禾，母親的叨唸變成要湯日清向白文禾多學學、好好用功，湯日清關上家門之後覺得那些字句還在耳道裡撞來撞去。

兩家很熟，湯日清向白文禾的父母打過招呼後逕自上樓，推開白文禾的房門，看見白文禾正趴在桌上寫東西；聽見房門的聲音，白文禾回頭，表情明顯吃了一驚。

「真用功，我要找你借作業……咦？」湯日清走近，發現白文禾桌上整齊地擺著幾張紙，隱隱散著香味，「你在幹嘛？哦——寫情書！」

「別那麼大聲，」白文禾緊張地豎起食指，「被我爸聽到就慘了。」

「精力旺盛的高中男生想交女朋友很正常啦。」湯日清在白文禾床沿坐下。

「你又不是不知道我爸，」白文禾搖搖頭，「他只會要我好好唸書，等找到穩定的工作再想這些事。」

「大人都差不多，」湯日清撇撇嘴，「不過不要用那種有香味的信紙了，現在哪有女生會喜歡這個？又不是小孩子，還是說你想對未成年少女下手？國中生？國小？」

「要說未成年，我們也未成年啦；」白文禾回嘴，「國小女生？那不就和我妹一樣？我怎麼可能喜歡那麼小的女生？」

「也對。」湯日清向後躺，又彈坐起來，「所以是國中生？還是哪個大姊姊？」

「高中啦。」

「我們學校的？」湯日清猜測，「哪一班？」

白文禾搖頭，湯日清繼續，「別校的？看不出來啊，阿穀，你成天黏在書桌上，原來也會認識其他學校的女生啊？什麼學校的？如果是美女，說不定我也聽過？」

「你倒真的認識。」

「誰？等等，啊，我知道了。我還以為你早就放棄了咧。」

「總該先試試看再決定該不該放棄嘛。」白文禾說：「寫完你幫我送信。」

「好，寫情書我幫不上忙，送信沒問題。」湯日清一口答應，「不過我說真的，不要用這種信紙，不然被人家拒絕，不要把問題怪到我這個跑腿的頭上來。」

白文禾沒有回話，收起信紙，想了想，「清湯，其實我覺得，你或許真該寫寫東西。」

「幫你寫情書？我字很醜哦。」

「不是。」白文禾搔搔頭，「這幾天我試著寫信，一開始覺得很困難，明明想說的很多，但連怎麼開頭都搞不定。要先說什麼呢？然後該接什麼呢？寫這個可以嗎？這樣寫可以嗎？這句會不會太猴急？這句會不會太噁心？但這樣寫會不會太冷淡、無法準確傳達我的想法？不過多試幾次，我覺得思緒比較清楚，也比較有把握該寫什麼了。」

「寫情書這麼難？你不是挺會寫作文的？」

「我只是知道怎麼拿到分數。」

「這麼難還叫我寫？寫什麼？」

「清湯，」白文禾語氣正經，「我擅長考試，喜歡安靜，出社會後一定就是做個無聊的文書工作，整天坐辦公室。但你不一樣。你比較外向，會照顧朋友，將來會去很多地方，認識很多人。我要說的是，我知道你的想法很多，只是不知道自己想做什麼；不知道自己想做什麼，是因為你覺得做什麼都滿麻煩的，而你一向避開麻煩。光想是沒用的，清湯。根據我這幾天的經驗，我認為寫下來可以幫你整理那些想法。」

湯日清不記得那天的對話後來怎麼結束，也不記得自己到底有沒有借到作業，只記得白文禾的建議埋進了他的心裡，像顆一直沒有發芽但固執存在的種子。他開始零星記下一些想法，藉書寫梳理思緒。過了許多年，他終於把自己累積許久的工作見聞寫成書稿、打進電腦，投稿前還先找白文禾讀過。

那份稿子沒被採用。湯日清收到退稿郵件，信裡對稿子沒有任何意見，只說評估後本公司不適合出版。湯日清本來就沒抱太大期望，但讀到信末，眼睛一亮——寫信來的編輯自稱柳亦秋，詢問他是不是自己的小學同學。

湯日清和柳亦秋往覆了幾次電子郵件。柳亦秋提到馬達翰與雷損也在這城，邀湯日清一起聚會；湯日清回信答應，還說會把白文禾也帶去。

02.

白文禾小時候中等體型，比雷損高一點，同湯日清差不多，但運動神經與體能完全比不上這兩個人，和馬達翰就差得更遠。跑接力賽時永遠沒人想要和他編在同一隊，打躲避球時敵隊永遠把他當成首要攻擊目標。有回馬達翰半開玩笑地說，如果他們幾個人一起賽跑，白文禾八成是最後一名，連柳亦秋和徐霏霏都會跑在他前面。大家一陣笑鬧，差一點就真的在學校運動場上做起實驗；白文禾也跟著笑，心裡清楚馬達翰講的並沒有錯。因為他們幾個人雖然常混在一起，但真有什麼小小冒險，就算柳亦秋和徐霏霏都大著膽子加入了，白文禾大多還是會選擇缺席。

遊戲場上的白文禾全身上下都是缺點，但教室裡的白文禾完全不同。

大家都認為白文禾喜歡讀書，白文禾倒沒有大家那麼肯定。

白文禾的確從學齡前就展露了對識字的興趣，家裡的報紙、雜誌、父親買的一些小說、廟裡的善書，只要拿得到手，他就想要知道書頁上的文字代表什麼意義、由文字連綴而成的篇章敘述了什麼事情。但他不確定自己那時究竟是不是因為缺乏在外到處跑的精力，所以才設法在家裡有限的空間中找點消遣，也不確定進了學校之後究竟是不是因為體能太差，所以才盡力透過課本、從考試分數上頭獲得成就感。

入學前識字多，父母很高興；入學後成績好，老師很高興。師長很高興，白文禾也很高興，但也就僅此而已。他擅長做這些事，不擅長做別的事，所以把擅長的事盡量做到最好；至於自己到底喜不喜歡做這些事，他並不確定。

小學時有天下課，馬達翰抱怨自己有個難字老是寫錯，挨了老師的罵。湯日清好奇詢問，發現馬達翰講的是「穀」字。

「『穀』有什麼難的？」湯日清講得很輕鬆，「我就不會寫錯。」

「少臭屁，」馬達翰沒好氣地回答：「你又不是文禾。」

「文禾更厲害，老師第一次教這個字的時候，全班只有他會。」湯日清神氣得好像懂這字的是他自己。

「對啦你們最棒了，啊，這太不公平了。」馬達翰發起牢騷，「我就不會寫字啊，為什麼我的名字筆劃還這麼多？」

「我和阿損的名字筆劃也很多呀。」湯日清反駁。

「別把我扯進來；」雷損插嘴，「我對我的名字沒意見。」

「不是嘛，」馬達翰解釋，「我的意思是，文禾懂的字明明最多，他的名字為什麼筆劃最少？」

「『禾』其實是穀類植物的總稱哦。」白文禾靜靜地道。

「哦？對，老師好像有講過；」馬達翰眼睛一亮，「那以後叫你『阿穀』好了。」

「不要，」白文禾覺得莫名其妙，「為什麼啊？」

「讓你的筆劃也多一點，」馬達翰理所當然地道：「這樣才公平。」

綽號大抵只是嘴上喊喊，鮮少有機會動筆寫下，馬達翰所謂的「公平」其實沒什麼道理；

不過大家真的開始用「阿穀」稱呼白文禾，白文禾抗議無效，聽久了也就習慣了——反正不是太難聽的綽號。馬達翰覺得這樣比較公平，那就這樣吧。

因為白文禾小時候就已經明白，世界上沒有什麼公平可言。

例如自己的運動神經和體能。

又例如雷永涵的遭遇。

或者是神經仔。

白文禾的父親在工業區一個廠房裡當領班，和雷永涵的父母親不在同一個廠房工作，但離得不遠，爆炸事件發生時，曾經直接目睹小型的蕈狀雲從出事的工廠緩緩升起。白文禾的父親向他形容：那朵煙塵宛如盛大綻放的複瓣奇花，混著難以描述的古怪氣味，被一雙看不見的手輕輕托著，朝天獻祭。

隔了幾天，白文禾從雷損口中，得知雷永涵成了雷家一員的消息。

雷永涵死亡之後，白文禾想起父親對自己描述的爆炸事件；小學一年級的他覺得父親好會形容，小學五年級的他明瞭父親那些文字大抵是從家裡幾本武俠小說和善書拼湊出來的。他不認識雷永涵的親生父母，但他和雷永涵是朋友，他認為雷永涵是個溫柔體貼、安靜堅毅的人。這樣的人突然就走了，世間怎麼可能有什麼公平？

神經仔是另一個世間並不公平的實例。

要是現在遇到像神經仔這樣的人，白文禾會很確定對方患有某種精神疾病，可能就是會看見或聽見幻覺、分不清是現實還是妄想的思覺失調症；但翻找回憶，白文禾沒辦法這麼篤定——小時候的回憶早已失真，白文禾當年和神經仔也沒有太多接觸。事隔多年，白文禾連神經仔的本名都不知道，也沒想過有必要知道。其他同學大概也都一樣。

他倒是記起，有回在王爺廟附近遇過神經仔。

那天神經仔看來並不瘋癲，靜靜地聽雷公不知說些什麼。神經仔走了之後，白文禾上前向雷公問好，說自己要找雷損；雷公似乎沒仔細聽，只是嘆了口氣，「可憐人啊。」

「可憐？」白文禾一時沒聽明白，但隨即想起雷公指的應該是神經仔。

「是啊，」雷公轉頭望著神經仔的背影，喃喃地道：「看得見常人看不見的東西，但承受不了，好端端的被折磨成這樣。唉，天意難測，世道不公。」

常人看不見的東西？白文禾剎那間覺得自己被壓進一缸冰水當中，寒氣直衝腦門，「神經仔看得見鬼？」

「看見鬼小事一樁，」雷公搖著頭，「可憐的是，他看得見人。」

「啊？」白文禾聽不懂——每個人不都看得見人？不對，他在心裡糾正自己：瞎子看不見，瞎子什麼都看不見；也不對，他又想：瞎子看不見常人看得見的東西，但能不能看見鬼？

「對了，你找阿損？」雷公不清楚白文禾的思緒轉到哪個方向，也沒回答他未出口的疑惑，不過想起他的來意，「阿損在廟後面幫我晒草藥，你知道怎麼走吧？」

03.

徐霏霏國中一年級回到小學、撞見羅博聞對學妹下手那年的入冬時分，羅博聞被人發現死在住處。

性侵者多是累犯，戀童癖不會只對一個孩子下手，不過警方似乎並未在羅博聞的住處找到什麼令人起疑的東西。羅博聞有部照相機，曾經拍過徐霏霏脫下制服的照片，警方的確找到相機，但裡頭沒有底片，也沒找到相簿。現場相當整齊，看不出外力侵入的可能，羅博聞死在桌前，警方最後發布的死因是心臟麻痺。

徐霏霏那時很注意相關消息。羅博聞對自己下手，對學妹下手，可能還對更多女生下過手；徐霏霏想：警方沒找到什麼，也許只是因為他們不知道該找什麼。徐霏霏沒有去找警察講這件事，也沒有其他女生出面，包括徐霏霏看見的那個學妹。

沒人知道羅博聞有心臟方面的問題。村中開始出現傳言，說羅博聞是被神經仔的冤魂嚇死的，因為羅博聞幾年前指稱神經仔與雷永涵的意外有關，間接害死了神經仔，所以神經仔回來索命。

因此之故，湯日清在春酒聚會提起神經仔以後，徐霏霏才會想到羅博聞。

徐霏霏不確定有沒有冤魂存在，但假若神經仔真的成了冤魂，他也幫助了自己——羅博聞死亡，警方沒有發現疑點，徐霏霏那段過去於是隨著逝者埋葬。如果真有冤魂，徐霏霏想要謝謝他。

神經仔為徐霏霏提供了人生的轉機。

可惜徐霏霏的人生沒有因而一路順遂。

直到白文禾昨天那通電話。

徐霏霏一直知道白文禾喜歡她。不是在這城重逢之後萌生的愛意，白文禾中學時期就寫過情書給她，那封情書還是湯日清幫忙轉交的；甚至荷爾蒙大爆發的青春年月之前，徐霏霏在小學時已然察覺白文禾望向她的眼神，混著戀慕和羞怯。

不過徐霏霏對白文禾始終沒有男女之間的那種情愫。

白文禾小時候額頭很高，現在才三十歲，髮量已經開始明顯稀疏，長相平凡，稱不上醜，但完全稱不上帥；個性說好聽點是溫和，說實際點是溫吞，而且膽子太小，做什麼事都瞻前顧後到令人不耐的程度，和他在一起絕對相當無趣。

徐霏霏初次加入聚會的時候，和大家交換了手機號碼，白文禾的表情掩不住開心。那回聚會的隔天開始，徐霏霏就會三不五時收到白文禾傳來的訊息，有時是網路上看到的趣味新聞，有時是可愛的寵物短片。徐霏霏大多已讀不回，偶爾覺得好玩才回個笑臉符號。時日一久，徐霏霏看出白文禾在設法測試她對什麼訊息有興趣，因為只要有哪個訊息獲得她的笑臉回應，接下來幾天，同一類訊息就會大量增加。

白文禾曾經試著單獨約過幾次徐霏霏，徐霏霏總是拒絕，白文禾也沒有厚著臉皮糾纏。徐霏霏有時會生出一點憐憫，考慮對白文禾說自己已有男友，但又覺得後續會有麻煩——白文禾如果在聚會時提起，大家不免會問東問西，或者要她把男友帶來和大家見見面，倘若要求白文禾保密，又得編出像樣的保密理由，總之沒完沒了，乾脆作罷。

為了和朋友們在聚會時開心地笑鬧，徐霏霏刻意不說或撒謊蒙混的事情已經太多了，她不想再為一個不存在的男朋友傷腦筋。

但昨天白文禾打來的那通電話不同。

白文禾時常發訊息但很少打電話，昨天那通電話裡的說話方式聽起來也和聚會時不一樣，雖然仍是聽慣了的聲音，但多了種公事公辦的謹慎，幾乎可說是幹練。

所以徐霏霏反常地答應見面。所以徐霏霏聽到了足以影響人生的消息。

今天醒來，徐霏霏沒有宿醉的頭痛，但發現枕上留有淚痕。

我在夢裡哭了？徐霏霏的指尖撫過淚痕，想不起自己上回落淚是什麼時候，但想起很多其他事情。

自從神經仔的名號在春酒聚會突然蹦出來後，羅博聞的身影就在塵封的回憶底層蠢蠢欲動，直到昨天聽了白文禾帶來的消息，所有徐霏霏生命裡不想正視的過去，全都海嘯般鋪天蓋地衝來。

昨晚徐霏霏告訴白文禾自己需要想想，今天會再和他聯絡。

白文禾送徐霏霏回到住處，叮囑一定要打電話給他；徐霏霏應允，站在大門裡側待到計程車聲音遠去，才出門買酒。

看著桌上的紅酒空瓶，徐霏霏覺得自己像是作了一個很長的噩夢。

但她現在醒了。噩夢結束了。

阿穀為我的人生帶來第二個轉機；徐霏霏告訴自己：這次我會好好把握。

04.

人不會記得自己的夢。

雖然人類每次睡眠都會作夢，也有人宣稱自己記得夢的內容，但事實上作夢的時候，人的意識並未運作，夢的內容不會進入記憶程序；以為自己記得夢境的人，記得的其實是清醒過程中，意識嘗試組織出來的結果。也許有部分與方才的夢境相符，但人無法確認是否當真如此。

所以，徐霏霏不會知道，自己的中學時代曾經出現在昨夜回顧人生的夢境當中。

即使徐霏霏知道，也只會覺得夢見中學時代莫名其妙。

中學時代對徐霏霏而言，就像小學時校方規定的午休時間，名義上是讓孩子們休息一下，養足精神面對下午的課程，實際上是讓老師們清靜一會兒，有空離校處理一些私事或者待在教師室裡聊些八卦；中學時代理論上該是完成義務教育、確認自身興趣，選定未來發展起點的階段，但徐霏霏現在回想，覺得自己的中學時代完全沒有這些意義，硬要說那六年在她的生命裡發揮了什麼作用，大概只有讓她平平順順進入大學這事而已。

除了回到小學窺見羅博聞行徑那次之外，徐霏霏對國中時期沒有什麼回憶。

上學、放學，假日到市場幫點忙，日子大致如此前進。白文禾、柳亦秋、湯日清、雷損，甚至連馬達翰都到鄰近城鎮就讀國中，分屬不同學校，留在小村裡的好像只剩下她，大家偶爾在路上遇見，也難得講什麼話。假日有時白文禾會到市場的麵攤吃麵，在徐霏霏的父母親面前，白文禾不會找徐霏霏說話，其實就算父母親不在，徐霏霏料想白文禾也不會有膽子向她搭話；國小時那種自然的相處模式已經消亡，白文禾來吃麵，只是想看看徐霏霏。

那時徐霏霏的腦中依然繼續與羅博聞糾纏搏鬥；雖然羅博聞已經死了，但留下來的情緒很複雜。

有時候徐霏霏會告訴自己，她和羅博聞的那段關係是不折不扣的戀愛，結束的原因是她做了什麼讓羅博聞不開心所以不再聯絡，或者是羅博聞單方面移情別戀；有時候徐霏霏會告訴自己，羅博聞就是個下賤的戀童癖，利用她一知半解的傾慕侵犯了她；有時候會自我懷疑那天放學是否也在期待某種意外，有時候會嘲笑自己當時自以為是的成熟；有時候會想起羅博聞魅力十足的笑，有時候想起那個笑會隱隱作嘔。

徐霏霏對高中時期的回憶淡薄。

上學、放學，假日到市場幫點忙，日子大致如此前進。雷公在雷損高一那年去世，雷家遷離小村，雷損跟著轉學，徐霏霏再也沒去過王爺廟，不知繼任的廟公是誰。餘下的幾個朋友和徐霏霏都在鄰近城鎮上課，學校不同，只有通勤等車時會點頭打個招呼。白文禾造訪麵攤的次數少了很多，聽說他連假日都在補習班裡度過。

高中時徐霏霏更漂亮了，時常收到來自校內校外的情書，偶爾和女同學下課後到速食店坐一會兒，都會有從鄰桌傳來的小紙條，也遇過直接了當的邀約。無論情書的內容和邀約的態度是畏畏縮縮還是大大方方，徐霏霏一概拒絕。徐霏霏覺得自己已經擺脫了過往的夢魘，封存那段記憶，而這些不請自來的東西，畏縮的會讓她想起自己愚昧的期盼，大方的會讓她想起男人欲望的噁心。

國小到國中，小村就是徐霏霏的整個世界；高中通勤到鄰近城鎮，但生活仍與小村連結緊密。只要還呼吸著工業區的空氣，一切就不會改變。是故，徐霏霏認定，終結過去的根本之道是——遠離小村，到一個沒人認識她的地方生活，截斷所有關聯，一切重新開始。

於是徐霏霏決定，選擇大學時的重點不是學校和系所，而是距離。

因為人不會記得自己的夢，因為在徐霏霏的印象裡，中學時期只是個無聊的過渡，所以她不知道，自己在昨晚的夢境裡，重溫了高中時的一段回憶。

「不是我寫的，是阿穀。」回憶裡，湯日清把白文禾的情書交給她時，誠心地說：「我想妳大概不會接受，但拜託妳一定要讀。」

那是徐霏霏唯一讀過的一封情書。

信紙素雅，沒有花邊裝飾也沒有香氣浮動，很像規規矩矩的白文禾。字跡端正，語意懇切，徐霏霏讀著，覺得有股暖意流進心中。

夢裡的徐霏霏知道，現實當中的自己早已遺忘這段往事，於是輕輕哭了起來。

枕上的淚痕，是夢中溫暖的證明。

05.

這城比小村好玩多了。

雖然是間排名中後段的私立大學，雖然是個光看名字完全不確定能學到什麼的科系，但能夠遠離小村，徐霏霏非常開心。新環境，新同學，徐霏霏感覺自己成為一個全新的人。

散布在這城各區舒適精緻的展演場所，光是身處其中就感覺自己的氣質高了一個檔次，同樣是各區都有、但東區特別集中的多國精品百貨商城，一走進去圍繞身旁的味道就讓人覺得典雅華貴。徐霏霏對藝文展演的興趣不大，偶爾去逛逛的原因大多和展演內容無關，只是覺得箇中氛圍能夠洗去身上從小村帶來的俗氣；精品百貨對徐霏霏而言吸引力大多了，雖然每個標價牌的數字右側末尾好像都誤放了好幾個零，但在其中穿梭遊逛就已經很愜意。

無論是展演場所還是精品百貨，徐霏霏剛開始走進去的時候都有點戰戰兢兢，彷彿自己身上帶著工業區的空汙臭氣，會把整個場域的美好攪成一團爛泥。幸好那些地方的接待人員幾乎都一樣，乾淨、有禮、帶著微笑、舉止客氣，造訪次數多了，徐霏霏的態度也就自然了，認為自己已經褪去裹在身上的小村氣味，變得像個這城的居民。

徐霏霏交了新朋友，大一時連假還會搭車返鄉，大二起除了農曆新年之外都留在這城。長途交通並不舒服，最便宜的國道客運車廂裡的味道永遠都很令人反胃，貴一點的火車遇上連假一票難求，而且總會遇上舉家出遊時整路哭鬧的孩子和大聲叱罵的父母；最花錢的高速鐵路下車後得再轉幾次公車，整趟算下來沒省多少時間，只覺得浪費鈔票。

返鄉反正沒什麼事情好做。和舊日友伴早已斷了聯繫，小村也沒有什麼值得遊逛的景點，最接近咖啡店的地方是大二才出現的便利商店附設餐區。徐霏霏沒有到麵攤幫忙的意願，父母親也認為搶車票耗時間關在家裡發呆還不如留在這城好好用功，對她不常回家沒有意見，於是徐霏霏也就在這城待得理直氣壯。

徐霏霏交了男朋友，大一時到美術館看展時認識的，大她兩屆的國立大學學長。剛開始進展不算快，發生關係之後成天混在一起；剛開始男友對她百般誇讚，發生關係之後開始管東管西，從她的生活習慣管到她的穿著打扮。徐霏霏本來順著男友的意思調整，心忖他是為了自己著想才鎮日嘮叨，一段時間之後開始有點不耐煩，但回嘴就會替男友的怒氣添加燃料。

大一暑假過了一個月，徐霏霏就因為與男友的約定匆匆回到這城，男友騎著機車到車站接她，回到住處的途中一遇紅燈，手便朝後伸來，從她的大腿一路摸到臀部。兩人一關上住處的門馬上開始寬衣解帶，徐霏霏雖然覺得疲累，但還在心裡甜蜜地感嘆「這就叫小別勝新婚啊」，男友突然皺眉說徐霏霏身上有股怪味。徐霏霏不確定男友指的怪味來自籠罩小村的工廠廢氣還是充斥車廂的沉滯汙濁，只說自己沒有聞到；男友一面拎著她剛脫下的短褲說這實在太短以後不能穿出去，一面揮手命令她去洗澡。徐霏霏突然覺得自己受夠了。

後續幾年徐霏霏換了幾任男友，歸納出心得：從前讀的小說裡什麼心如小鹿亂撞脊椎有電流衝過之類的戀愛描述全是假的，無論年紀大小，無論長相好壞，男人就是種愚蠢的生物。

大學二年級開始，徐霏霏不再參觀各種展覽，尤其避開美術館——與前男友分手時，前男友用極端嫌惡的口氣罵她「破麻」，徐霏霏完全不想再遇上這個人——和系上同學與學姊到處玩的時間變多了。

逛街，唱KTV，喝下午茶，聚在一起聊八卦，和姊妹們相處的時光充滿樂趣。徐霏霏知道其中幾人有男友，有兩個同學的男友還不止一人，只是學姊指示：女孩專場，男賓止步。

徐霏霏對學姊很好奇。

學姊大四，長腿細眼，初識時會覺得神情冷淡，可是一笑就相當嫵媚，追求者眾，不過沒有固定交往的對象，算是這個小團體的領頭人物，這城有哪些新鮮有趣的去處，問學姊準會得到滿意答案。徐霏霏注意到學姊穿著的衣飾和化妝品都是專櫃名牌，暗自羨慕，心忖這才是這城女孩該有的生活方式。

這天學姊找大家到高級飯店喝下午茶，再到KTV唱歌。高級餐廳下午茶的價格嚇人，徐霏霏想起帳戶餘額，十分猶豫。

學姊看出徐霏霏的難處，「不要緊，下午茶我請客。」

「這樣不好意思。」徐霏霏搖頭。

「錢要換成快樂才有價值，」學姊微笑，「別擔心。」

「太貴了。」徐霏霏瞥一眼學姊領口低調但精緻的銀鍊，不知自己指的是下午茶還是學姊的飾品。

「刷卡就好啦。」學姊修長的手指撫過銀鍊，「而且我有打工。」

「打工？」徐霏霏抬起眼睛。

「別告訴其他人，」學姊低聲笑道：「下回我帶妳去。」

06.

穿著學姊借她的小洋裝，拿著學姊借她的名牌包，徐霏霏覺得有點不大自在；學姊比她纖細，所以洋裝上圍繃得太緊，手上的名牌包價格大概等於她一整年的生活費。不過學姊替徐霏霏上妝之後，徐霏霏看著鏡子裡的自己，又覺得那才是自己想要的樣子。

自己該有的樣子。

學姊料想徐霏霏穿不慣高跟鞋，借了她一雙楔型鞋，自己拖著一個小型登機箱，出門前回頭問：「對了，學生證帶了嗎？」

「帶了。」先前學姊囑咐過要帶學生證，徐霏霏沒忘；她原來以為打工面試得看證件，現在覺得自己的打扮似乎不像要去面試。

而且晚上九點才去面試，好像也太晚了點。

計程車經過徐霏霏熟悉的商店街，彎進她逛街時從未留意的巷弄，徐霏霏看見長長人龍沿著巷子排列，隊伍裡每個人身上都看得見名牌標誌，每個人的臉都映著巷底那扇門外一行英文字母散出的亮光。

那行英文字母不是霓虹燈，而是固定在門邊牆面的實心材質，暖黃光亮從字與牆之間的空隙透出，看來沉穩大器。「HELIOS」，徐霏霏在心裡唸出那行英文字，不確定是什麼意思。

學姊沒理會排隊人龍，逕自向門旁穿著襯衫的工作人員講了幾句，便拉著徐霏霏進門，穿過一段走道，推開另一扇門，震耳欲聾的電子音樂朝徐霏霏當頭砸下。

「原來學姊在夜店打工？」徐霏霏顧不得東張西望，緊跟著學姊繞著舞池邊緣走向吧檯；學姊和吧檯裡的調酒師略做交談，彼此點點頭，調酒師把學姊登機箱提進吧檯，學姊回頭對徐霏霏道：「走吧，進包廂。」

包廂隔絕了舞池的音場，徐霏霏也安定了點，隨學姊一起坐進沙發。「想想要喝什麼，妳說得出來的，吧檯都會做，不過先別點酒，不然到後面妳會很累；」學姊彎腰從桌下拿出兩支麥克風，「想唱歌的話這裡也可以唱。」

點酒？唱歌？「學姊，」徐霏霏不明所以，「等等不是要面試嗎？」

「面試？」學姊笑了，「我們是來玩的。」

「不是要打工？」

「玩就是打工。」

徐霏霏還想再問，敲門聲響起。一名穿著制服的侍者領著四個二十來歲的青年進門，有的穿著牛仔褲，有的穿著五分褲，全都搭配名牌T恤，看起來個個體格健壯。「小姐，」其中一名青年開口，「包廂都滿了，我們可以和妳們併桌聊聊嗎？」

「可以呀，」學姊甜甜地笑，「要請我們喝飲料哦。」

「那有什麼問題？」另一名青年搶話，「兩位想喝什麼？開瓶紅酒？」

「我們是大學生，不大會喝；」學姊說：「你很壞心耶，想欺負女生？」

青年們笑了起來。

過了半個多小時，學姊把徐霏霏拉出包廂，到吧檯拿了登機箱，再把徐霏霏拉進女廁，徐霏霏才知道登機箱裡備了替換衣物。換好衣服，登機箱回到吧檯，學姊和徐霏霏沒有走回原來的包廂，而是由侍者領向另一個包廂。

這個包廂裡有三名男子，年紀較長，約莫落在四十到五十之間，全都穿著襯衫，看來像是商務人士。

「大哥，我們第一次來玩，但包廂都滿了；」學姊開口，「可以和你們併桌嗎？」

「能喝嗎？」其中一名男子指指桌上的威士忌。

「那個太烈了啦，我們沒喝過；」學姊可愛地吐吐舌頭，「我們只是大學生。」

「大學生？」那名男子眼睛亮了起來，「真的嗎？」

「當然是真的呀。」

「大學生帶那麼貴的包？」第二名男子指著徐霏霏。徐霏霏已經換掉小洋裝，改穿細肩帶小可愛和熱褲，不過仍拿著學姊借她的名牌包。

「這位大哥眼力真好。」學姊答話。

「做精品生意這麼多年，」第二名男子哼了一聲，「怎麼會看不出來？」

「難得到這裡開開眼界，我們都覺得一定會遇上社會經驗豐富的大哥，討教一些人生道理，」學姊笑著，「所以不敢穿得太隨便，那個包是從媽媽衣櫃裡偷拿出來的。」

「妳們是姊妹？」第一名男子笑咧了嘴。

「對呀，表姊妹；」學姊眨眨眼，「你猜誰是姊姊？」

「我們不需要小姐陪酒。」第二名男子對侍者說。

侍者還沒回話，學姊已經走向第二名男子，掏出學生證，拿著下緣湊近男子眼前，「我是大學生，這是我的學生證。大哥，不願意併桌就算了，沒必要說這種話。」第二名男子微微一驚，學姊收回手，轉頭對徐霏霏道：「我們走吧。」

「等等。」第三名男子舉起手，「可以喝一點就留下吧。」

徐霏霏聽見身後有什麼動靜。轉頭一看，侍者已經悄悄退出包廂，關上了門。

07.

「抱歉沒先和妳講清楚，」隔天中午，學姊找徐霏霏吃飯，笑得坦然，「妳的臨場反應很好呢。」

前一天晚上，徐霏霏跟著學姊跑了五個包廂，喝了一些酒，回到住處已經超過凌晨兩點，她倒頭就睡，沒有卸妝，也沒出席早上的課，「原來學姊說的打工是陪……」

「沒先講清楚，就是不想讓妳有先入為主的觀念。」學姊打斷徐霏霏的話，「那不是陪酒。我說過，那是去玩，順便打工。」

學姊解釋，她並未受雇於HELIOS，只是與店家達成協議，負責炒熱包廂氣氛。「HELOS是城裡最有名的夜店之一，社經地位水準不夠或者不認識有力人士，是進不去的；」學姊道：「進去的再分等級，只想隨便玩玩的在外頭，花得起錢的進包廂。」

HELIOS的包廂需要預約，昨晚難得有空的，所以店家先安排學姊和徐霏霏進空包廂，偽裝成一般客人，侍者遇上看起來有點消費能力的男性顧客，再用「可以和女大學生併桌」為由，誘使他們支付包廂費用。

「昨天第一夥人八成是自己沒什麼本事但家裡有錢的公子哥兒，大概也不會待太久，只是想找人上床；」學姊道：「除非妳覺得這樣可以嫁入豪門，否則不用花太多時間應付。」

店家安排她們進第二個包廂的原因，是認為那幾個商務人士的消費金額偏低。「他們訂了包廂，沒有女客，也沒找傳播妹，應該是談完生意的放鬆招待行程；」學姊道：「那些事業有成的男人，最喜歡小女生把他們當偶像崇拜，我們進去哄幾句，他們就捨得多花點錢。喔，對了，像那種要用到學生證的場合，記得證件要自己拿著，用手指遮住姓名，露出校名和照片就可以了，注意別讓對方拿去，免得後續出什麼問題。」

昨晚學姊付了來回計程車資，除此之外，從包廂服務到食物飲料，她們都沒花半毛錢。

「我從最後那兩組客人拿到幾張名片，有中資企業也有外商公司。」學姊舉起手指，「建立人脈很重要，畢業後找工作比較方便。」

「但是我看到有個色老頭摸妳大腿。」徐霏霏皺眉。

「那家公司我會小心，不過那種色鬼通常也代表很容易控制。」學姊並不在乎，「我一向注意分寸，再說，妳沒被男人摸過嗎？摸妳的男人給過妳什麼？我不需要做其他事，被摸兩下沒什麼了不起的，想想那幾個小時我們賺了多少就好。」

凌晨離開HELIOS之前，學姊收到一個厚厚的信封，回程車上，學姊從裡頭抽了一疊塞進徐霏霏幾乎全程護在懷裡的名牌包，數都沒數。

「不必花錢，可以去城裡最頂級的夜店玩，順便賺錢，還能為未來鋪路；」學姊豎起手指計算，「一舉四得，這麼好的打工機會，我只告訴妳。」

十點多醒來之後，徐霏霏把從學姊那裡借來的衣飾裝進紙袋，打算吃午飯時還給學姊。摸觸感良好、設計精緻的名牌包，算算裡頭的千元紙鈔，徐霏霏承認自己相當心動。

不過，她也明白，學姊的「打工」有其風險。

HELIOS和學姊之間沒有聘任關係，包廂裡真發生了什麼事，都無法期待店家會出面協助解決。像學姊這樣熟稔各種應對方式、能夠避開危險，在所有情況下全身而退，或許就沒什麼問題，但徐霏霏認為自己沒有那麼高明的交際手腕。

「學姊，我覺得我不行。」

「是覺得這麼做有問題？」學姊問：「還是擔心自己不知道怎麼對付男人？」

「後面那個。」徐霏霏不想這樣賺錢，但也想不出反駁學姊的說法；這麼做有沒有問題？她不確定。

「看場合說話的技巧可以學，」學姊道：「不要自己去，跟著我跑幾回就會熟練了。」

「我覺得還是不行。」

「是嗎？」學姊沒堅持，「真可惜。昨天負責人看到妳的時候，還對我說妳很有潛力，叫我常帶妳去。」

「負責人？」

「妳也有看到吧？」學姊道：「我們要走的時候，在門口遇到的。」

那是一名身後跟著兩個高大保鑣的年輕男子，皮膚白淨，神情淡漠，看了徐霏霏一眼，和學姊低聲說了幾句話。徐霏霏覺得男子的年紀可能只和自己差不多，現在想想，更覺得他的神情似曾相識。「我想起來了，他叫什麼名字？」

「英文名字叫Horus，大家叫他『霍哥』，其他我就不清楚了。」學姊促狹地看著徐霏霏，「覺得人家長得帥，想試試能不能交個有錢男友？」

徐霏霏搖頭。

「如果沒把握應付那些客人，就別想應付霍哥，連我都覺得他這人有點難以捉摸，聊過幾次，只知道他喜歡名車；」學姊想了想，「而且，我認為他不喜歡女人。」

08.

類似的打工，後來徐霏霏還和學姊去了兩回。學姊看得出徐霏霏並不熱衷，也沒有持續費勁遊說，畢業之後，兩人很自然地斷了聯繫。過了一陣子，徐霏霏聽說學姊進了一家中資公司，老闆就是那個摸她大腿的色老頭。

徐霏霏沒再去過HELIOS，但某些用錢的習慣不知不覺保留了下來。當季名牌是買不起的，但過季的就可以考慮；專櫃的保養品和化妝品昂貴，所以得先存筆錢，趁百貨公司週年慶時排隊一次買齊；一、兩個月去頂極餐廳優雅地品嚐一頓美味，是犒賞自己的必要放鬆程序；還有，不要選擇和吝於在女友身上花錢、讓女友過得開心的男人交往。

家裡提供的生活費不多，徐霏霏很清楚，私立大學的學雜費對父母親而言是筆不小的開支，他們為了不讓徐霏霏背負助學貸款，已經用盡全力。徐霏霏在學校附近咖啡館找到打工機會，雖然沒有遇過毛手毛腳顧客，但拿到薪水時常會想起學姊對她說過的話；雖然自認已經相當節儉，每個月收到信用卡帳單仍然總會嘆氣。

畢業之後，徐霏霏告訴家裡要留在這城找工作，沒提自己畢業之前就已經開始投履歷面試、但一直沒能獲得回音的事實。父母親沒有反對，只是叮囑她出門在外務必事事小心，表示會繼續提供生活費，等徐霏霏工作安定了再說。

這天結束一個面試，徐霏霏暗忖機會不高，感受到的除了沮喪，還有一連串失望所積累的疲憊。

想起待繳的那堆帳單和房租，想起每個月都只能付最低應繳額度的信用卡債務，徐霏霏打消以美食安慰自己的念頭，走進一家速食店面對遲來的午餐。

漢堡吃到一半，徐霏霏注意到有個人站在桌前看她。

「小姐，不好意思；」那人態度謹慎地在桌上放下一張名片，「打擾妳幾分鐘。」

開始上班兩個月後，徐霏霏深深感覺自己重獲新生，她告訴自己：這正是我想要的生活。

在速食店向她搭話的那人負責為經紀公司「Balder」尋找新人。那人解釋，Balder由國內一家知名模特兒經紀公司的幾個股東轉投資成立，專門替母公司培育模特兒新秀，而他認為徐霏霏條件很好。

那人穿著整齊，談吐穩重，掀開筆記電腦讓徐霏霏看了公司舉辦活動時幾個一級模特兒出席的照片，提及公司福利不錯，不過沒有其他煽動的慫恿，只請徐霏霏可以找空到公司看看。

突然出現的好運讓徐霏霏生出戒心，回到住處查了網路資料，發現的確有這家公司，還培訓過幾個徐霏霏聽過的模特兒，於是找了時間去參觀。公司裝潢看來正派，出入的工作人員都穿著正式套裝。接待人員聽了徐霏霏的來意，請出一名主管，主管帶著徐霏霏看了位於其他樓層的攝影棚，說明Balder的工作內容及福利制度，一面回答徐霏霏提出的問題，一面詢問徐霏霏目前的工作狀況、家庭環境以及未來規劃。

回到辦公空間，主管問：「徐小姐什麼時候可以來上班？」

「啊？」徐霏霏愣了一下，「不用先面試嗎？」

「我就是人事部的經理，剛剛妳已經通過面試了；」主管笑著說：「方便的話，現在可以先簽約。」

公司福利的確很好。公司出錢替徐霏霏在嶄新的大樓裡租了附家具的套房，視野良好，交通方便；公司的薪資優渥，徐霏霏還了部分卡債，刷卡添購新裝。第一個月幾乎都耗在課程上頭，內容包括肢體儀態、美妝保養，甚至還有談話技巧，徐霏霏覺得自己比在大學聽課時更認真；第二個月到攝影棚拍了幾組照片、錄了幾段影片，算是成果驗收，被閃光燈和攝影師的讚美包圍，徐霏霏認為自己表現不差。

第三個月的前兩週，公司沒有聯絡，徐霏霏過得相當悠閒，好奇自己以模特兒身分出道的第一張照片會出現在哪個媒體；她已經告訴父母自己開始上班，但沒講工作內容，打算等照片刊出再給他們一個驚喜。兩週之後她開始有點不安，打電話到公司問了幾次，得到的回答都要她靜待安排。

公司打來的電話在第四個月的第一天響起。

打電話來的同事和徐霏霏約了時間，要她隔天準時到公司找業務經理報到。

09.

除了辦公桌後方的業務經理，辦公室待客沙發上還坐著一名年輕男子。年輕男子朝徐霏霏點頭招呼，徐霏霏回了禮，覺得對方似曾相識。經理沒替兩人介紹，也沒要徐霏霏坐下，直接開口，「霏霏到公司多久了？」

「剛滿三個月。」

「一季了啊……」經理翻翻資料夾，「整季都沒接案子，說不過去吧？」

「對，」徐霏霏解釋，「一直在等公司派案子給我。」

「等了一季？」經理皺眉，「這樣的工作態度不行啊。」

「可是……」徐霏霏剛想反駁，經理沒給她機會，「合約上載明，公司支付薪資，另依案件酬勞分潤，但像妳這樣光領薪水不工作，等於是違約了，除了應該解約，我們還可以告妳。」

「啊？」徐霏霏慌了。

年輕男子靜靜舉手，「剩下的我來說吧，你先出去。」

「是。」經理聽話地起身，把資料夾交給年輕男子，經過徐霏霏身旁時不忘叮囑：「霍哥特地見妳，妳要把握機會。」

徐霏霏想起，年輕男子是幾年前在HELIOS門外打過照面的夜店負責人。

「別緊張，」霍哥抬抬下巴，示意徐霏霏在他對面落座，「坐吧。」

霍哥表示，公司不會打沒必要的官司，違約問題有其他解決方式。「合約妳是看過才簽的。」霍哥在徐霏霏面前翻開資料夾，「前三個月是試用期，現在公司認為妳不適任，我想妳不是惡意違約，所以解約就好。妳的房租、課程和攝影費用都由公司代墊，根據合約，成為正式員工之後，會從接案酬勞裡分批扣回，既然妳沒有通過試用階段，解約之後，妳得先清償這部分款項。」

看到霍哥在計算機上按出的數字，徐霏霏嚇了一跳，「我沒有這麼多錢。」

「我可以通融，讓妳分三期，」霍哥又按了幾個鍵，把計算機放到徐霏霏面前，「加上利息，每個月這樣就好。」

「這樣就好」看起來巨大得很不好。解約等於失去工作、失去住處，加上先前未清的卡債，徐霏霏知道自己不可能每個月再擠出一筆款子；不過霍哥似乎是個可以商量的人，「能分更多期嗎？」

「公司不是融資機構；」霍哥否決，「不能清償，就真的算惡意違約，律師會發函到妳的戶籍地址，通知妳出庭。」

那不就會讓父母親知道？「對了，不要解約，」徐霏霏猛地想通，只要不解約，這部分問題馬上就會消失，「我上課很認真、很願意工作，而且也打好幾次電話來問，但是……」

「有心工作都好商量。」霍哥舉起手截斷徐霏霏，「大環境景氣不好，外頭發案子的機會就少。幸好公司有個自營的特別專案，我可以讓妳加入。」

「真的嗎?太好了!」真是峰迴路轉，徐霏霏急急地道：「我一定盡力工作。」

「特別專案服務的對象，都是各界成功人士；」霍哥闔上資料夾，「他們雖然生活光鮮，不過其實沒什麼聊天的對象。工作場合認識的人很多，但難以交心，其他場合認識的呢，也可能只是被他們的社經地位吸引。我們的服務，就是提供他們一個放鬆的時刻。」

「所以……」徐霏霏問：「我要做什麼？」

「陪伴。」霍哥道：「他們要吃頂級牛排，妳陪他們選紅酒；他們要打小白球，每一桿妳都拍手；他們要和妳洗澎澎，妳幫他們解皮帶……」

「一起洗澡？」徐霏霏臉色一怔。

「……他們要妳脫衣服，」霍哥沒理她，「妳就問，要一件一件脫下來疊好，還是他們要享受撕開的快感？」

原來如此。徐霏霏聽過這類傳聞，只是沒想到自己會遇上。她自認不是沒見過世面的小女生，而且霍哥的語調不熱切也聽不出威脅，就是公事公辦，因此徐霏霏反倒鎮靜下來，大著膽子問，「如果我不做呢?你會找人打我?還是用毒品控制我？」

「沒必要。我從不強迫別人做事。」霍哥輕輕搖頭，沒有發怒，「我不碰藥，我認為用藥的人都會嗑壞腦子，不過如果妳成為正式員工，想用藥我可以算妳員工價，前提是不影響工作；同樣道理，打妳妳就不能正常工作，對我沒好處。大家都是為了賺錢吃飯，妳不做，把錢還清就好；當然，我會覺得有點可惜，我看過妳培訓的成績和照片，相當不錯。」

「霍哥，我接受培訓，不是為了……」

「不是為了做雞？」霍哥看看徐霏霏，「我們的服務層次沒這麼低。要叫雞，那些客人高興叫幾打就叫幾打，會找上我們，因為我們與眾不同、層次更高。妳剛說上課認真，那正好，那些課程在妳服務客人時全都能派上用場。把這當成一種專業，相信自己從課程裡學到的專業能力，薪水照領，不用房租，客人雖然直接付款給公司，但如果另外給妳零用錢和禮物，都算妳的。依我估算，妳的課程和攝影費用，接三、五個服務就能還清。」

也就是說，忍受幾次就能順利解約、不背債務地離開？徐霏霏有點動搖，但仍搖搖頭，「我……」

「妳沒認出我是誰？」霍哥傾身向前，淡漠的臉上首次露出一抹笑。

「霍哥，呃，Horus？」徐霏霏在記憶裡翻找學姊說過的名字，「幾年前我們在HELIOS外面見過。」

「喔？」霍哥抬抬眉毛，「我擅長看出人的潛力，但對人臉的記性不好，見過的人太多了。」

這不是正確答案？徐霏霏表情疑惑。

「HELIOS算小試身手，Balder比較有賺頭，我要照顧的公司還有很多。」霍哥站起身子，走了幾步，「這種教育新人的事，我本來都交給手下去辦。」

方才經理的確提過「霍哥特地見妳」，但徐霏霏想不出原因。

「我對人臉記性不好，不過對人名記性很好，所以拿到妳的資料，就決定自己過來看看。徐霏霏，」霍哥看著她，「我是王慶旭。」

啊？徐霏霏睜大眼睛。

「在我面前就不用裝純潔了；」王慶旭居高臨下地微笑，「我知道妳早就被羅博聞上過了。」

10.

有時徐霏霏覺得，自己的人生，在等待羅博聞的那個傍晚教室裡就已經成為定局，只是十多年後王慶旭才揭露這個事實。

王慶旭告訴她，羅博聞知道依附王家的好處，一心巴結；應付考試對王慶旭而言輕而易舉，所以家教時間羅博聞講的大多是他從學生家長口中打聽到的、與王家及工業區有關的傳言與抱怨，王慶旭假意奉承幾句，羅博聞就會志得意滿地吹噓自己取得村民信任的本事，以及有多少女學生向他投懷送抱。

徐霏霏原來打算忍耐幾回、解決債務問題後就快快抽身，後來決定再撐一陣子、先存妥一筆錢比較保險，但幾年過去，她終究沒有這麼做。總有要換購的新手機，總有要換季的新提包，總需要打理門面的保養品，總需要維持身材的健身課。想在這城過得舒服一點，就不會有錢儲蓄；想要保持流行體面，信用卡就是種必需品。而且，她會想起先前求職的失望，她會想起目前生活的安逸，她會替自己遲遲沒有行動找出各種藉口，包括承認王慶旭的說法：她天生就適合這種工作——雖然在HELIOS門外，王慶旭並沒有認出徐霏霏，那句「很有潛力」，只是單純以她的外貌判斷她會是值得投資的商品。

陪伴服務不一定以性收尾，雖然有時的確只有性，但也有些例外，比如那個穿著寒酸但出手闊綽的老先生，每隔兩、三週就找徐霏霏聊股票談投資，每回都送徐霏霏昂貴的香水或名牌飾品，從沒其他要求。時日一長，徐霏霏感覺就像多了個沒有日常爭吵、總是愉快相處的家人，有回老先生問起她的真名，徐霏霏沒有隱瞞。從飾品看來老先生品味不差，徐霏霏問過為何老穿大賣場的廉價衣褲，老先生說習慣了就沒必要改。

可惜這樣的老先生只有一個。面對其他顧客要求的性服務，徐霏霏也會盡責。什麼工作都一樣；徐霏霏告訴自己：總有些做得到做得好但不見得做得開心的部分。工作內容應付得來，收入也優渥穩定，正如老先生說的：習慣了就沒必要改。

徐霏霏沒再見過王慶旭。

過了三年，組織重整，她打聽原因，得知王慶旭意外身亡的消息，也才明白自己所屬的組織龐大紛雜，除了迎合金字塔頂層的陪伴服務，也有專門讓中階族群偶爾放縱享樂的設計。不同單位、不同公司，與這城的政治、商業，以及黑幫勢力相互糾葛依存，王慶旭的靈活手段讓各方都能平衡獲利，他的死亡，讓每個勢力都想在重新分配的過程裡搶到最大占比。

組織重整，徐霏霏有了個出乎意料的新主管，工作細節有些變化，但內容大致相同。又過了幾年，年紀漸長，徐霏霏清楚自己不可能永遠如此生活；雖然不再負債，有些存款，只是接下去該怎麼走還沒有頭緒。

白文禾昨天帶來的消息，為她的人生指出新方向。

這回當然不能再做出錯誤決定了。

徐霏霏花了一個早上仔細地處理東西——為了這個攸關未來的重要決定，有些物事必然要先行規劃。

午後她出門到便利商店交寄包裹，臨時起意，決定散散步；二月底的氣溫仍有涼意，回到住處，徐霏霏身上有汗，但心情愉快。她覺得自己真正成為能夠在這城生活的人了。

先打了個電話，再泡了長長的熱水澡，徐霏霏坐在床沿塗抹保養品，記起晚一點要聯絡白文禾。

白文禾肯定已經知道她這些年靠什麼工作過活，但昨晚很體貼地並未明說。

高中時徐霏霏沒有回覆白文禾的情書之後，白文禾也不再到麵攤吃麵。接下來的年月，白文禾從來不曾出現在徐霏霏的思緒當中，直到她聽聞國小同學聚會的消息。

徐霏霏起初不想參加，原因很多，除了白文禾之外，她也不想看到昔日友伴個個功成名就，只有自己得靠身體掙錢——既然不想改變營生方式，就毋需拿對照組映照出自己多麼不幸。後來試探性地去了一回，發現大家的物質生活根本比不上自己，從老先生那裡聽來的市場觀察倒是唬住了朋友，讓他們以為自己是個慧眼獨具的投資專家，又覺得大多數朋友實在單純得可笑，連王慶旭在這城幹過什麼都不知道，自己的生活也沒什麼不好。

更棒的是，和大家在一起笑鬧，徐霏霏會感覺自己重新變回那個女孩，那個還喜歡讀言情小說、還有許多戀愛幻想，還沒有在傍晚教室裡等待羅博聞的徐霏霏。

那個女孩屬於徐霏霏已經從生命裡割捨棄置的小村。她從不知道自己懷念那個女孩。

現在我要捨棄另一段過去；徐霏霏把小腿上的乳液用手掌抹勻，心想：朋友們不需要知道，保持單純就好。

三 我們只是明日的孩子

我們只是明日的孩子，
與昨日藕斷絲連

——Europe〈Prisoners in Paradise〉

01.

雷損知道王慶旭幹過什麼。

開計程車之前有大約兩年的時間，雷損是王慶旭聘任的私人司機。那兩年裡，雷損從後視鏡裡看到的異象，比後來開計程車的五年加起來多了好幾倍。雷損知道Balder其實是個高級應召中心，知道王慶旭與許多不法情事有關，知道王慶旭如何利用金錢、權力、藥物和性來平衡隱在這城光鮮表象底層的紛擾勢力，也知道當年王慶陽失蹤的時候，王慶旭其實相當高興——王慶旭認為這個哥哥是個只會惹是生非的蠢貨，雖然大自己三歲，但自己從小就常幫他收拾殘局；這種人的人生只會繼續堆高麻煩層級，影響家中各種事業的獲利，早點失蹤最好，眼不見為淨。

那兩年裡雷損沒見過徐霏霏。就算見了，雷損不見得能幫上什麼忙，徐霏霏的際遇也不會有什麼改變。況且當時的雷損，認為自己有更重要的任務。

因為雷公喜歡旅遊，所以雷損小時候常對祖父說，等自己長大了，要買輛車載祖父到各地去玩，雷公總是笑呵呵地點頭。

可惜雷公沒能活到那個時候。

雷損高一那年，雷公過世。雷損的父母以非常快的速度打點好一切，帶著雷損離開小村，遷居這城。雷損知道，父親本來就不喜歡小村，也不希望看到雷損在雷公之後接管王爺廟，從三年前雷公發現身體狀況有異、被診斷出長了腦瘤之後，父母親就一直在為這一天做準備。

遷居之前父親就已經和這城的補習班談妥工作，本來是家庭主婦的母親則開始到超市上班，一家三口租屋居住。母親常笑說雖然住的地方小了，也沒有廟要照顧，但自己反倒更累。雷損明白父親多排班表、母親出門工作，為的是在這城買個居住單位，真的落地生根，揮別小村。

雷損很快就習慣了這城的生活，下課和閒暇時候喜歡在各處巷弄亂鑽亂逛。他認為這城和小村差不多，只是表面覆了一層眩目的虛殼，每個人都打扮得比較漂亮，但仔細觀察就會明瞭，這城的人不比小村的人高尚或者善良。

對雷損而言，住在這城唯一的好處是容易接觸到小村裡難得聽聞的各國唱片；從高三到大學，他耗在唱片行裡的時間比任何地方都多。

高中畢業之後，雷損考進這城的大學，同一年，雷損的父母拿出積蓄，加上銀行貸款，買下一棟預售大樓裡的一個單位。扣掉公設，室內還有三十幾坪，三個人住稍微有點大，母親假意怨怪空間太大、打掃太累，父親分明想整她，但他們真正的希望是等雷損哪天認識了一個好女孩、打算成家，可以不用煩惱住處——這地方就算雷損有了孩子，三代一起住都不成問題。

可惜雷損的父母親沒能活到那個時候。

一滿十八歲，雷損就去考了汽車駕照，有時假日一個人開車到處跑，彷彿在履行對祖父的承諾。父母親偶爾叨唸，雷損就乖乖待在家裡，父母開口要他當司機接送辦事，他也不會推辭。雷損對父母親把自己帶離小村沒有怨言，他明白父母親的想法，再說他也不怎麼懷念小村，只是十分懷念祖父，獨自駕車時，常會想起祖父臨終前對自己說的那席話。

大學畢業後，雷損一年內換了三個工作，在這城不算特例，也不算順利。那年父親任職的補習班尾牙，父親決定帶母親出席，雷損隔天要面試新職，父親囑他留在家裡早點休息，保證自己不會碰酒，開著車載母親出門。

時近半夜，雷損剛熄燈就寢，電話響起。

父母親在回程途中遇上車禍，當場死亡。

事故的原因很清楚——父親的確沒有喝酒，遵守交通規則，肇事責任全在攔腰撞上他們的另一方。

「我的委託人會負全責。」肇事方的律師帶著肇事者與雷損見面，「刑事責任免不了，不過民事部分，我方願意提供令您滿意的和解金額，您同意的話，雙方都可以省去民事訴訟的麻煩。」

律師身旁的肇事者沒有說話，對上雷損的視線，低下頭去。

雷損覺得肇事者的臉上看不出一絲後悔。

和解金額和父母親的保險理賠讓雷損一次清償了預售屋的剩餘房貸。幾個月後新居落成，辦完交屋手續，雷損站在空蕩蕩的客廳中央，靜靜地想了很多事，關於付了多年房貸但完全沒踏進這裡的父母，關於祖父。

在那個一無所有的空間裡，雷損決定了自己的未來。

02.

「你叫……」刑警看著手上的卷宗，「名字好怪？『弈』我知道，『楸』怎麼唸？就唸『秋』？」

「對。」雷損道，覺得刑警有點面善，「『弈楸』就是棋盤。我家長輩喜歡下棋。」

「有邊讀邊果然沒錯，」刑警抓抓頭，咧嘴笑了，「真巧，我小時候有個好朋友，他家大人也喜歡下棋，還和你一樣姓『雷』。」

「呃，」雷損眨眨眼，突然認出刑警，「你是馬達？」

「唔？」刑警愣了一下，皺眉看看雷損，猛地大叫，「靠！你不是阿損嗎？」

這是五年前雷損與馬達翰重逢的場景，六個小學友伴逐漸重聚的起點。

前一天深夜，雷損載著下班的王慶旭到一家三溫暖放鬆休息，王慶旭吩咐雷損不用等他，所以王慶旭下車之後，雷損把車停回王家車庫，然後返家睡覺。

那個晚上，王慶旭沒有離開三溫暖。

凌晨時分，三溫暖的員工發現王慶旭臉朝下浮在大眾浴池當中，已經停止呼吸心跳。三溫暖當天沒有其他客人，因為王慶旭包下整個場子；警方清查之後認為是意外事件，但仍約了相關人士做筆錄備案，包括載王慶旭到三溫暖的雷損。

「沒想到打架王後來變成刑警啊，」雷損笑道：「選這行是因為可以正大光明地打架嗎？」

「我現在可是人民保姆，不會隨便使用暴力；」馬達翰故意裝出嚴肅的表情，「你會替王慶旭開車才真是想不到的事。」

「正好有工作機會；」雷損道，雖然這不是實話，「我聽到他名字時還沒想起他是我小學同學。」

馬達翰皺皺眉，「你知道他……不單純吧？」

「略有耳聞，不過他不會在我面前講什麼；」雷損問：「警方在查他？」

「沒有，沒什麼實證。」馬達翰壓低聲音，「其實是不能查，他和我們高層關係很好。」

「原來如此。」雷損點點頭。

「不過他這麼一死，組織裡的派系八成會有動作，說不定會給我們製造機會。」馬達翰想了想，「你知道那家三溫暖有做黑的吧？男人互捅的那種？」

「猜得出來。他旗下也有三溫暖，更安全，」雷損道：「但他到自己的地方去都只是例行巡一下、查查帳目，真要放鬆，就會叫我載他到昨晚那裡去。」

「常去嗎？」

「一個月總有三、五次，每次都叫我不用等他，或許是和男朋友約在那裡碰面。」雷損問：「警方有鎖定什麼嫌犯嗎？」

「男朋友？」馬達翰擠出一個想吐的怪臉，沒有多做評論，「沒有嫌犯。除了大門，三溫暖裡頭沒裝監視器，我們看過了，沒發現可疑的情況。王慶旭應該是在烤箱裡烤暈了，泡澡時睡著，算他倒楣，旁邊半個人都沒有，就淹死了。」

雷損又點點頭，馬達翰闔上卷宗，「算了，不要談他，我從小就和王家的人不對盤；你這幾年都在幹嘛？」

「你咧？」雷損反問：「打架王變成人民保姆，應該有什麼理由吧？」

「沒什麼特別的，」馬達翰聳聳肩，「我從小就想當超級英雄嘛，高中畢業去唸警大，調到這城之後去考了警察特考，當刑警已經一年多了。」

「警察特考不好考吧？」

「難啊，」馬達翰嘆了口氣，「我那時還特別去補習。」

「你居然能唸警大、還能通過警察特考？」雷損裝出驚訝的樣子，「我對我國警務系統的水準完全失去信心。」

「太看不起我了吧！小時候我只是不屑讀書而已，你成績也沒好到哪裡去嘛！」馬達翰嘴上抱怨，眼神在笑，「不對，你這樣是汙辱公職人員，我要辦你！」

「人民保姆不可以濫用權力！」

「我這叫替天行道啦！」

筆錄現場變成老友偶遇的同樂會，雷損和馬達翰都重新感受到童年的歡快。結束之後，馬達翰陪著雷損走出分局，「說真的，你這個新名字看起來很怪，原來的名字那麼有特色，幹嘛要改？」

「原來的名字是爺爺取的，」雷損搖頭婉拒馬達翰遞來的菸，看著馬達翰叼菸上嘴，「我爸不喜歡。」

「雷公啊……」馬達翰用手擋風，點燃菸頭，「我記得他過世了？」

「嗯。」雷損頓了一下，補充道：「我爸媽前幾年也走了。車禍。」

「是嗎？」馬達翰不知怎麼安慰，伸手拍拍雷損肩膀，「難得我們都住這城，有空應該常聚聚。」

「謝啦。」雷損看著遠方，「其實我爸媽走了之後，我就想把名字改回來，你剛又提了一次，我這幾天就去申請改名。」

「對啦，叫阿損才習慣。」馬達翰問：「接下來有什麼打算？繼續留在王家開車？」

「出了這事，雖然我沒直接責任，但大概也待不下去。」雷損道：「我想去考個營業執照開計程車。」

03.

參加小學友伴聚會之後，白文禾認為大家都有些變化。他和湯日清一直保持聯絡，沒什麼特別感覺，但其他人的變化很明顯，尤其是雷損。

雷損從前比較瘦小，運動神經比白文禾好，但體型差不了太多。現在兩人的身高仍然相近，不過雷損比白文禾更精瘦結實。有回白文禾問雷損，成天開計程車怎麼還能保持體態？雷損笑答就是因為成天跑車，所以才更需要在閒暇時間補足運動量。

看看自己現已微凸的肚腩，白文禾心想應該向雷損看齊。

徐霏霏是被湯日清找來參加聚會的，白文禾還記得自己當天的驚喜，但那晚說了什麼做了什麼卻已然想不起來。自從高中那封情書沒有獲得任何回覆之後，白文禾就沒再見過徐霏霏；他覺得徐霏霏外型更漂亮了、講話更風趣了，除此之外沒有其他改變，仍是那個他一直放在心裡最重要位置、無可取代的女孩。

直到昨天。

昨天下午宣讀的那份遺囑內容載明，委託人聲明，因為子女長期疏離、不相聞問，是故決定將名下存款、股票、證券、期貨等相關投資權利與收益，全數贈予徐霏霏。委託人住在租來的舊公寓，沒有不動產，也就是說，那些齊聚一堂的子女幾乎分不到任何遺產。

那些子女並不知道父親在投資市場累積了可觀的財富，也沒聽說過徐霏霏這個名字，但不關心父親不代表不關心錢，聽到自己本來可以憑空獲得鉅款卻突然有人從中攔截之後，馬上吵了起來，有的責怪兄弟姊妹沒有盡心照料父親，有的高喊徐霏霏一定是為了錢而欺騙父親的妓女。

白文禾思緒混亂。他不明白徐霏霏的名字為什麼會出現在那份遺囑裡。

他打電話約徐霏霏吃晚飯，盡力以公事公辦的語調說明有重要事情要談，徐霏霏首次答應了邀約。白文禾接著聯絡與事務所合作的幾家徵信社，問到一些資訊，雖然不確定徐霏霏這些年遇上什麼狀況，但大致拼湊出事件可能的樣貌。

白文禾認為徐霏霏的工作是某種情色交易。

人在青年時期的變化很大，明明缺乏人生經驗，但做的決定常會影響一輩子。白文禾懂得這個道理。

如果霏霏當年和我交往，白文禾自問：人生是否就會有所不同？不，肯定會有所不同，但她會不會過得比較快樂？可是我並不知道她現在究竟快不快樂。無論如何，她那工作不能長久，這筆錢可以讓她有個新的開始。

徐霏霏當然不是沒有改變。但她仍是白文禾心裡那個無可取代的女孩。

難得有和徐霏霏單獨見面的機會，白文禾謹慎地選了餐廳，用餐時沒提自己查出的資訊和拼湊的想像，只是勸說徐霏霏接受這筆遺產、妥善使用，相關法律程序他會負責，倘若改變目前生活形態時會遇上麻煩，他也會提供協助。

送徐霏霏回家時，他認為徐霏霏已經想清楚了。

今天週六，白文禾沒有像平常那樣準時起床，不是因為不用上班，而是因為頭痛。

昨晚飯局之後他和徐霏霏共乘計程車時覺得自己口乾舌燥，喉頭發緊，想要說點什麼避免尷尬，又知道自己根本講不出什麼有趣的內容會把場面搞得更尷尬——畢竟雖然每個月的聚會都會見到徐霏霏，也不是沒有機會坐在她身旁，但他已經大約二十年沒有和徐霏霏單獨共處。飯局上他還能仰賴公事讓自己聚焦，可是現在沒有公事可以讓他依靠。

他斜眼偷覷徐霏霏好幾回。徐霏霏看起來並沒有無聊的表情。

徐霏霏下車之後，白文禾腦袋清楚了些，認為晚上應該喝點酒麻醉一下亢奮的神經，最好是烈一點的，否則難以入睡，於是請計程車司機繞到洋酒量販店外稍停，選了一支迷你瓶裝的樣品酒——他酒量不好，平常也不喝烈酒，心忖樣品酒的容量正好滿足他的臨時需求。

迷你瓶容量的確很剛好，可是到了白文禾習慣的起床時間，他的頭痛了起來。他覺得是喝了沒喝慣的酒，又覺得是昨天一下子接收了太多意料之外的資訊，意識被痛楚打得斷斷續續，身體頑強地抵抗著每日維持的作息。待到他終於按著額角坐起身子，才發現自己渾身大汗，好像自己早起去做了什麼劇烈運動。

白文禾絞著眉心沖澡梳洗、出門吃飯，回到住處機械式地整理家務，直到手機響起。他看了一眼來電顯示，快快按下接聽鍵，徐霏霏的聲音觸到他耳膜的瞬間，頭痛倏地消失了。

徐霏霏告訴他，自己已經做好必要處理，準備開始新生活；白文禾小心詢問有沒有什麼碰上需要幫忙的阻礙，徐霏霏說她知道要留下能夠自保的證據。

白文禾沒再多問，徐霏霏開口，「晚上一起吃個飯吧，這回我請客。」

「這樣不好意思。」白文禾在電話這頭笑了。

「算是謝禮。把握機會呀，阿穀。」徐霏霏話一出口就覺得不對，「我的意思是，我不隨便請客的。」

「把握機會」四個字讓白文禾喉頭一窒，就算徐霏霏慌忙解釋，白文禾還是結巴了起來，「我……我知道，我是說，那就，謝謝。」

「餐廳我挑，」徐霏霏說了一個與昨天晚餐檔次相仿的餐廳，「約幾點？七點可以嗎？」

「好，好。」白文禾還不想掛電話，靈機一動，「我去接妳好嗎？從我家叫車過去順路。」

「那我訂七點半好了，你七點來接我。」白文禾聽見敲擊鍵盤的聲音，接著聽到徐霏霏講了四個數字，「這是電梯密碼，輸入才會動。如果我還沒下樓，你就叫計程車等一下，上來找我。」

「好。」

白文禾掛了電話，腦子一片空白地走進浴室，看到有個人正咧嘴傻笑，過了會兒才認出那是鏡中的自己。

七點！白文禾看看錶，時間還很充裕。他又洗了一次澡，刮了鬍子，站在衣櫃前想了半天，不是因為可以選的衣服太多，而是因為他打不定主意該怎麼搭配才合適。他想起昨天下班後直接從公司去找徐霏霏，穿的還是上班那套平價西裝，昨天沒有多想，怎麼今天就煩惱了起來？

出門時才五點半。白文禾到百貨公司逛了半天，不知道該買什麼才對，最後挑了一盒包裝精緻的巧克力。

六點四十分，白文禾搭的計程車已經停在徐霏霏住處樓下。

七點十分，白文禾覺得該上樓看看。

04.

小村鄰近工業區，村裡成年人最常見的工作有兩種，一是在村裡務農，另一則是到工業區上班。

湯日清的祖父那輩、或年紀更大一些的村民，對工業區的印象原來並不差，但到了湯日清的父親這輩，村民對工業區就有了怨言。老一輩認為工業區是種進步的象徵，又提供村民更多工作機會；青壯輩則認為工業區帶來空氣汙染，有損村民健康。

青壯輩村民的抱怨其來有自。南風一吹，小村的空氣味道就會不一樣，村民並不明白空氣裡有什麼，但清楚發現村中罹患癌症的人數增加。青壯輩對務農興趣不大、想到大城市闖一闖，是村中人口外移的主要原因；工業區造成空氣汙染一事並未被正式證實，但這傳聞成為人口外移的背後推力。

湯日清小學一年級下學期的時候，工業區裡有個廠房發生小規模爆炸，沒有危及鄰近廠區，但有幾個廠房裡的工人因此身亡。就湯日清所知，那是小村居民第一次主動組織，向工業區的管理單位抗議。管理單位堅稱工廠設備沒有問題，公安事故的責任要算在工人操作不當、粗心大意的疏失上頭；村民代表不滿意這個答案，認為管理單位推諉卸責，吵了一陣子，最後管理單位同意按照規定，發放撫恤金給事故工人的遺族。至於事故真相如何，湯日清一直不確定，他認為小村居民大概也沒人知道，只知道後來工廠開始引進外籍移工，離開小村的居民人數繼續增加。

那起爆炸事件死亡的工人當中，包括雷永涵的父母。

工業區的土地大部分來自王家。

湯日清剛學會唱兒歌〈王老先生有塊地〉的時候，不知道這首兒歌源自美國，以為和王家有什麼關係，因為在小村裡就連學齡前的孩子，都知道王家是村裡的大地主。

王老先生算起來和湯日清的祖父同一輩，發跡的過程在小村裡有很多傳聞，有人說和政府的開發計劃有關，有人說和非法的地下交易有關，有人說王家祖先的墓地風水很好，有人說王家養小鬼。

湯日清小時候和村裡大多數孩子一樣，對這些傳聞過耳即忘，長大之後也從沒想過要回頭深究——王家在小村的地方勢力持續到湯日清小學畢業，中學時期就已經逐漸淡去。除了幾年前一樁民意代表貪汙入獄的新聞讓湯日清再度想到王家之外，要不是這次年假回了小村一趟，湯日清已經很多年沒再想起和王家有關的事。

王老先生有兩個兒子，一個在工業區的管理單位當高階經理，一個是地方議員；王老先生過世之後，兩個兒子在地方上仍然很活躍，婚喪喜慶的現場都看得到他們題贈的喜幛輓聯，他們大多也都會到場敬酒致辭，只是兩人從來沒有同時出現。湯日清記不得兩個王先生的長幼順序，只記得聽父親提過那兩兄弟感情不睦。

「工業區排放的廢氣可能增加村民罹癌風險」這說法傳開之後，村民向王家反應過。王議員客氣地接待村民，一口答應會好好調查，不過待到下屆地方民代選舉，村民發現王議員並未在本地競選連任，反倒是在其他縣市登記參選，才知道王議員早早就已遷走戶籍，村民連調查報告封面長什麼樣子都沒看到。

王經理對空汙傳聞的態度則是大力駁斥，一方面說工廠經過嚴格的安全檢查，一切合乎規定，一方面說自全家都住在村裡，就是工廠安全的最佳證明。

「再說，我一向認為工業區應該回饋鄉親，所以每年都編列預算，為村裡發放三節禮金、贊助各種旅遊活動；」王經理告訴村民，「而且，為了嘉惠我們自己的子弟，我還特別在工業區裡撥了一塊地蓋國中，資源比公立學校還好。我做的一切，都是為了大家著想，大家自己人嘛！」

小村居民每年都會定時收到工業區發放的禮金禮品，這是事實，王經理在工業區裡成立了國民中學，也是事實；至於王經理說自己全家都住在村裡，就不完全是事實了——王經理一家雖然在村裡擁有房產，設籍於此，但在鄰近城鎮也買了房子，大多數時間都住在那裡。

和王老先生一樣，王經理也有兩個兒子，長子王慶陽，次子王慶旭，相差三歲。王經理認為村裡學校設備不足、師資欠佳，無法幫他培養優秀的下一代，所以沒讓兩個兒子唸村裡的公立小學，而是讓他們就讀鄰近城鎮著名的私立學校。

長子王慶陽是個麻煩人物，脾氣暴躁，個性衝動，身高中等但體格健壯，從小就時常惹是生非。據說小學三年級的時候，王慶陽因為蹺課被老師責罵，結果順手抄起教室裡的椅子，砸斷了老師的手；老師因此住院，王慶陽因此轉學。

王經理的妻子時常出入各種宗教團體、到處求神拜佛，大多帶著王慶陽，常說自己是在替王慶陽積德；遇上有人投訴，就說王慶陽在家裡相當乖巧，不曾忤逆長輩也從未口出惡言，一定是外頭環境不好、結交了壞朋友，才會總是鬧事。

接下來幾年，輾轉把鄰近城鎮的小學都讀了一遍，王慶陽好不容易從小學畢業，稱得上聲名遠播——鄰近城鎮各所中學的管理階層，都想了不同理由拒絕王慶陽入學。

算算時間，王慶陽打斷老師手骨的事件發生之後，王經理就提出要在工業區裡成立國民中學的計劃；因此，村裡也有居民指出，所謂「嘉惠子弟」只是個順水人情，王經理成立國中的真正原因，是要有個能方便掌控的學校，讓王慶陽完成國民義務教育。

相較之下，次子王慶旭非常優秀，唸的也是私立小學，所有師長都認為他功課好，懂禮貌，長大之後必定會讓王家有更好的發展。

出乎意料的是，湯日清小學五年級的時候，王慶旭成了他和白文禾的同班同學。

05.

「聽說你們班來了一個轉學生？」那天放學，柳亦秋問湯日清，「成績很好？」

「也聽說長得很帥，」徐霏霏接話，「我們班上女生在傳。」

「哦——所以妳……」

湯日清話沒說完，徐霏霏就露出不敢恭維的表情，「我對小男生沒興趣，你們太不成熟了。」

「帥不帥我很難評論，」湯日清縮縮脖子，「倒是聽說真的很會讀書，阿穀遇到對手了。」

「這有什麼好比的？」白文禾嘆了口氣。

「叫什麼名字？」馬達翰問。

「王慶旭，」湯日清道：「老師說他是王老先生的孫子。」

「啊？」馬達翰皺眉，「王慶陽他弟？」

「對。」湯日清點頭。當時王慶陽已經在工業區的國民中學就讀二年級，有時會在小村見到他和幾個同夥成群遊蕩，村中大人會告誡孩子們少接近這群人，免得無端生事。

其實就算大人沒有這些叮嚀，孩子們也知道要避開王慶陽——在沒有手機的年代，孩子們也有自己的訊息流通網路。

而且，湯日清知道，白文禾曾經遇過王慶陽一次，就在小學校園裡。

幾個月前，天氣已經轉熱，暑假即將來臨，不過在放長假之前，還有個期末考擋在前頭。期末考前兩天放學，白文禾剛踏進家門，就想起自己把作業本忘在教室抽屜。他沒放下書包，直接轉身往回走；作業本晚上得用，一定要回學校一趟，幸好學校不遠。

小村小學門口的警衛室裡沒人，白文禾穿過校門，探頭進老師共用的大教師室裡看了看，只有值日的羅老師坐在座位上。白文禾喊了聲報告，羅老師轉過頭來，白文禾說明要到教室拿作業本，羅老師點點頭表示明白，接著就沒再理會白文禾，繼續回頭翻著桌上的紙張，白文禾看出羅老師不是忙著批改考卷，而是在翻閱一本色彩繽紛的雜誌。

白文禾拿了作業本，妥當地收進書包，走出教室，突然聞到菸味。左右看看，發現幾個國中生在廁所附近或站或蹲地抽菸，白文禾認出其中一個蹲著的是王慶陽，瞇著眼，看起來漫不在乎，表情很享受。白文禾忽然有點羨慕，覺得王慶陽有種自己一直沒有的灑脫神氣，像大人一樣。

「囝仔。」王慶陽向他招手。

白文禾嚇了一跳，轉頭看看四周。

「旁邊連鬼都沒有，就是叫你啦；」王慶陽招手，「過來。」

白文禾怯怯地走到王慶陽面前，王慶陽挾菸抬眼，笑著問他，「放學了為什麼還不回家？在外面逗留很危險哦。」

「呃，」白文禾不知道該說什麼，王慶陽倏地伸長手臂拉住他的書包背帶，隨手一扯，白文禾一時失去重心，向前跌趴，險險伸手沒讓頭部撞到地面，但擦破了手掌。

「笨手笨腳，啊？」王慶陽把白文禾的書包扯離肩膀，擺在一旁；白文禾抬起頭，看見王慶陽的臉就湊在自己面前，「要期末考了吧？受傷了怎麼辦？」

「呃。」

「啞巴啊？」

「啊，不是。」

「那回話啊，」王慶陽還是笑著。

回什麼話？喔，對了，「回來拿作業。」白文禾小聲地說。

「原來是個好學生啊；」王慶陽扔了菸，右手姆指扣著屈起的中指，猛地彈出，「啪！」

地擊中白文禾的前額，「聽起來很實在，腦袋裡有東西啊，不過用腦過度會禿頭，我看你快要禿了。」

額頭並不很痛，但白文禾心裡很怕。他不知道接下來會發生什麼事，也不知道自己方才為什麼不直接跑向教師室，而是乖乖地走向王慶陽。

「啪！」王慶陽又彈了一下白文禾的額頭，眼神一瞬間流露出無趣，彷彿拿到了一個不好玩的玩具，「算了，走吧，別到處亂說話。」

亂說話？白文禾愣了一下，才明白這是要他別到處張揚王慶陽在小學校園違規抽菸。「我可以走了？」

王慶陽叼起另一根菸，沒再說話，旁邊一個同夥道：「不順便翻翻他的書包？」

「算了，」王慶陽熟練地呼出一個煙圈，「一看就知道沒什麼錢。」

這件事隔天白文禾告訴了湯日清，湯日清看看他的傷，「你爸沒問？」

「我說我不小心跌倒。」白文禾叮囑，「別告訴馬達和其他人。」

「馬達不見得會輸，而且他運氣很好。」湯日清也不想招惹王慶陽，況且他也知道，王慶陽背後還有王家的勢力，馬達翰倘若真的打傷了王慶陽，後續沒人知道怎麼收拾，只是心裡總覺得該替朋友出口氣。「而且他可能看得出你這不是跌倒弄傷的。」

「打架馬達的確沒輸過，不過他沒那麼細心，不會注意到我受傷。」白文禾搖搖頭，隔了會兒，突然笑了，「再說我也沒出什麼大事。其實我昨天書包裡帶著班費，結果他們沒搜我書包。」

「好險，不然你就笑不出來了；」湯日清看著白文禾，「你該運動一下，考完我帶你去打球。」

「算了吧；」白文禾舉起塗著藥的手，「我去打球，下場會比這個還慘。」

06.

湯日清沒把白文禾遭遇王慶陽的事告訴馬達翰。過了一個暑假，湯日清和白文禾發現王慶旭變成同班同學的時候，都十分訝異，開學那天吃晚飯的時候，湯日清向父親提起這事。

「我聽說了；」父親嚼著焢肉，「王經理還說要當小學的家長會長。」

「不是很會唸書嗎？」湯日清一面扒飯一面問：「為什麼要轉來我們學校？城裡的學校不好？」

「城裡的學校設備一定比較好，但這不代表學生一定比較好。」父親看看湯日清，放下筷子，「清仔，我很少對你說工作上的事，總覺得那些不是你們小孩子該知道的。不過現在我說的這件事，你要仔細聽好。」

湯日清的父親是小村派出所的警員，村裡雖然很少出什麼大事，但派出所人力編制很少，說起來工作也不輕鬆。

「我聽說王經理要把王慶旭轉回村裡的時候，覺得不大對勁，就像你說的，不該無緣無故把孩子轉學。」父親道：「然後我想起王經理在工業區成立國中的事，有人說他是為了王慶陽才這麼做的，雖然這是傳聞，但或許真有幾分事實。所以我向城裡的同事打聽了一下。」

父親告訴湯日清，王慶旭在城裡小學可能做了什麼事。「細節不清楚，我認識的同事說他們局長把事壓下來了，沒有對外公開，八成是拿了王家什麼好處，學校方面也沒說什麼。」父親皺著眉，「但王經理替他轉學，這就表示，這件事比王慶陽耍流氓打斷老師的手骨更嚴重。」

聽著父親繼續分析，湯日清慢慢跟上了父親的思考脈絡。

王慶陽先前時常惹事，但還是在鄰近城鎮唸完了小學，王經理或許料到沒有國中想接受王慶陽，所以在工業區成立學校、預做準備；但這回王經理不但花錢賄賂警方、安撫校方，要王慶旭轉回小村裡的小學，自己還打算當家長會長，可見王經理認為王慶旭做的那件事，危險層級遠高於王慶陽在校內校外的流氓行徑，自己必須盡快插手，把次子安頓在一個容易監看管理的環境。

「你們五年級了，在村裡待兩年，風頭過了，王慶旭要回城裡的國中就比較方便；」父親道：「就算王經理沒當家長會長，學校裡一定也會有老師幫忙看著，我聽說他要找你們學校的羅老師去當家教。」

「不過王慶旭是個好學生啊？」湯日清問。

「成績好不見得就是好學生，腦子好的人如果想做壞事，就會更麻煩。」父親搖搖頭，

「王經理認得我，我想他那兩個兒子不會對你怎麼樣，但你別和他們起什麼衝突，也叫你的朋友離他們遠一點。」

湯日清等人一直沒再和王家兄弟有什麼交集，白文禾也沒再遇過王慶陽。王慶旭雖然和湯日清、白文禾同班，但甚少交談，過了一段時日，湯日清也覺得王慶旭有點怪怪的——功課真的很好，人也很有禮貌，湯日清說不上來是哪裡怪，心忖或許自己只是被父親的話影響了。

那年小村裡還發生了其他幾件事，不過大多和王家兄弟沒有關係。

與王家直接有關的事情，是湯日清小學六年級的寒假結束後不久，王慶陽失蹤了。王經理和王夫人四處尋人，但一無所獲。有人說他加入了城裡的黑道幫派，有人說他偷了家裡的錢跑了，有人說他和其他黑幫分子火拚後遇害，也有人說他遇上神經仔的冤魂，不知被帶到哪裡去了。

印象中王慶旭還是如常上課，看不出哥哥失蹤對他有什麼影響。

有幾個老師和同學會對王慶旭說些安慰的話，王慶旭會有禮貌地道謝。

湯日清和王慶旭不熟，也沒打算趁這時候表現關心。

他的個性一向遠離麻煩，而王家兄弟就是麻煩。

07.

週日中午，手機鈴聲響起，白文禾大叫一聲醒來，發現自己踡在床角，渾身是汗，肌肉痠痛，彷彿剛在夢裡和不知名的巨大魔物搏鬥。

手機鈴聲把他拉回現實。而現實比夢境更殘酷。

昨天晚上七點十分，白文禾決定上樓找徐霏霏，請計程車司機再等等，司機面有難色，「先生，這裡車多，我已經霸占紅線區半個小時，你也聽到我一直被叭，再等下去警察八成就會來開單。」

「麻煩你在附近轉幾圈，」白文禾想了想，「我接到人再下來等你。」

司機看來不大情願，白文禾看出司機的顧慮，從皮夾裡掏出一張千元大鈔塞給司機，司機沒再說話，踩了油門。

白文禾站在徐霏霏住處門口，沒看到電鈴，舉手敲了敲門，沒有回應，撥了手機，也沒聽到門後傳來聲音。

隔音做得不錯；白文禾沒有掛掉手機，把耳朵貼在門上，什麼都沒聽見。

徐霏霏臨時有事出門去了？那應該會通知白文禾取消約定或延後時間；在浴室洗澡所以沒聽見手機鈴響或者正在做什麼空不出手接電話？那等會兒應該就會回撥。白文禾又等了幾分鐘，什麼也沒等到，再撥手機，依舊無人接聽。

出事了嗎？白文禾心中一凜。徐霏霏平時看起來很健康，昨晚送她回來時也沒什麼異樣，理應不至於有什麼突然發作的病症；那是出了意外？例如在浴室不慎滑倒、撞昏了頭之類的？白文禾腦中快速閃現各種可能，著急起來，用力拍門，但門後仍悄無聲息。

冷靜一點；白文禾深吸幾口氣，穩定心神，下樓等計程車司機繞回來，告訴他不用再繞、不用找錢，拿出手機搜尋附近的鎖店電話。

鎖匠二十分鐘後騎著摩托車出現時，白文禾已經又撥了五通電話、發了十次訊息給徐霏霏，徐霏霏沒接電話，也沒讀訊息。白文禾越來越急。

快步領著鎖匠回到徐霏霏住處門口，鎖匠看看門鎖，「這鎖不錯，得花點時間。」

「麻煩快點。」白文禾催促。

「別急，」鎖匠瞅著他，「先生，你是這家的住戶嗎？」

「不是。」

「那和住戶是什麼關係？」

「朋友。」白文禾皺眉。

「有證明嗎？」

朋友要怎麼證明？白文禾搖頭。

「這樣啊……」鎖匠慢條斯理地道，「我不能幫你開鎖，你又不是住戶，我怎麼知道你想進去做什麼？」

「她也是我的客戶，」白文禾掏出名片，「我們約了見面，但她沒出來也沒接手機，我擔心她出事了。」

「這樣啊……」事務所的名片其實也證明不了什麼，但名片上的律師頭銜發揮了一點效果，鎖匠彎腰從工具箱裡拿出一張摺起來的影印紙，「簽一下委託書，表示我是接受你的委託開鎖，不負任何法律責任。」

現在開鎖這麼麻煩？白文禾飛快地瀏覽委託書，忍住指出用字謬誤、這份委託書對鎖匠其實沒什麼保障的事實，簽下名字。

鎖匠一面開始工作，一面叨唸自己遇過哪些意外狀況，有幾次還搞到得進法院處理，所以才叫唸法律系的兒子擬了委託書自保。白文禾敷衍地應和，什麼都沒聽進去，只覺得鎖匠動作太慢。

說到要請白文禾介紹兒子進事務所時，鎖匠忽然雙眉一抬，「開了。」

白文禾難得粗魯地格開鎖匠，猛地按下門把，拉開房門。

房裡的景象在那個剎那烙進他的視網膜。在白文禾剩下的人生裡，他每次閉上眼睛，都將被迫重新直視。

地上有幾瓶打翻的香水，其中某幾瓶大概破了，整個房間都聞得到香氣。香水旁邊有更多橫七豎八的雜物，有的是保養品化妝品，有的是首飾盒，有的白文禾看不出是什麼東西，還有一支空了的紅酒瓶。地上有幾張唱片，翻倒的小音箱，幾本時尚雜誌，碎了一半的香氛蠟燭，幾株小盆栽，培養土灑得到處都是，幾件水晶玻璃擺飾，碎片散在四周。即使白文禾沒來過這個房間、不清楚徐霏霏的生活習慣，也看得出這些東西原來都該擺在桌面和壁邊的層架，因為那些地方現在全是空的。

抽屜有的全開，有的半開，衣櫃門大咧咧地敞著，有些衣物被拉到櫃外。

徐霏霏倒臥在一片凌亂當中，長髮垂散，光裸的手臂有幾處紅印，顴骨有一處青紫，圓睜的兩眼翻白，雙脣彷彿正在吶喊，半截舌頭垂在脣外，頸項繞著一圈張狂的赭，就在她單薄的細肩帶絲質睡衣上方。

冷氣很強。白文禾怔怔地踏進房間，脫下西裝外套想給徐霏霏禦寒，不知道自己在哭。

08.

吵醒白文禾那通電話是警局打來的。驚醒之前，他不知道自己是什麼時候睡著的；睜眼的時候，他記起昨晚發現徐霏霏的屍體、報案、等員警到場後到分局做筆錄的經過，但想不起自己是怎麼回到住處的。

警察在電話裡請他到分局一趟。

白文禾以為案情有進展了。

房裡找不到存摺和現金，昨晚到現場的刑警初步研判這原來是一樁入室行竊，但竊賊意外遇上住戶徐霏霏，於是犯行從竊盜升級成謀殺。雖然當時心煩意亂，不過白文禾腦子裡有另一個理性的聲音指出另外兩個可能：徐霏霏和某個顧客起了衝突，被對方殺害，或者因為打算結束原來的工作，所以幕後操控的組織成員找上門來。

白文禾沒把這兩個可能告訴刑警——如果可以，他希望徐霏霏與情色交易的關聯永遠不要公開。

現在想想，白文禾覺得與顧客衝突的機率不高。徐霏霏主動約他吃飯，似乎不大可能又接待顧客。但倘若警方找不到入室行竊的證據，白文禾就得說出組織成員下手的猜測，讓警方追查真凶。

白文禾走進浴室洗臉，對著鏡子告訴自己：爭氣點，阿穀，你是律師，你要鎮靜，現在能做的，就是替霏霏找出凶手。

但思緒觸及徐霏霏的名字時，白文禾覺得有個尖利沉重的長錐刺進心裡最痛的那個點，又哭了起來。

半個小時後，白文禾走進警局，發現一切與他想像的不同。

昨晚那個刑警把他帶進偵訊室，說這樣比較安靜；警局的確吵雜，但和刑警面對面坐在偵訊室，白文禾感覺自己好像被當成嫌犯。

「查到什麼線索了嗎？」白文禾一坐定就問。

「現階段還很難說，」刑警沒有正面回答，「請白先生來一趟，是想釐清幾件事，協助調查。白先生和徐小姐是什麼關係？」

「朋友。小學就認識了。」

「這樣啊，」刑警在紙上寫了幾個字，「平常有聯絡嗎？」

「前天晚上一起吃了飯，和工作有關。」

「什麼工作？」

「我們對客戶的委託有義務保密。」

「鬧出人命了，還談什麼保密義務？」

刑警的話提醒了白文禾。遺囑雖然指定徐霏霏為遺產繼承人，但現在徐霏霏遇害，遺產經過一定的法律程序，仍會落回那群喧鬧子女的口袋裡；那群人當中會有人找上徐霏霏嗎？白文禾沒有對他們透露徐霏霏的相關資訊；但有其他管道查得出來嗎？如果他們和徐霏霏談判，過程並不順利，是否可能演變成謀殺？

「這部分我們可以待會兒再談。」白文禾沒有回答，刑警也沒繼續追問，「在前天晚上之前，你和徐小姐見過面嗎？」

「呃，快兩個禮拜前有一次聚會，我們幾個小學同學會定期聚一聚。」

「小學同學都還有聯絡？真不簡單，我已經連一個都記不起來了。」刑警道：「這兩週當中你都沒找過徐小姐？」

「有時候會互傳訊息，沒見過面。」白文禾有點疑惑：問這個做什麼？

「互傳訊息？」刑警皺皺眉頭，「是你單方面一直傳訊息給她吧？我們看過徐小姐的手機，你傳的訊息不少啊，每天至少五、六次，有一天傳了二十四次，先前不提，光是這兩週加起來就有上百則簡訊，其中徐小姐只回了你兩次表情符號——這不能叫『互傳訊息』，這叫『騷擾』啊。你大概十年前就有騷擾女性的紀錄啦，那案子後來你們和解了、對方沒起訴，但我們還是查得到紀錄哦。」

白文禾忽然明白，自己的確已經被當成嫌犯。

刑警認為，白文禾長期騷擾徐霏霏，由於雙方相識多年，又有共同認識的朋友，所以徐霏霏不想鬧得尷尬，沒有斷然回絕。

「等等，」白文禾抗議，「不是這樣。」

「不是嗎？」刑警盯著白文禾，「正常人都看得出她一直在忍耐你，只是不好意思說破，女孩子不懂怎麼保護自己，這種事我見多了。」

「我、我對霏霏有好感，在朋友間不是祕密。」

「有好感是一回事，你的朋友不知道你一直騷擾她吧？還是他們覺得這樣是你癡情的表現？白癡的癡啦！」刑警放下筆，「你昨晚去找她，她一時心軟、讓你進門，應該是想當面和你說清楚，叫你不要再死纏爛打了吧？你聽了當然很不爽，覺得自己的真心被拿去餵狗，就和她吵了起來，發生扭打，結果就不小心把她勒死了。」

「光從訊息就做出這種推論，」白文禾本來聽得瞠目結舌，但刑警的推論實在荒唐，反倒讓他收斂了心神，「實在太扯了。」

「不止訊息，」刑警食指敲敲桌面，「還有證據。」

09.

徐霏霏的住處窗戶由內反鎖，二月的天氣還涼，鑑識人員檢查窗戶，研判徐霏霏已經好一陣子沒開過窗。「所以凶手只能從大門進去。」刑警指出，「昨天我以為是竊賊，後來鑑識組檢查門鎖，找到幾處新增的磨擦痕跡，告訴我說那個鎖不好對付，要弄開得花點時間。」

「門鎖的痕跡應該是鎖匠開鎖時留下的。」

「對，我不是說你有辦法自己弄開那個鎖——我認為你有鑰匙。」刑警盯著白文禾，「那個門有門鏈，但徐小姐沒有栓上。所以，凶手不是竊賊，而是她的熟人，也就是你。你行凶之後，離開時從外面把門鎖上，想要誤導我們。」

「鎖門能誤導什麼？難道你辦過的案子裡，竊賊離開現場都會鎖門？」白文禾反問：「如果我有鑰匙，何必找鎖匠？」

「鎖匠是你故意找的，用來證明你沒鑰匙。」

「現場有房門鑰匙嗎？」

「在徐小姐的皮包裡。你可能有另一把。」

「你說我騷擾她，又說她會給我鑰匙，這根本矛盾。」

「我又沒說是她給你的；」刑警聳聳肩，「你不是說你們有定期聚會？你應該有很多機會可以偷她的鑰匙去複製。」

「聚會都在朋友家裡，解散了就各自回家，我要怎麼複製？」

「方法很多啦，」刑警道：「最簡單的一招，就是根本不用複製，直接偷她的鑰匙。等徐小姐到家找不到鑰匙，會以為自己弄丟了，另外打一把新的。」

白文禾沒想過這個可能。「那我為什麼在行凶後還要回去？」

「這個嘛，有兩個原因。第一是你不希望屍體太久才被發現。那棟大樓的房間隔音不錯，我昨晚問了幾戶鄰居，沒人聽到什麼特別的聲音，而且有幾戶根本連住在那裡的是誰都不知道，現代人真冷漠啊。要是擺著不管，大概得等屍體爛掉、臭到受不了了，才會有人報案，你不想看到那種情況。」刑警豎起食指，再豎起中指，「第二，你已經料到我們會從訊息數量推測出你有行凶動機，所以故意找鎖匠來開門，藉此擺脫嫌疑。」

「不、不，」白文禾搖頭，「昨天鎖匠開門之後，我才第一次走進那裡。我是從我家叫計程車來的，還請司機在樓下等了半小時、繞了幾圈，他一定有印象。」

「我們會查查，」刑警重新拿起筆，又把筆放下，「但這也不能代表什麼。你可以行凶後先回家，再叫計程車過來，就算司機可以作證，也只能證明你計劃得很周延。再說，你為什麼要進房間？昨晚我問過鎖匠，他說從門口就看得出來徐小姐已經死亡，你是律師，不知道不能破壞現場嗎？」

「我……那時心神很亂。」

「好方便的藉口啊。」刑警道：「你是想進去檢查看看自己有沒有留下什麼證據吧？你一進去，我們如果採到你的指紋，你就可以用這個理由開脫。」

「鎖匠在門口，他知道我碰過什麼。」

「他一看見屍體就閃到一邊去了啦。」

「你們有找到什麼嗎？」

「還真的沒找到什麼。」刑警誇張地攤開手，「房間雖然很亂，但採到的指紋很少，我們還在過濾，可是鑑識組從現場的狀況判斷，凶手已經擦過大部分的地方，門把、層架，那些抽屜和衣櫃，包括地上的瓶罐和雜誌上頭，都採不到指紋。」

「真凶清理過現場。」白文禾喃喃地道。

「對，你犯案之後已經清理完畢，才想到要布置成行竊不成的現場。」刑警注視白文禾，「我剛說過，你的計劃很周延，但這麼做反而顯得很不自然，讓我起疑。」

「指甲呢？」白文禾想起徐霏霏臉上的傷，知道她和真凶曾經扭打，倘若她曾經抓傷真凶，指甲縫裡可能就會留下證物。

「沒有。她的兩隻手腕都有被用力抓握過的瘀傷，所以你是先用一隻手制住了她的雙手，沒讓她抓到你，」刑警高舉雙臂模擬，「另一隻手勒她的脖子。曾經有案例在受害者的皮膚上採到清楚的指紋，所以我們也查了她的脖子，不過，你也知道，你已經擦過了。」

頭痛又開始了。白文禾揉著隱隱作痛的太陽穴，「還是說不通。如果她對我有戒心，就算開門讓我進去，也不會只穿一件睡衣。」

「你行凶後做了不少事，可以順便幫她換衣服。」刑警哼了一聲，「其實我認為你本來是脫了她的衣服，後來想到要找鎖匠來一起『發現』現場，才又替她穿上睡衣，你不願意給別人看嘛。」

白文禾抬起頭，「你說我行凶之後還侵犯她？」

「應該沒有，至少我們沒發現相關跡證；」刑警短促地笑了一聲，「至於你為什麼脫了她的衣服但什麼都沒做，我就不方便猜測你那裡有什麼問題了。」

10.

白文禾從小到大幾乎沒發過脾氣，也一直認為氣惱會影響判斷，但他現在不僅發現胸中有股怒火，也發現那股怒火逼自己要集中精神思考——怎麼能讓刑警隨便胡說八道？

「她的電腦呢？」和徐霏霏通電話時，白文禾曾聽見敲擊鍵盤的聲音，那時他們談到晚餐，徐霏霏應該正透過網路向餐廳訂位。可是搜尋記憶，白文禾不記得昨天的現場裡有電腦。

「電腦？沒看到。」刑警口氣狐疑，「她有電腦？」

「查過監視器嗎？」

「當然，帶子都調來了，只是還沒看完。」刑警道：「走廊沒裝監視器，不過電梯、大門和後面的安全門有，那棟大樓沒有別的出入口，所以我們一定能找出你先進過大樓再離開的證據。」

「找誰調的？一樓沒有管理員。」

「沒管理員但有管理室。那棟大樓由一個物業中心負責出租，錄影檔案鎖在管理室裡，沒人動過。喂喂，」刑警有點不高興，「偵訊的人是我，不是你。」

「你剛沒說這是偵訊，這裡也沒有錄影機。」白文禾反瞪刑警，「如果這是偵訊，我沒有律師陪同，你又沒有錄影存證，所以違反了《刑事訴訟法》第二十七條修正案，我要投訴你。」

「好、好，不是偵訊；」刑警拍拍手，「大律師不知道要保持現場，倒知道要引用法條，了不起、了不起。」

白文禾隱隱覺得自己漏了一個重點，但想不起來是什麼。沒關係，現在想到的已經夠了。該說出自己知道的事了。

「你說她是妓女？」刑警做出不敢置信的表情，「你的意思是，你發現她做雞，所以氣得把她殺了？」

「不。」白文禾向刑警說了關於遺產的大概狀況，同時說明自己原來的幾個推測——入室行竊目前看來機率不高，倘若是要爭遺產的家屬真查出徐霏霏的住處，徐霏霏也不會只穿睡衣就開門。剩下的兩個可能都和情色交易有關，一是顧客臨時來訪，另一是操控交易的組織成員出現。

「我認為是後者。」白文禾解釋：「已經和我約了時間，就算有客人沒預約就跑來，她也可以婉拒，再說客人不會有鑰匙；但如果來的是組織成員，她就會讓對方進門，或者對方本來就有鑰匙。」

「你說的這套才叫太扯了。」刑警邊聽邊搖頭，「那個房裡連盒保險套都沒有，沒有任何證據指出徐小姐從事色情行業。」

「她對我說過要結束那種生活，也說已經留下足以自保的證據。」白文禾道：「組織成員可能是她約來的，也可能是恰巧上門。然後兩方談不攏，起了衝突，那個人行凶之後，才會整理現場，把可能指向組織的證據都帶走，包括電腦。」

「話都你在講，」刑警的聲勢弱了，「沒有實證。」

「絕對找得到實證。」白文禾提高音量，「我不知道背後的組織是哪一個，但我認為那個套房是組織租的，你可以去問物業公司，就算承租用的是她的名字，你也可以查到租金是從哪裡匯的，查得到錢，就查得到人。還有，擴大清查監視器的紀錄，把時間拉長，一定可以找出經常出入大樓的人，如果不是大樓住戶，就可能是客人或者組織成員，然後循線查出是哪個組織和真凶。」

「要求那麼多，但你口說無憑。」

「口說無憑？我不就在教你怎麼找證據嗎？口說無憑？你剛說的一切都只是因為光從我的訊息就一口咬定我是凶手，其他全是從這個基礎編出來的，你有什麼證據？」白文禾越說越大聲，「去查錄影紀錄！查了你就會知道我昨天是第一次走進那棟大樓、那個房間！就會知道我說的全是實話！」

刑警沒再開口，白文禾站起身來，「去給我好好查！下次再非法偵訊，我就整死你！我的朋友被殺了，你只會誣賴我，沒我教你你還不知道怎麼辦案！」白文禾走了幾步，回頭譙了生平第一句髒話，「我操你媽！」

白文禾抬頭挺胸走出警局，冷風吹過，他垮下肩膀，瞥見自己的手微微發抖。

剛是不是太過火了？除了找到我常發訊息給霏霏之外，刑警八成沒找到其他證據，其實就連我的訊息都不算什麼證據，只是能讓他做出一些假設，所以他把我找來、嚇嚇我，看看能不能唬我抖出一些有料的東西，這麼做也是為了破案嘛；白文禾在心裡自我檢討，又提出否決：我不算過火，刑警本來就不該這麼做。

氣勢洩了，身體裡頭就空了，頭痛則更劇烈了；虛浮地抬腿走下警局臺階，腦袋有點暈眩。又走幾步，白文禾突然發覺一股煩惡從胸腔衝上喉頭——那股汙濁從昨晚就壓在胸口，現在無預警地急劇膨脹——幾個踉蹌，他趴向人行道邊緣，湊近排水溝頂蓋，吐了起來。

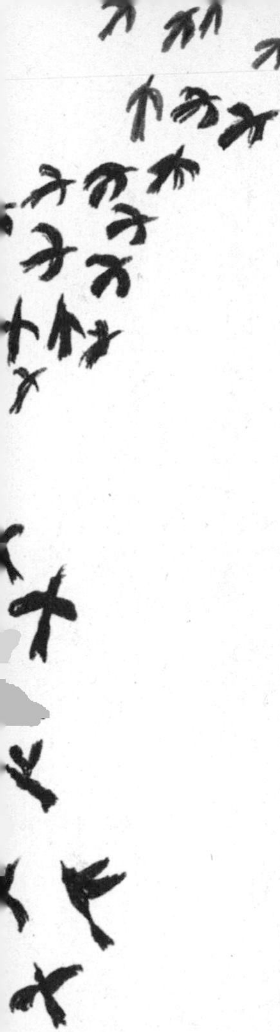

四

我的心在某日迸裂破碎

我的心在某日迸裂破碎，在明日再度修補癒合，
倘若我能帶著醉意出生，我就能忘卻所有傷悲

——Dave Van Ronk〈Last Call〉

01.

馬達翰一手拎著購物袋，一手撳下白文禾住處的電鈴。

過了好一會兒，白文禾才來開門。馬達翰看見白文滿臉通紅、帶著酒氣，感覺有點意外。

「馬達？你來幹嘛？」白文禾眨眨眼，試圖揮開一些醉意。

「我聽說霏霏的事了。」

「喔。」白文禾轉身往屋裡走，「進來吧。」

徐霏霏的案子不在馬達翰的轄區，但他下午聽到了消息，也打探出刑警找白文禾到分局想要嚇唬套話、結果反而被白文禾暴怒回嗆的經過。

「罵你？」馬達翰站在刑警桌邊，一臉驚訝，「我好像從沒看過他開口罵人。」

「還說要用老二問候我媽咧。」刑警抬眼看看馬達翰，「你和他很熟？」

「哇靠，學長你真了不起，那大概是他這輩子第一次罵髒話。」馬達翰道：「他是我小學同學，抱歉，他絕對不是故意的。」

「他絕對是故意的。不過我沒放在心上，又不是第一天上班，那不算什麼，我媽過世好幾年了，她大概也不會在意。我講的話也很難聽啦，而且也是故意的。」刑警擺擺手，「小學同學？所以死者也是你的小學同學？」

「對。」

「難怪你要特地過來問這件案子。」

「查得怎麼樣？」

「目前沒什麼進展，現場找不到太有用的證據，不然我也不用把他找來搞這一齣。」刑警食指敲敲桌上的資料，「倒是他提起一件事，說死者從事色情交易。這個你知道嗎？」

馬達翰搖頭。

「我想也是。」刑警也搖了搖頭，「如果他說的是事實，那就是條線索，而且他連接下來該怎麼查都想到了。我看他腦子滿清楚的，又是個律師，八成認識一些徵信社，要是花點功夫，說不定會自己查出什麼來。」

「學長認為他會自己動手？」

「我認為他對自己被當成嫌犯很不爽，死者又是他長期追求的對象；」刑警道：「找得到資源的話，沒有不查的道理。」

下班之後，馬達翰到大賣場買了東西，搭計程車去找白文禾。

馬達翰原來想像，白文禾會坐在桌前，對著電腦或紙張記下自己的想法、整理事件發生的各種可能，不然就會是在打電話，聯絡認識的徵信社，試著找出徐霏霏和哪個情色交易集團有關。他沒想像過白文禾悶在家裡喝酒。

馬達翰知道組成白文禾的各種成分當中，沒有「擅長喝酒」這種東西，就像他知道組成自己的各種成分當中，沒有「擅長安慰」這種東西。

白文禾住的套房比徐霏霏住處略大，不過屋齡老上許多，地上鋪著拼接的大片地墊，用書櫃簡單地把床隔在起居空間之外。起居室也是書房，書桌靠窗，亮著螢幕的筆記型電腦擺在書桌上；起居室中央有個矮几，除了書桌前那張椅子，室內只有一張薄薄的坐墊。

「坐吧。」白文禾把坐墊挪過來，「平常沒有客人，我沒準備多的坐墊。」

不需要白文禾說明，馬達翰也看得出來白文禾鮮少有訪客。他們幾個友伴職業不同，平常各忙各的，沒有什麼交集，聚會總是在雷損家裡，大家對彼此住在這城的哪一區都有概念，不過馬達翰是第一次走進白文禾的住處，地址還是剛向刑警問出來的。

「乾淨整齊，不愧是模範生。」馬達翰把購物袋放在矮几旁，盤腿坐在坐墊上，四下環顧，「我那裡根本垃圾堆。」

「唸研究所時就住這裡了，習慣了一直沒搬。」白文禾道：「你來了正好，我下午本來就想找你，又怕打擾你工作，所以打算晚點再說。回家之後想先查查資料，可是一直很煩，靜不下來，就出門買了點啤酒，結果反而忘了要打電話給你。」

「查什麼資料？」矮几上兩個捏扁了的空罐、塞滿菸蒂的菸灰缸和書櫃後凌亂的被褥，是套房裡僅有的幾處混亂，馬達翰心忖：阿穀八成是被叫醒後就直接去了分局，回來也無心整理。

「當然是霏霏的事。」白文禾眉心深鎖，「你從哪裡聽說的？」

「負責的刑警是我大學學長。」馬達翰頓了一下，補充道：「他對你說的那些都只是為了辦案，你別太在意。」

「我懂，但聽了還是很不舒服。」白文禾緩緩搖頭。

「既然你提起，我得問問另一件讓你不大舒服的事；」馬達翰看著白文禾，「我學長說你從前有騷擾女性的紀錄，你真幹過這種事？」

白文禾表情一怔，接著垂下眼睛，「某方面看來是的。大學時本來和一個女同學處得不錯，剛開始交往沒多久她就突然不理我；我很急，寫了一大堆電子郵件、狂發簡訊，她都沒回。有天晚上我待在她的租屋處樓下，想問個清楚，她沒出現，不過一定看見我了，因為我等了三個小時之後，警察來了。」

「後來呢？」馬達翰問。

「我道了歉，被警察訓了一頓，對方透過律師要求和解賠償，我照付了，金額不算高，但花光我當家教存下來的錢。」白文禾嘆了口氣，「看看存摺，我才發現自己根本腦袋壞掉。」

白文禾沒有明說的是，他後來想清楚來龍去脈，知道自己和那個女同學本來就沒有步入交往階段的感覺——他會冒失地發動追求，是因為女同學有個表情突然讓他想起徐霏霏；而因他的攻勢突如其來，才把女同學嚇得不知所措。

「女生的情緒翻來覆去很正常啦。」馬達翰想起昨晚柳亦秋也莫名其妙地鬧脾氣，「你後來沒再對那個女生怎樣吧？」

「當然沒有，那是一時昏頭。」白文禾皺眉看著馬達翰，「這不是什麼光彩事，所以我沒對大家提過。馬達，你不會以為我是騷擾慣犯吧？還是你真的認為我會對霏霏做什麼？」

馬達翰搖頭。白文禾道：「那就別講這個了。我剛說想找你，是想問問你對霏霏的事有什麼看法。」

「要先知道目前找到什麼，才能往下談。」馬達翰道：「我來找你是想陪你聊聊，不過是想讓你放鬆一下，好好睡個覺，明天再說。」

「這事還沒解決之前我睡不著，而且我頭很痛。」

「頭痛？感冒了？」

「不是，偏頭痛，這幾年的老毛病，工作太緊張。」白文禾按按額角，「這不重要，重要的是霏霏。」

「好吧。」馬達翰嘆了口氣，「你吃過沒？」

「昨天午餐後就沒吃過東西。」

「這樣不行，幸好我有先見之明。」馬達翰從購物袋裡拿出幾盒大賣場的熟食，還有一瓶威士忌，「我們邊吃邊談。」

02.

白文禾喜歡徐霏霏，這事不只馬達翰，所有固定聚會的友伴都看得出來。雖然白文禾對馬達翰說過那是暗戀，但大家都明白那是一往情深但注定不會得到任何回應的苦澀單戀。

不過馬達翰不知道白文禾從小就喜歡徐霏霏。他一直以為那是徐霏霏參加聚會之後，白文禾才開始被徐霏霏吸引，就像自己重新見到柳亦秋時那樣。

「你前幾個禮拜勸過我，說我的個性和霏霏不會長久。其實，我發現自己喜歡她的時候，就知道我們的個性相差太遠。」吃了幾口滋味欠佳的大賣場熟食、喝了兩杯的威士忌，和馬達翰聊了半個小時，白文禾說話已經有點含糊，「但那又怎麼樣？我們幾個個性都不一樣，還不是變成好朋友了？交往有那麼難嗎？真的行不通，就把我甩掉呀！我們還是可以當好朋友嘛！」

男女交往的麻煩和當朋友的麻煩完全是不同等級——馬達翰心裡想著，沒說出口，默默地替白文禾倒酒。

「到了高中，我好不容易鼓起勇氣，寫了情書給她。」白文禾拿起酒，一口氣喝了半杯，「結果什麼回音都沒有。」

「霏霏很漂亮，追她的人一定很多；」馬達翰道：「搞不好她根本不知道那是你寄的。」

「不是寄的，是我請清湯送過去的。」白文禾長長地嘆了口氣，「我也知道追她的人一定很多，那時我只是在想：只要她回應就好，什麼都好，願意交往很好，叫我不要再糾纏她也沒關係，我都接受。」

「糾纏？太誇張了吧。」

「我會挑她在市場幫忙的時候，去她家麵攤吃麵，目的是為了看看她；」白文禾扁扁嘴角，「說不定她會覺得這就算糾纏了吧。」

「不算糾纏啦；」馬達翰抓抓頭，「但搞不好真的有點恐怖。」

「是啊，滿恐怖的。」白文禾笑得有點慘，「所以後來我也不去了。」

情書沒有回應之後，白文禾不再到麵攤吃麵，但並未斷了思念。他只是覺得，倘若徐霏霏連個明確的拒絕都不願意施捨，那麼自己在她眼中，絕對是個惹厭的存在；自己既然喜歡她，那就應該讓這個惹厭的存在從她的視界中消失。

白文禾從馬達翰的菸盒裡搖出一支菸，擦了幾次打火機都沒點著，馬達翰拿過打火機，替他燃了菸，問：「除了霏霏之外，沒追過其他女生？啊，不對，至少有一個嘛，雖然沒追到。」

「大學和研究所時有幾次機會；」白文禾咳出一口煙，「還是有女生被我內在吸引的啦，我是個好人啊。」

「你是個好人，沒錯。」馬達翰自己也點了菸，「後來呢？」

「沒有後來。」白文禾盯著菸頭好一會兒，眼神渙散，「相處比一般朋友更親密一點的時候，還好，感覺真的要更進一步的時候，我就慌了。」

「褲子脫了硬不起來？」

「還沒進到那一步，連接吻都沒有。」

「你受的傷也太嚴重了吧。」

「不知道，或許吧，但那時我以為自己已經不再陷在暗戀裡頭了，至少我已經很少想到霏霏。」白文禾覺得腦袋很沉，喝乾了酒，把下巴抵在矮几上，「直到霏霏來參加聚會，我才發現我的暗戀並沒有結束。就算現在知道她做過那種工作，我對她的感覺還是沒變。」

話題轉到徐霏霏從事的情色交易，刑警對馬達翰提過現場沒找到相關證據，不確定這條線索的真偽；只是，現在面對理應知道更多資訊的白文禾，馬達翰也沒聽到什麼具體的證明。

白文禾已經醉了。

馬達翰問來問去，只能大致從白文禾半像呢喃半像夢囈的回答裡得知幾件事：白文禾前天聯絡徐霏霏之後，詢問了幾家長期與律師事務所配合的徵信社，大多數徵信社說白文禾提供的資料太少，無法確定，但有一家徵信社提到城裡有個專接高檔客戶的情色仲介集團，後臺很硬，如果白文禾可以找到更多資料，他們應該能查得出來。

「所以你手上還有什麼？」馬達翰問。

「霏霏說……她留了證據……我……等一下……」白文禾搖搖晃晃地起身，進了廁所。

馬達翰聽見嘔吐的聲音。

嘔吐持續了一會兒，然後安靜下來。

馬達翰輕輕地走到廁所門邊，看見白文禾頭靠在馬桶座上，已經睡著了。

房間裡有點冷。

因為抽菸的緣故，白文禾早先開窗透氣。

馬達翰站在窗邊朝外張望。

附近大樓的窗戶大多緊閉、掩著窗簾。

在這城住得不夠高，就只能擁有這種窗景。

馬達翰關上窗戶，轉身看著房間。

03.

小學四年級快結束的時候，馬達翰開始理解，自己為什麼會覺得雷永涵不太一樣。

雷永涵太像女生了。

說話的語氣像，走路的樣子像。接近青春期，男生之間講露骨黃色笑話的頻率越來越高，雷永涵總是滿臉通紅，顯得特別害羞；下課時間男生在廁所站成一排解手，雷永涵的動作總是有點遮遮掩掩。

馬達翰覺得這樣不好。他認為男生就要有男生的樣子，像自己一樣，豪爽、大膽、能打、會玩；像白文禾那麼文靜膽小，對馬達翰而言已經不大及格，搆不上男人的標準，像雷永涵這樣就更糟糕。

只是其他人似乎不覺得糟糕。柳亦秋和徐霏霏兩個女生就不提了，雷損、湯日清、白文禾與雷永涵相處時也很自然。馬達翰沒再問過雷損，也沒徵詢過其他朋友的看法——既然大家都不覺得有什麼不好，那我也不用多說什麼，永涵仍然是我的朋友——馬達翰這麼決定，另一方面，他也明白：雷永涵這個樣子，容易成為被欺負的對象。

幸好馬達翰是打架王。

決定保護雷永涵，除了自己和雷損的交情，也因為雷公叮囑過，要大家多多照顧雷永涵。整個小村裡頭，馬達翰只聽兩個大人的話，一是湯日清的父親，另一就是雷公，因為這兩個人雖然各自代表俗世和神靈的秩序，但卻也是難得不會因為他平時積累的頑劣名聲就輕視他的成年人，和他說話不會動不動就擺出訓誡姿態，好像他蠢到什麼都不懂——馬達翰很清楚，就算其他大人自認不帶偏見，看他的眼神還是和看地上的一塊狗屎沒什麼兩樣。

馬達翰尤其崇拜雷公。他聽說過不少雷公的奇妙事蹟，對他而言，師長的教誨可以當作放屁，雷公說的每句話都像是神諭。

有一次馬達翰到王爺廟裡找雷損，在廟門附近遇上雷公彎著腰整理盆栽，他向雷公問了好，看見雷公用紅絲線掛在頸項上玉珮滾出領口，好奇問道：「聽說玉珮可以幫人擋禍，是真的嗎？」

「這個？」雷公直起腰桿，姆食二指捏住玉珮看了看，「擋厄、驅邪、祈運、納福，玉的功效有各種說法，不過，都是騙人的。」

「啊？」這麼直接的回答讓馬達翰愣了一下。

「人各有命，天意難測。」雷公道：「這玉珮是我剛到村子不久之後，在附近城鎮的地攤買的，便宜貨。這東西要是能趨災擋厄，每個人都脖子上都會掛一大串。」

「喔……」馬達翰搔搔後腦，「我只是在想，如果真的有效，那給永涵戴不就好了？」

雷公眼神柔和下來，「永涵沒法子靠這個，他得靠你們這些朋友多關照。」

「既然沒用，」馬達翰問：「為什麼要戴？」

「買的時候我還年輕，剛發現自己的天命，戴著這個是要提醒自己，絕對要走在正道之上。」雷公道：「這麼多年我幾乎忘了自己還戴著這個，有個提醒很重要，但我從未走偏，不是因為它有效。」

馬達翰點點頭。

「說到提醒，我也想贈你幾句。我看得出你資質不壞，只是貪玩，小心不要玩過頭，就不會出事；」雷公對他道：「還有，你濃髮高額、耳過於眉，是個強運之人，遇事大抵能夠逢凶化吉，只是仍是那句話，不要玩過頭，太過依賴運勢，不是好事。」

馬達翰似懂非懂，但聽得出雷公並非說教，而且誇他資質不壞，運勢很強，開心地笑咧了嘴，用力點頭。過了會兒，他不死心地又問了一次：「玉珮真的沒效？」

「不如你和朋友們試試，」雷公笑笑，取下玉珮，交給馬達翰，「看看有沒有效。」

每回貪玩犯規、被師長責罰，馬達翰就覺得雷公所謂的「運勢很強」好像不是真的，否則怎麼會常被逮到呢？但成年之後回想起來，馬達翰的確相信自己是個強運之人，因為小時候無論進行什麼樣的無腦冒險，馬達翰都沒受過傷，成長過程當中遇過幾回危險狀況，馬達翰也都平安度過，有時危機還會變成轉機，讓他撈到好處。

而且他打架每次都贏。除了一次。

那次的對手是王慶陽。雖然兩人差了三歲，但馬達翰在體型上並不吃虧；雖然馬達翰聽說過王慶陽很能打，但他對自己很有自信。

約戰是馬達翰提起的。小學四年級下學期，也就是王慶陽到工業區唸國民中學的半年之後，馬達翰派了一個跟班到國民中學傳話。馬達翰並不知道幾個月前，白文禾曾經在小學裡遇過王慶陽、受了驚嚇也受了點傷；他找王慶陽打架的原因，只是想證明自己最能打。
他人。
跟班沒有帶回王慶陽的回覆。隔天放學，馬達翰發現王慶陽在回家路上等他，身旁沒有其
「要打可以，」王慶陽懶洋洋地道：「不過就我們兩個，不要帶人。」
「帶人才能做見證。」馬達翰挑釁，「幹嘛，怕輸？」
「我聽過你的名字，所以才想試試你的實力。」王慶陽看起來漫不經心，「我才不想讓別
人說我欺負小學生。如果沒人壯膽你不敢打，那就算了。」
「誰說的？」馬達翰生氣了，扔下書包，「乾脆現在就來！」
話剛說完，馬達翰已經被揍歪了腦袋。
王慶陽的態度懶散，但移動起來異常迅速；王慶陽的表情無聊，但揮拳時會帶著獰笑。
馬達翰不認為自己會輸。但他輸得很慘。
王慶陽事後果真沒對外提過這場勝利。
馬達翰並不服氣。他認為自己還沒準備好，只是被對方搶得先機。但他也明白，王慶陽的
速度和力道都遠遠超過自己，他得再多鍛鍊一段時間，才有可能報仇。
有時他會想：報仇成功之前沒人知道自己輸了，也算一種強運吧。

04.

週日近午醒來，柳亦秋心情不大好。

她坐在床上發了一會兒呆，思緒轉到剛在這城遇上雷損的那個人生片段——雷損把對她毛手毛腳的公司副總扔在橋上，把她平平安安地送回家，給她名片，說自己在當計程車司機，婉拒了車資，叮囑柳亦秋有需要可以找他。過了一個月，柳亦秋聯絡雷損，說要正式請他吃飯道謝，雷損說不用那麼客氣，找個空檔聚聚聊聊就好。那天柳亦秋下班回到住處，接到雷損電話，說剛載了個客人到附近，正想休息一下，問柳亦秋有沒有空，兩人約在附近的便利商店見面。

「妳那時怎麼認得出我？」雷損坐在便利商店的用餐區，喝著一杯熱美式。

「沒認出來，你看起來和小時候不大一樣，我們又那麼久沒見面了；」柳亦秋承認，「我想說謝謝的時候，看見儀表板上的司機姓名。」

「原來如此，」雷損點點頭，「大概很難有人和我同名同姓。後來那事怎麼解決？」

「我向總經理報告了副總的事，高層不想張揚，要我簽了一份切結書，給了一筆錢。」柳亦秋看著眼前的果汁，「過了一陣子，我才聽說那個副總先前已經有過類似行徑，想想也對，不然怎麼可能我一報告，總經理祕書就弄出一份切結書給我？所以我乾脆換了家新出版社，上週開始上班。」

「妳一直沒向我要影片檔，」雷損道：「我還以為妳沒舉報他。」

「我的確不想把事鬧大，不過也不想姑息。」柳亦秋道。
雷損無置可否地聳肩，「公司怎麼處理他？」
「副總有靠山，好像和董事會有關係吧，我也不清楚，」柳亦秋想了想，「總之先前公司都息事寧人，我說這回我有證據，總經理答應我會做出懲處。至於是什麼懲處，我就沒問了。」
「那我得把影片檔留著。」
「刪掉吧，好丟臉。」
「一點也不。」雷損道：「而且妳向高層舉報很勇敢。」
「勇敢嗎？」柳亦秋縮縮脖子，「其實那時如果不是你幫忙，我完全不知道該怎麼辦。」
「會驚慌很正常。」雷損誠懇地說：「以後又晚歸，記得打電話給我。」
「要是你車上有客人呢？」
「妳不是已經見識過我把客人丟包的技術了？」
兩人後來又聚了幾回，吃過幾次飯，有次席間雷損不經意地提起，馬達翰也在這城工作。
「馬達？」柳亦秋訝異地問：「你們還有聯絡？」
「去年碰巧遇上的，」雷損道，「說了妳一定不信，那傢伙現在在當警察。」
「警察？」柳亦秋大笑，「馬達小時候很皮咧！」
「就說妳不會相信吧；」雷損也笑了，「老實說，我遇到他時也不敢相信。」
三人後來碰了面，地點就在雷損住處。雷損小學時不高，有點娃娃臉，現在雖然也不算高大，但長相已經完全脫去稚氣，而且比柳亦秋高了半個頭——柳亦秋的身高從國二之後就沒變過了。馬達翰小時候比較胖，現在身材高壯，臉上減去了一些孩子氣的脂肪，不過整體而言外貌變化不大。柳亦秋覺得倘若在這城街頭擦身而過，自己肯定認不出雷損，但應該會覺得馬達翰很眼熟。

馬達翰仍和幼時一樣聲音洪亮，常講笑話，只是幾次聚會之後，柳亦秋看得出馬達翰的言行舉止穩重許多，不再是小時候那個成天惹禍的孩子。

有天聚會之後馬達翰說要順路送柳亦秋回家，兩人一起搭上計程車；途中柳亦秋問起馬達翰住處地址，發現根本不順路，還沒開口發問，馬達翰就看似漫不經心地提議下回要單獨約她。

柳亦秋胸腔裡的心臟突地蹦了一下，點頭答應。

05.

後來的發展很平凡也很甜蜜，瞞著友伴們本來是因為柳亦秋覺得不好意思，但也讓她和馬達翰參加聚會時增添了某種隱約的刺激。不公開這段關係是柳亦秋的主張，但她反倒有時會不小心說漏幾句，得等馬達翰不著痕跡地圓回來，她才發現倘若友伴們仔細聽了她剛出口的話，可能就會推測出她和馬達時常瞞著大家單獨見面。

「你做這種事真的很行耶。」有回聚會結束回到住處，柳亦秋對馬達翰道。

「這種事我真的很行。」馬達翰貼著柳亦秋的後背，手摸到她的肚臍下方要解她的牛仔裙鈕釦，「妳現在才發現？」

「唉呦不是這個！」柳亦秋扭動肩膀掙脫馬達翰的摟抱，轉身看他，「我是說圓謊。」

「圓謊？喔，」馬達翰眨眨眼，聽明白了柳亦秋的意思，笑著說：「這是我的專業技能嘛。」

「當警察要會圓謊？」柳亦秋皺眉。

「和當警察沒關係——妳一直是好學生才會一時沒想到啦！」馬達翰哈哈笑了起來，靈活地向前頂了幾下腰，「小時候那麼皮，要是沒有這種專業技能、每次做壞事都被打屁股，我的馬達現在哪能這麼有力？」

柳亦秋噗嗤笑了，「你的專業技能明明是嘻皮笑臉。」

「小秋，」馬達翰伸手圈過柳亦秋的後腰，把她拉近，隔著厚厚的牛仔裙，柳亦秋仍清楚地感受到馬達翰硬挺的熱力，臉頰倏地變得火燙，周身神經緊繃，準備迎接即將到來的愛撫；但馬達翰沒有進一步動作，只是把鼻子埋進柳亦秋的頸窩，摟緊柳亦秋，好一會兒沒說話。

「怎麼啦？」柳亦秋放鬆肩膀，摸了摸馬達翰的頭。

「等妳答應公開，我就不用再圓謊了。」馬達翰沒有抬頭，「因為我不會在妳面前說謊。」

馬達翰的聲音在柳亦秋的頸窩來回撞出無數震顫，一圈圈漣漪般地往外擴散到每吋肌膚；柳亦秋抱住馬達翰的脖子，因為她覺得自己正在融化。

想起這事讓柳亦秋臉紅，同時讓她感到奇怪——就像她對雷損承認：如果遇上騷擾時沒有雷損幫忙，她完全不知應該如何是好的時候一樣。

柳亦秋不認為自己是沒有能力面對這些的人。

雷損說女孩子遇上那種事會驚慌是很正常的，柳亦秋知道這不但是安慰，同時也是事實；她讀過一些相關報導，知道再強勢的女性遇上性方面的侵擾，當下都很難保持冷靜。馬達翰的深情承諾和副總的輕薄調戲當然不能相提並論，但柳亦秋覺得自己不該那麼容易羞紅雙頰或手足無措；在馬達翰懷裡卸下武裝沒什麼問題，但在其他狀況下沒有武裝問題就大了——不管怎麼說，連好好想個對策都沒辦不到，實在太糟糕了。

我小時候明明膽子很大、很像男生的啊；柳亦秋支著下巴，不自覺地嘟起嘴。

從小到大，遇上需要自我介紹的場合，柳亦秋都會說自己很像男生；直到國中三年級為止，初識柳亦秋的人大概都覺得這番介紹很貼切——那時柳亦秋和小學時期一樣清瘦短髮，站得挺直，甭說個性，就連外貌看起來都帶著男孩子氣。

高中之後這套介紹詞就沒那麼有說服力了——柳亦秋留長了頭髮，雖然只是簡單的直髮，沒有費心打理任何花俏形式，但長髮巧妙地修飾了柳亦秋顯露倔強個性的側面線條，也彷彿稍稍圓潤了她內裡的事事不服輸。

相處一陣子之後，高中同學大約會同意柳亦秋的個性有點像男生，但相似的程度隨著年齡增長逐漸消退。沒有任何一個大學同學會把自己對柳亦秋的印象與男生聯想在一起，無論是外貌還是個性，甚至有不少大學同學記得柳亦秋是個外表滿有吸引力、不過不大主動開口、似乎相當害羞的女孩。

等到柳亦秋進入職場、工作一段時間，同事倘若想起她初進公司時的那套自我介紹，有的會覺得她謙虛過頭，有的會覺得她頗有心機——前者是因為覺得柳亦秋不明白自己的外在條件其實不差，還以為自己在異性眼中太過男性化；後者則是因為他們自認見多了這類女孩，明明從裡到外都是十足的女性，卻還是喜歡在頭上貼個「很像男生」的標籤，想利用這個標籤讓人產生開朗、好相處、直來直往、沒有小心眼的坦率錯覺。

這兩類同事的看法都偏離事實——前者接近點，後者離很遠。柳亦秋只是單純沒留意過自己的變化而已。

06.

柳亦秋國中三年級時出過一次車禍。

那天從鄰近城鎮的補習班下課，回到小村時已經過了晚餐時間。柳亦秋蹬著腳踏車繞過一個十字路口，正好進入一輛工程車的後照鏡視野死角；工程車司機剛到工業區送完原料，趕著回去交車下班，心裡有點急，不過開車仍算小心。

幸好司機車速不快，否則柳亦秋的人生可能會結束在十五歲那年；但即使車速不快，依舊讓柳亦秋因為雙腿複雜性骨折在醫院待了一個多月，後續為了復健還進出醫院兩個多月。柳亦秋的父母考慮過讓柳亦秋休學一年好好靜養，但柳亦秋堅持自己跟得上學校進度，而她的確說到做到。

柳亦秋記得車禍後住院那段日子是她愛上閱讀的起點，但她不知道那也是她轉變的起點。

車禍發生瞬間留給柳亦秋前所未有的驚駭印象——日後偶爾談起那次意外，柳亦秋總會說起自己前一刻跨在腳踏車座墊上回想補習班白板上的一道題目，下一刻突然被捲進某個不知名巨大怪物底下的恐懼。柳亦秋的親身經歷並沒有造假，但那場車禍真正狠狠輾進她的身體、粉碎她的腿骨、在她心底刻出恐怖經驗的，並不是關於人生無常之類的體悟，而是讓她發現自己其實比自己以為的更脆弱、更容易受到傷害，就算擁有力量的那一方不帶任何惡意，也可以簡單輕鬆地把她壓成碎片。

和在小村長大的很多孩子一樣，柳亦秋幼時常在王爺廟附近玩，她和幾個友伴都是在那裡認識的，後來混熟了，幾個人變成一個彼此照應、一起行動的小團體。小學一年級第一次段考，柳亦秋的成績不大理想，馬達翰和湯日清都說沒必要在意考試，成績也不大好的徐霏霏和考了全校第一名的白文禾聯合安慰她，到了第二次段考之前，雷損看出她很緊張，拉著她進王爺廟，替她燃香，教她如何祝禱祈求，保佑考試順利。

「你不拜嗎？」柳亦秋拜完起身，把線香遞給站在一旁的雷損時問。

雷損踩上小凳子把線香插進香爐，回頭對柳亦秋笑道：「我平常不用功，王爺公也幫不了我；妳那麼用功，王爺公一定會幫妳。」

這群孩子漸漸長大，湯日清明顯展現出擅長運動的特質，雷損不算好動但體能也不差，馬達翰更像全身有發揮不完的精力；但因自小相熟，有時笑鬧，柳亦秋會追打幾個男生，男生們會或跑或逃，從未還手。車禍之後，柳亦秋雖未認真想過，但潛意識的思緒渦流已然明白：自己之所以能夠保持倔強、事事好強，一直沒受傷害，其實是這幾個男生在團體裡讓著她，在團體外護著她。她沒有自己原來以為的那麼強悍。

因為出過車禍，柳亦秋的行為舉止變得格外謹慎，她本來就沒有特別喜歡到處跑，加上新添了閱讀習慣，整個人就顯得較以往安靜許多。

升上高中之後，柳亦秋沒有積極結交新朋友，而每每遇上從前她會不服氣地跳出來據理力爭的狀況，車禍瞬間的恐懼就會在她心裡出現——雖然只是一閃而逝的浮掠而過，甚至柳亦秋完全沒有意識到自己記起了當時的驚駭，但已足以削掉她想爭執的念頭。

柳亦秋覺得自己沒變，但那是由於她沒察覺自己的內裡極度不願承受第二次傷害——即使受傷之後能夠痊癒，復健過程也比受傷本身帶來更多痛苦，而可以隨隨便便就傷害她的力量，到處都有。這種痛苦遇過一次都嫌太多，該要全力迴避；保持嫻靜、不要爭強，就是迴避的最佳對策。

而順服聽話，常是父權社會要求女性表現的傳統框架，一如直爽、沒有小心眼被認為是男性應有的特質。這些刻板印象不會全錯，但絕對不會永遠都對。

是故，年齡漸長的柳亦秋依然在自我介紹時說自己很像男生，可是在周遭的人眼中，這套介紹與她的重疊程度越來越少。柳亦秋有時會察覺周遭的人不認為她的自我介紹是她真心的自我介紹，但不明白自己如此坦承的自我介紹為什麼會讓人覺得不算自我介紹。

知識水準不差、思考邏輯清晰但無法認清自己的人很多，這些人有時會認為自己看得清別人，但不代表他們的能力足以看得清自己。

柳亦秋不是特例。她只是其中之一。

07.

想了半天，柳亦秋沒得到任何結論，倒是想起雷損小時候遇到事情常會去拜拜問王爺公，現在似乎從未聽他提過是否常去這城的哪座寺院——下回問問他好了；柳亦秋收拾心情，把思緒拉回現實。不知道自己為什麼會變成現在這樣，但至少可以決定自己未來想變成怎樣；柳亦秋對自己道：下回再遇上什麼，就要想想自己本來應該是個什麼樣的人。

枕畔留著馬達翰的味道，不過馬達翰昨晚說過今早有事得進分局處理，一早就走了，沒有吵醒柳亦秋。

柳亦秋決定把床單和枕頭套都拆下來洗一洗。

昨天晚上馬達翰來找柳亦秋，沒有事先通知，開了鎖直接進門，柳亦秋嚇了一跳。

柳亦秋當然不認為男友不可以來找她，但她不喜歡這類會被解釋為「驚喜」的感覺。

馬達翰問柳亦秋吃過晚餐了嗎？柳亦秋搖頭，馬達翰問柳亦秋晚點再吃有沒有關係？柳亦秋搖頭；馬達翰沒再問話，伸臂將柳亦秋攬進懷裡，把她讀到一半的書扔開，一手覆上她的胸部，一手從她的腰際往下探進居家長褲。

柳亦秋聞到馬達翰身上的氣味，皺了皺眉，轉身推開馬達翰，一路把他推到浴室門口。

馬達翰進了浴室沒多久，又赤身露體地大步走出來，不由分說地把柳亦秋也攔腰抱進浴室。

晚餐的氣氛並不愉快。柳亦秋沒有拒絕馬達翰留下來過夜，但也沒有理他，自顧自地讀書，機械式地翻頁，字句流進她的眼睛，沒在腦子裡停留。

柳亦秋確定馬達翰知道自己不大高興，但馬達翰什麼都沒講，斜躺在床上用手機看影片，不時嗤笑出聲，柳亦秋因此更不高興。

吃完前一天買回來放在冰箱裡的三明治和咖啡，略做打掃，在串流平臺上看了一部馬達翰不會有興趣的文藝片；傍晚時分，柳亦秋伸伸懶腰，把床單、枕頭套和待洗衣物一起塞進大提袋，帶著書出門。

住處的洗衣機不夠大，洗床單得到附近的自助洗衣店。

手機響起的時候，柳亦秋坐在自助洗衣店裡，剛把昨晚翻過但沒讀過的部分讀完，覺得心情好了不少。

假日還是一個人這樣過比較舒服呀；柳亦秋把書放在大腿上，拿起手機，螢幕上的來電顯示是馬達翰。

「小秋，」馬達翰的聲音透著少有的嚴肅，「霏霏出事了。」

「啊？」柳亦秋愣了一下。她以為馬達翰是想通了昨晚讓她不高興的原因，打電話來道歉的。「霏霏怎麼了？」

「妳現在在做什麼？」

「自助洗衣店。公園旁邊那家。」

「家裡不是有洗衣機？」

「不夠大，我要洗床單。」柳亦秋不知道該嘆息還是該發怒，「馬達，講重點。」

「好。這種事我也不是第一次做，但是這回……總之，妳要有心理準備……」馬達翰的語氣猶豫，柳亦秋升起不祥的預感，「霏霏死了。」

「什麼？」柳亦秋掩嘴驚呼，放在大腿上的書滑落，砸痛了她露在涼鞋前緣的腳趾。

「正確來說，是遇害了。」最難出口的部分解決了，馬達翰的聲音恢復正常，「不在我的轄區，但我聽到消息，剛去找認識的學長了解狀況。」

「遇害？」這表示徐霏霏不是碰上交通事故之類意外，而是遭人殺害，柳亦秋無法置信，「怎麼回事？」

「有點複雜，學長也還沒弄清楚；」馬達翰道：「他已經通知家屬了，不過我想我得自己告訴我們這些同學。」

「通知阿穀了嗎？」柳亦秋不敢想像白文禾會有什麼反應。

「就是阿穀發現的。在霏霏住的套房。」

「啊？」柳亦秋又吃了一驚。聚會裡的每個人都知道白文禾喜歡徐霏霏，也都知道白文禾一直小心翼翼地沒膽拉近距離，馬達翰還曾在柳亦秋面前不大厚道地拿這事開過玩笑。但倘若白文禾會到徐霏霏住處，不就表示他們會私下見面？

「就說有點複雜啊，」手機裡傳來馬達翰深深吸氣、長長吐息的聲音，「晚點我下班會去找阿穀聊聊。」

「我也過去好了。」

「不用。」馬達翰阻止柳亦秋，「阿穀的個性妳不是不知道，有事就悶在心裡頭，不大會說。我就是過去看看他，陪他喝喝酒，抽幾根菸，只有男生在場，他喝了酒應該比較容易吐吐苦水，等他發洩完了，我就讓他好好休息。」

「好。」馬達翰的說法聽來言之有理，柳亦秋鎮定了點，彎腰撿起書，「等阿穀沒事了，你再來找我。」

「我原本就有這個打算，」馬達翰道：「到時我再告訴妳詳細的情況。」

「好。」

「其實，」掛掉電話之前，馬達翰說：「我想找妳，本來不是要說這種事的啊。」

08.

馬達翰出現在柳亦秋住處門口的時候已接近午夜，渾身菸味酒氣，沒等柳亦秋催促，就自己進了浴室。

「阿穀還好嗎？」柳亦秋替馬達翰準備了一杯熱茶，看到馬達翰走出浴室，急急詢問。

「不算太好。」馬達翰在柳亦秋身旁坐下，拿起茶杯湊近嘴邊，覺得太燙，又放回桌面；柳亦秋暗罵自己問了個愚蠢的問題，馬達翰接著道：「不過他發現霏霏已經是昨天晚上的事了，過了一天，算是平靜多了，只是一整天都沒吃東西，幸好我買了食物過去，和他喝了點酒，他睡著了我才離開。」

「究竟發生了什麼事？」柳亦秋問。

聽完馬達翰的轉述，柳亦秋腦袋一團混亂。「所以，」她問馬達翰，「你認為是怎麼回事？」

「這案子有五個假設，得一一確認有哪些事實，把範圍縮小。」馬達翰盯著茶杯，「首先，從入室行竊演變成殺人事件。霏霏的住處找不到存摺和現金，有一些首飾，不過看不出到底值不值錢。從這個方向看，這個假設的可能性不能說沒有，不過學長認為這條路走不通。」

「為什麼？」

「那棟大樓沒遭過小偷，雖然沒有管理員，但電梯要有密碼，安全門和大門都有監視器，外面沒有什麼可以攀爬的地方。」馬達翰解釋，「竊賊隨機選中霏霏住處的機率不高，而且門鎖不好對付。如果是個有經驗的小偷，不會浪費時間對付那個鎖，沒經驗的小偷弄不開。總之，入室行竊的可能性很小。」

「再來是什麼？」

「沒拿到遺囑的家屬行凶。」馬達翰抓抓頭，「遺囑這事是阿穀說的，學長後來打電話到事務所，確認是真的，所以也和那幾個家屬聯絡過，聽了不少抱怨。阿穀和事務所都沒向家屬透露霏霏的資料，家屬只從遺囑裡知道霏霏的名字，這城有上百萬人，光靠一個名字想找出住處不是那麼容易，更別提這城有很多來自國內其他地方的居民，戶籍都沒有遷過來。」

「所以第二個假設也不成立。」

「不是完全不可能，只是和第一個假設一樣，可能性很小。」馬達翰道：「其實家屬當中還有人要求學長找出霏霏的地址，這些人到底都把警察當成什麼？」

「那第三個假設呢？」

「第三個假設和第四個假設有關，和第二個也可能有關，不過，」馬達翰看看柳亦秋，「妳要有心理準備。」

有什麼消息會比突然聽聞朋友遇害更需要心理準備？柳亦秋點點頭。

「霏霏可能從事情色交易。」

「不可能！」柳亦秋低呼。

「別急，這個還沒證實。」馬達翰安撫柳亦秋，「我們只知道有個剛過世的老男人，手上一堆股票證券半張都沒留給自己子女，全都送給霏霏，但我們不知道他和霏霏是怎麼認識的。」

「霏霏靠投資賺錢，」柳亦秋道：「他們可能是在交易所之類地方認識的朋友。」

「把遺產全送給朋友，而且這朋友還是個年輕漂亮的女孩？」馬達翰瞥見柳亦秋的臉色，沒再繼續，「重點是，他們兩個已經都沒法子說明。所以，家屬認為霏霏八成從事特種行業，就是為了遺產才接近老人。」

「阿穀怎麼想？」

「那個老男人的遺囑就是阿穀處理的。宣讀遺囑之後，阿穀聯絡了幾個徵信社，沒有得到確切的答案，但他承認，的確有這個可能。」馬達翰呷了口茶，補充道：「不過阿穀也說，他對霏霏的感覺並沒有因此改變，他認為獲得遺產是個好機會，霏霏可以擺脫過去，重新開始。」

「可憐的霏霏，」柳亦秋嘆氣，「可憐的阿穀。」

「所以，第三個假設是霏霏的客人行凶。阿穀說霏霏下午約他吃飯，不大可能又排顧客，但我認為客人說不定會臨時跑去，霏霏不想接待，但也不好直接拒絕，讓客人進了門想要說明，結果因為這件事或別的事起了口角，變成肢體衝突，最後客人發現自己下手太重，就溜了。」馬達翰道：「第四個假設是阿穀認為最有可能的，上門的不是客人，是情色交易集團的幹部，霏霏說要退出，兩人爭執的時候出事。」

霏霏真的在做色情行業？柳亦秋想起徐霏霏的模樣，雖然常穿名牌，但並不浮誇，雖然精心化妝，但並不妖豔，舉手投足沒有特別顯出媚態，倒是投資心法講得頭頭是道——這樣的霏霏依靠肉體賺錢？柳亦秋無法相信。或者只是不願意相信？柳亦秋的心裡有個小小的聲音反問，因為後面這兩個假設聽起來似乎比較合理。「你怎麼看？」她問馬達翰。

「霏霏的工作？還無法證明。」

「是嘛。」柳亦秋覺得好像安心了點，又不確定安心了什麼。

「如果霏霏沒做那種工作，第五個假設就會更有力，但這有點麻煩；」馬達翰看了柳亦秋一眼，「因為最後這個假設的凶手是阿穀。」

09.

刑警聯絡過當天載白文禾到徐霏霏住處的計程車司機，也詢問過幫白文禾開鎖的鎖匠，這兩個人都證明了白文禾的說詞，但也都無法證明白文禾稍早沒有到過徐霏霏的住處。

「霏霏昨天的確打了電話給阿穀，從兩個人手機的通聯紀錄可以確定，但不知道是否真如阿穀所說的是約了晚餐。」馬達翰道：「學長推論，阿穀在兩人講完電話後就去找霏霏，行凶之後把現場布置成入室行竊，然後回到自己住處，想出整套計劃——謊稱自己和霏霏晚上有約，叫計程車過去，故意在樓下等了很久，讓計程車司機對自己留下印象，再找鎖匠和自己一起發現現場。」

「阿穀單戀霏霏那麼久，」柳亦秋邊聽邊搖頭，「怎麼可能做這種事？」

「學長認為單戀多年就是可能的行凶動機。」馬達翰仰頭看著天花板，「學長問過那幾家徵信社，對方確認阿穀週五曾經和他們聯絡過，也就是說，宣讀遺囑之後，阿穀真的設法確認過霏霏的工作。但徵信社沒給他肯定的答覆，『情色交易』是阿穀告訴學長的，目前沒有實證。如果這是假的，那就是阿穀欺騙警方，這會增加他的嫌疑；如果這是真的，阿穀還是擺脫不了嫌疑。」

「為什麼？」柳亦秋問，「如果是真的，嫌犯就是客人或組織成員了呀！」

「對，但不表示阿穀就完全沒事。」馬達翰指出，「學長問我：如果你發現你追了很久的女人是妓女，她在你面前高不可攀但其實只要男人拿錢就可以上她，你會不會很不爽？這個妓女現在平白無故得到一大筆錢，你有錢也上不了她了，你會不會更不爽？」

柳亦秋眼光凌厲地瞪視馬達翰，馬達翰清清喉嚨，「呃，我只是轉述。反正學長認為阿穀或許因為這些和霏霏吵了起來，失手殺人。」

「這種推論才叫沒有實證，你那個學長太過分了，阿穀不是那種人。」

「雖然很薄弱，」馬達翰道：「但學長倒還真有實證。」

「傳訊息？」柳亦秋不明白，「這算什麼實證？」

「問題在訊息的數量，」馬達翰回答，「兩週之內傳了上百個訊息，霏霏幾乎都是已讀不回，就學長的看法，這算是『騷擾』。」

「我記得在網路上看過騷擾案例的報導，」柳亦秋反駁，「數字比這個大多了。」

「還有訊息的內容。」

「什麼內容？」

「主要是示愛，好想妳好愛妳之類的，有些很露骨下流的字眼我就不講了；」馬達翰微微聳肩，「而且，阿穀在學生時期騷擾過女同學，警方有紀錄，我問阿穀的時候，他也承認了。」

驀地，柳亦秋想起一段往事。

小學六年級下學期，天氣開始回暖，學校剛剛換上夏季制服。那天最後一堂課快結束的時候，柳亦秋發現自己的月經初次報到。

柳亦秋知道那是怎麼回事，並不緊張，也沒有驚動老師，只是自己沒有事先準備，有點麻煩。柳亦秋等著下課鈴聲，心想一放學就要快點回家。

回家的路上，柳亦秋走得不大安穩。一方面是下腹部開始悶悶地脹痛，另一方面是她擔心經血會滲到外頭、染髒裙子，扭捏行走，雖想早點到家，卻怎麼也難以加快腳步。

距離家裡還有一段路程，背後有人叫她，柳亦秋停步回頭，看見白文禾站在身後。

「嘿，阿穀，」柳亦秋想盡快結束對話，「我有事得馬上回家。」

「我知道，」白文禾脫下身上的薄夾克，「我前幾天感冒剛好，我媽就一定要我穿著，也不管學校已經換季，這借妳。」

柳亦秋莫名其妙地看著白文禾遞來的夾克，「要幹嘛？」

「綁在腰上，遮一下。」白文禾稍稍壓低聲音，「妳裙子後面有血。」

柳亦秋忽然覺得扭捏，做什麼動作似乎都不對，但不知道自己為什麼害臊。轉頭看看，學生裙的下襬果真有一片明顯的血漬。

「沒關係，這沒什麼，我在書上讀過，知道這很正常。」白文禾把夾克塞進柳亦秋手裡，「不過我也知道，一定會有些孩子大驚小怪，指指點點，或者開些他們自己都不懂的玩笑。妳也不喜歡這樣吧。」

柳亦秋抖開薄夾克，把衣袖繞過腰際打了個結，低頭檢查有否遮好，再抬頭向白文禾道：「謝了，阿穀。」

「小事。」白文禾笑了笑。

「夾克我明天還你，」柳亦秋問，「你感冒沒事了吧？」

「沒事，我……」白文禾表情一變，雙手掩鼻打了個響亮的噴嚏；他放下手，看著滿手的鼻涕，喃喃地道：「糟糕，我衛生紙用完了。」

柳亦秋從書包裡找出一包面紙，「給你。」

「謝謝。」白文禾用指尖捏起面紙邊緣，和柳亦秋對望一眼，一起笑了。

10.

想起這段往事，再想起聚會時白文禾溫和的談吐和客氣的態度，柳亦秋無法想像這樣的人會騷擾女性，更無法想像他在任何情況下動手殺人。

「阿穀是個溫柔的人，講話做事都很得體，」柳亦秋沉默半晌，開口道：「他不是那種會騷擾女孩子的人。」

「我也不相信。」馬達翰附和，「阿穀說那時交往的女同學突然不理他，他才失心瘋去對方住處樓下堵人家，後來和解了，他沒再糾纏。」

「阿穀也不會騷擾霏霏。」

「但他真的傳了很多訊息給霏霏。」

如果霏霏真認為那是騷擾，難道不會告訴我們嗎？柳亦秋想問馬達翰，又覺得這麼問口氣似乎太衝，於是改口，「別再說你學長，你覺得阿穀有嫌疑嗎？」

「這個嘛，」馬達翰表情為難地抓著後腦，「我是警察，不能因為是朋友就排除……」

「所以你也懷疑他？」

「聽我說，小秋，」馬達翰停止抓頭，「我們最近幾年才重新見到阿穀，先前已經快二十年沒聯絡了，我們只在聚會時和阿穀相處，不知道他平常是什麼樣子；雖然我們都說大家和小時候一樣，但其實大家都變了很多，不是嗎？我剛剛才聽他說他一直有頭痛的毛病，有幾次還因此失去知覺，會不會他在意識不清的時候幹了什麼？」

「就算阿穀真的在意識不清的情況下傷害霏霏，清醒後也絕對只會自責、不會想要推託。」

「說不定有什麼精神方面的問題……」

「你越說越誇張了！」

「好，不說了不說了。」馬達翰垂下眼睛，「我只是想說，或許他已經不是我們從前認識的那個人了。」

柳亦秋沒有說話。她想起白文禾注視徐霏霏時藏不住的戀慕眼神。雖然心裡不想承認，但柳亦秋也覺得，那種積累已久的渴慕，只要稍微扭曲，就會變成殘酷的殺意。

「好了，我打電話給妳時說過，今天找妳本來不是要講這個的。」馬達翰起身走到衣架旁，從外套口袋裡摸出一個小盒子，「送給妳。」

盒外的標誌是個柳亦秋沒有買過的名牌，盒內是條精緻的銀鍊，淚滴狀的鍊墜，優雅但不張揚。

「喜歡嗎？」

「很漂亮。」

「別光看，我幫妳戴上。」

柳亦秋挽起長髮，感覺到鍊墜碰觸胸口時的一點點沉重，銀鍊冰涼，但馬上吸收了體溫，彷彿化進身體，成為柳亦秋的一部分。馬達翰扣好銀鍊，嘴脣吻上柳亦秋的後頸，柳亦秋覺得有點癢，沒有放下頭髮，任由馬達翰吻著；馬達翰放下手臂，環住她的腰，柳亦秋剛覺得自己被暖暖地抱住，就發現馬達翰的手緩緩地向上挺進。

「等等，」柳亦秋扭著身體掙出馬達翰的手臂，「你為什麼突然送禮物給我？」

「我知道昨天妳不高興，只是想不出原因——是我在浴室裡太粗魯了嗎？但妳很配合啊；還是後來在床上那次表現不好？但我覺得妳很享受啊。」馬達翰賊笑，「今天我才想通，一定是我忘了情人節的關係。」

兩週前的情人節，是農曆大年初三，柳亦秋和家人在一起，馬達翰留在這城排班，直到春酒聚會之前，兩人都沒碰面。

「那時我要工作，妳也不在，但這幾個禮拜我都忘了補送東西。」馬達翰拉住柳亦秋的手臂，「別生氣嘛，妳知道我對這種事常常很粗心，所以一想起來，馬上趁午休去挑了這條項鍊，一看到這個款式，我就知道妳一定會喜歡，妳戴起來很好看啊。」

「我不是為了情人節的事不高興。」

「不是嗎？」

「當然不是。情人節不能一起過，我們早就知道了，你為什麼會認為我會為了送不送禮這種小事不高興？」

「好啦，不要生氣。」馬達翰還是不確定柳亦秋昨晚不開心的原因，但他打算按照往例應付——也就是蒙混過去，「來抱抱，我知道怎樣可以讓妳開心起來。」

「怎樣？」

馬達翰伸手要摸，「例如這裡呀……」

「別碰我，」柳亦秋閃開，「我現在沒心情。」

「怎麼了？」

「我們一個朋友剛過世，另一個被你當成殺她的嫌犯，」柳亦秋瞪著馬達翰，「我怎麼會有心情？」

「小秋，」馬達翰的語調有點失去耐性，「別這樣。」

「還有，你連你怎麼惹我生氣都搞不清楚，你有什麼資格碰我？我是你女朋友，不代表你就可以隨便亂來！」

「我亂來？」馬達翰霍地起身，「妳還沒看過我多能亂來！」

「現在是怎樣？」柳亦秋哼了一聲，「想讓我知道你力氣多大、你想要我就沒辦法反抗？覺得這樣很有男子氣概？」

「我……」馬達翰低頭看看自己不知何時緊握的拳頭，洩了情緒，「我沒那個意思。所以昨天妳在生什麼氣？妳不說我怎麼會知道？」

「知不知道都沒關係了，」柳亦秋指著大門，「反正今晚你不能留在這裡。」

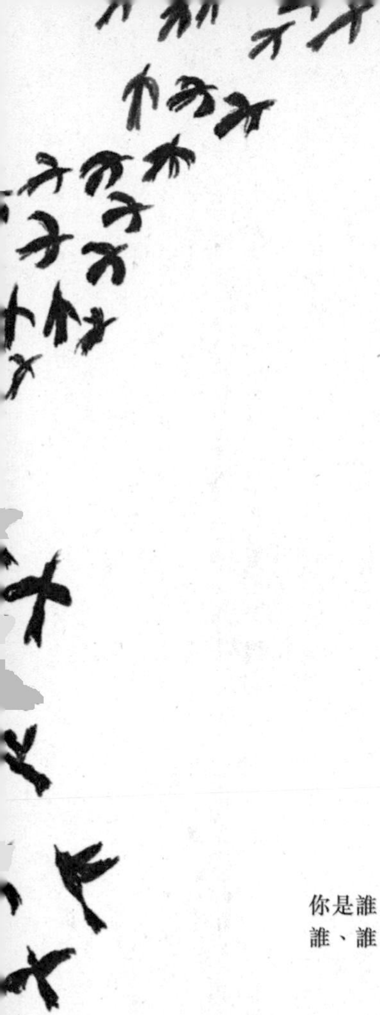

五 你是誰?

你是誰？
誰、誰，誰？誰？

——The Who〈Who Are You〉

01.

馬達翰離開柳亦秋住處的時候剛過午夜不久，日期從二月推進三月，週日推進週一。因為二月二十八日是週日，所以週一補假。

柳亦秋很慶幸週一不用上班。她認為她需要一些時間獨處，平復情緒。

一整天柳亦秋都在等馬達翰打電話給她，但不確定自己想不想接到馬達翰的電話；一整天都在思索自己該對馬達翰說什麼，但不確定馬達翰會不會照自己想像的那樣回應。

馬達翰沒打電話。

週二一早，手機設定的鬧鐘還沒響起，柳亦秋就醒了。

她已經決定，應該和馬達翰好好談談，讓馬達翰明白自己那天晚上為什麼不開心——馬達翰沒事先與她約定就直接開門進來、沒顧及她的意願就直接發洩欲望，事後毫不體貼她的感受，晚上就寢時又問都沒問地來了一次，這些當然都是原因，但都不是主因。

和馬達翰的相處時間夠長，柳亦秋知道雖然他看起來大而化之，但並不像表面上那麼粗線條。

不提過去的互動狀況，光是聽馬達翰前天半夜對案情的分析，就明白馬達翰其實可以相當仔細。再說，馬達翰那時也提過，他知道柳亦秋週六晚上不大開心。

也因如此，柳亦秋認為馬達翰在察覺的時候就該詢問，而不是只顧著滿足自己的衝動。事實上，柳亦秋認為馬達翰根本不需要詢問，就該搞懂她心情欠佳的原因。

所以那時她才什麼都沒講。

很多時候，人都會認定伴侶能夠精準探測互動時的細節、正確推導氣氛變化的緣由；很多時候，他們也都認定自己能做到該有的標準；但是，很多時候，人都會錯估伴侶，也會錯估自己。

或許馬達那時真的沒有發現、隔天又想岔了吧？怎麼會想到情人節禮物呢？我是那麼小心眼的人嗎？柳亦秋在心裡嘆了口氣，覺得有點無奈，沒發現其中混著甜蜜：我也的確沒有好好說明，得負一部分責任。

柳亦秋沒有體悟到：在尚未與馬達翰對談之前，她就已經原諒了他。

說起來馬達的個性裡有幾個特質從小到大都沒改變；既然醒了、無意再睡，距離上班還有一大段時間，柳亦秋乾脆坐在床上，雙手托腮，放任思緒亂跑：小時候師長大多認定馬達很皮，雖然鮮少闖下難以收拾的大禍，但一提起他總是一面搖頭一面嘆道難以管教——倒不是馬達的態度多麼頑劣，他每回違反校規被逮都會乖乖受罰，只是那些處罰對他而言似乎永遠不痛不癢，無論被罰多少次，他都依然故我。

小學時期有回午休結束，柳亦秋發現馬達翰一個人在圍牆邊掃落葉，「掃地時間還沒到，你在幹嘛？」

「老師說最近葉子掉很多，叫我午休時間先掃一次。」馬達翰答得正經。

「為什麼叫你……哦——」柳亦秋還沒問完就已經知道答案，「你又幹了什麼？」

「沒帶作業，老師說我一定根本沒寫。」

「那你寫了嗎？」
「沒有。」
「老師沒冤枉你嘛。」
「忘了帶是真的，不過不管有寫沒寫，老師都會說我沒寫。」馬達翰並不在乎，「反正我也不想睡午覺，超無聊的。」
「馬達，」柳亦秋認真地問：「你幹嘛老和老師作對？」
「和老師沒關係，只是因為昨天晚上我想出去晃晃、不想寫作業而已。」馬達翰擠擠眼睛，笑道：「妳這麼愛管，以後幫我寫好了。」
「誰理你啊！」
想做什麼就去做的特質說好聽點叫隨興，說實際點叫任性。馬達翰現在當然沒法子再這麼隨興，畢竟他已經是社會人士，而且也規矩地唸完警察大學、通過警察特考、成了刑警，不過那個特質還在，有時仍會表現出來，就像週六晚上那樣。
另一個特質更常出現，就是面對事情的時候嘻皮笑臉。
柳亦秋覺得馬達翰嘻皮笑臉時很可愛，就算他在她面前扭著腰說自己叫「馬達」所以在床上會很帶勁之類的露骨笑話，柳亦秋大多也只是紅著臉掩著嘴一起笑著。嘻皮笑臉有時可以和緩氣氛，不過得看場合，週日那個情境就不合適。
不過嘻皮笑臉還是比後來那樣好一點——記起當時馬達翰青筋暴起的拳頭，柳亦秋不自覺地縮縮脖子。

她知道馬達翰小時候愛打架，知道馬達翰現在的工作必要時得使用暴力，但無論是小時候還是現在，她從沒真的看過馬達翰使用暴力，更別提對象是她。

馬達不可能對我動手；柳亦秋心想，接著念頭一轉，突然模模糊糊地對自己這些年轉變的原因有了點理解。

02.

該準備出門了。

柳亦秋起身走進浴室，對著鏡子端詳自己的臉。

她一直不認為自己長得漂亮。不醜，但稱不上漂亮。

小學時期柳亦秋嫌長髮整理起來麻煩，每回髮尖還沒觸到肩膀她就會去剪短，加上個性好勝、時常逞強，老被母親叨唸說沒有女孩子該有的樣子。其實就算把頭髮留長、表現文靜，母親的評語可能也不會有太大改變——這點柳亦秋心知肚明。

因為徐霏霏就在身旁。

徐霏霏微笑就是女生的含蓄，大笑就是女生的開朗，潑辣就是女生的直率，安靜就是女生的溫婉。徐霏霏做什麼都很女生，和她一比，柳亦秋做什都不夠女生。

柳亦秋對徐霏霏並沒有羨慕或者嫉妒，她覺得很女生沒什麼不好，但自己不夠女生也沒什麼問題。

高中時柳亦秋唸的是第一志願的女校，開始把頭髮留長。有一次母親不知怎地感慨女兒開始像個女孩子了，柳亦秋還覺得母親的慨嘆沒什麼道理，她不認為自己有明顯變化，留長頭髮只是忙著唸書沒有按時去剪，結果發現沒有想像中那麼難整理、看起來也滿順眼的，如此而已。

大學和進入職場之後交的幾個男友自然都誇過柳亦秋漂亮，要說心裡完全沒有竊喜就太矯情了，但柳亦秋也並未當真以為自己的外貌有多大的轉變。和那幾任男友交往都是因為相處愉快，分手都是因為相處變得不怎麼愉快，而相處愉快的時候容易美化對方，那是種沒打算自欺欺人的自欺欺人——柳亦秋是這麼想的。

不過，在那些時候，柳亦秋偶爾會想起已經多年沒有聯絡的徐霏霏。從小就被誇獎容貌出眾，徐霏霏是否會將這類稱讚視為某種不言自明的真理、早就麻木了？或者無論聽過多少次，都還是會生出相同的開心？

這些問題當年沒能直接詢問徐霏霏，徐霏霏出現在聚會當中、兩人恢復聯絡之後，柳亦秋也沒想過要問。

徐霏霏第一次出現在聚會的時候，每個人都十分驚喜，白文禾連開口打招呼都控制不了結巴。問起怎麼會知道聚會訊息，徐霏霏說在路上偶遇湯日清，湯日清附和，說先沒告訴大家就是想看看大家的反應；問起在這城生活的近況，徐霏霏表示自己大學時就開始儲蓄，工作幾年後攢夠了一點資金，開始試著投資理財，結果成績不錯，現在已經辭掉工作，成為專職的投資客。

「沒有固定收入，不大好吧？」雷損問。

「保有基本存款，不要借錢進場。」徐霏霏答得肯定，「股市當然有漲有跌，但只要別亂花錢就沒問題啦。」

「不用上班真好啊。」白文禾感嘆。

「投資還是很忙的啊，要看很多新聞、留意很多資訊。」徐霏霏笑道：「我不是大戶，除了線上交易，沒事也得去號子裡繞繞才行。」

過了約莫半年，有回柳亦秋審稿時讀到幾個關於紅酒的段落，不大確定作者是認真做了功課還是隨口胡謅，想起可以請教徐霏霏——有回聚會，徐霏霏帶來一支紅酒，說是那陣子投資獲利的慶祝；紅酒相當順口，徐霏霏沒講價錢，後來柳亦秋上網查過，暗暗吃驚。

打電話給徐霏霏果然問到不少紅酒知識，確認作者寫稿時根本信口開河；柳亦秋一面尋思該怎麼請作者修改，一面問道：「霏霏也投資紅酒？」

「我？沒有。」徐霏霏笑著說：「只是偶爾喝一點。」

「可是妳懂好多喔。」

「因為有時需要出席一些宴會，或者和大老闆們聊聊天，那些人講起酒經滔滔不絕，妳要是能附和幾句，他們就很高興，再想打聽一些內幕消息就方便了。」徐霏霏道：「不過也別顯出妳懂太多，尤其是他們講錯時不要糾正，男人的自尊心硬得像便祕一個禮拜拉不出來的大便一樣——唔，『大老闆』和『大便』連在一起的畫面好糟糕。」

「哈哈哈。」

「總之，我的意思是，」徐霏霏的聲音也帶著笑，「妳知道他們有那種又臭又硬的東西，別去碰。」

柳亦秋從沒懷疑過徐霏霏的職業，也不認為其他友伴懷疑過這件事。聽徐霏霏聊投資心法的時候，柳亦秋還會覺得：小時候我比較實際，霏霏喜歡作夢，但現在的霏霏感覺比我精明許多。

霏霏從事色情交易聽起來匪夷所思，要說她是某個富商的情婦還比較可信，不對，我把霏霏想成什麼樣的人了？柳亦秋潑水洗臉：倘若這是真的，那麼她當然不會告訴我們，但她是因為投資出了問題才這麼做？還是這其實才是她的工作、她根本沒靠投資過活？她是被迫的、還是自願的？霏霏和大家的互動自在放鬆，看來也從來沒有金錢上的困擾，從事色情工作的人是這樣的嗎？話說回來，我對那個行業又知道什麼？不，重點是，這是真的嗎？

柳亦秋擦乾臉，覺得本來好了一些的心情又沉了下去。

因為想起徐霏霏，柳亦秋就連帶想起那晚自己情緒欠佳的原因。

03.

馬達翰抽菸，柳亦秋不討厭馬達翰身上的菸味，但馬達翰身上有的常常不只是菸味。

警察要照管的事項很多，因此馬達翰時常要進出各式各樣的場所，就難免沾染各式各樣的氣味，菸、酒、檳榔、嘔吐物，還有更多柳亦秋難以一一分辨來源的噁心氣味分子，在馬達翰下班的時候，仍然黏附在他的衣物皮膚，甚至頭髮裡頭。柳亦秋對氣味很敏感，無論接下來與馬達翰有什麼節目，都會要求馬達翰先去洗澡。

那晚馬達翰忽然出現在柳亦秋住處時，身上的味道並不複雜——汗水，這味道柳亦秋已經很熟悉；還有香水，這味道柳亦秋也記得。

柳亦秋平常很少用香水，對香水也沒有研究，但這味道和過往她在馬達翰身上聞到的香水氣味都不一樣，而且她前不久才在另一個人身上聞過。

春酒聚會。徐霏霏的頸際。

徐霏霏提過那是限量版香水，不容易買到。

當時柳亦秋記住了香水的牌子，只是後來沒特地去找；既然徐霏霏說是不易購得的限量版，柳亦秋認為價格肯定偏高，自己既然鮮少使用，就沒必要花這個錢。

徐霏霏剛開始加入聚會的時期，馬達翰和柳亦秋正處於日漸親密、感情要從曖昧試探跨入穩定交往的階段；而徐霏霏初次出現在雷損住處、說自己是湯日清邀來的那晚，柳亦秋留意過馬達翰的神情，他臉上的訝異絕對不是裝出來的——所以，柳亦秋認為，馬達翰先前並不知道徐霏霏也在這城，自然也不可能和徐霏霏有任何接觸。

既然兩人先前並無往來，重逢時馬達翰與柳亦秋的戀情又正在加溫，是故柳亦秋並不認為馬達翰會瞞著自己，同時和徐霏霏交往。

這麼一來，馬達翰身上的香水味就不會來自徐霏霏，而是來自他那天工作時去過的地方。

倘若那些地方包括一些聲色場所，或者因故得要進入女性使用的空間，那就有沾上香水氣味的可能。

可是，那香水價格偏高，在聲色場所工作的女性會有能力購買嗎？再說，那香水不易購得的主因還不在價格，而在表明就算出得起錢也不容易尋得的「限量」二字。既是罕見的女用香水，氣味卻出現在馬達翰身上，柳亦秋覺得馬達翰應該主動解釋。

隔了一天，馬達翰向柳亦秋告知徐霏霏死訊、提及她可能從事情色行業的時候，柳亦秋發現自己的推論並不正確——假設徐霏霏的確是個性工作者，那麼柳亦秋就錯估特殊行業女性的消費能力。

畢竟，在她的想像中，會出賣肉體的女性要嘛就是遭到暴力脅迫要嘛就是染上成癮藥物，再不然就是受騙上當，或者背負鉅額債務沒有別的方式償還——總之，她想像那些女性的身體和金錢都受到控制，都急於逃離那個環境，不會有餘裕去買奢侈品。

所以，霏霏究竟有沒有做那種工作？這個資訊是阿穀說的，而阿穀不可能在沒有查證的情況下這麼說；柳亦秋的思緒轉了一圈，依舊沒有答案。

算了，先別想霏霏和阿穀了；柳亦秋打開衣櫥，拿出外出的衣物：想想要怎麼和馬達說吧，他昨天沒打電話來，如果今天還沒打來，我就先打給他。

馬達是個大男人，雖然注意到我那晚情緒不好，但一定沒有想到是香水的問題，他怎麼會知道呢？我又沒有馬上告訴他，他沒察覺，我還怨怪他不夠細心；柳亦秋一面換上衣裙，一面自我反省：但馬達已經很細心了啊，不然也不會想了一晚才想出什麼情人節忘了送禮這種爛原因，還特地去挑了禮物。

銀鍊收在盒子裡，盒子擺在書桌上。

柳亦秋打開盒蓋，指尖撫過銀鍊，憶起馬達翰替自己戴上銀鍊的感覺。一種被力量呵護包圍、安心溫暖的歸屬感。

我那天真的對他太凶了，而且這麼一來，變成我沒送他情人節禮物了；柳亦秋思索：該送他什麼呢？也去挑個項鍊好了，最好看起來是成對的，聚會時也可以戴，馬達說的沒錯，我們應該要向大家公開了。馬達雖然對藝文活動沒什麼興趣、也不注意流行時尚，但他挑禮物的品味真是出乎意料地好——咦？柳亦秋眨眨眼，想起自己從沒留意過馬達翰喜歡哪種款式的飾品。交往之後，她沒看過馬達翰在脖子上掛任何東西。

柳亦秋決定戴著銀鍊去上班。無論今晚是誰先打電話給誰，這都是要自己向他好好說明的提醒。

除此之外，也因為柳亦秋中午有個約好的飯局。

04.

每個人都有沒對別人坦白的事。就算面對的是相識超過半輩子的朋友或者是在床上耳鬢廝磨的伴侶，一個人都不可能將和自己有關的大小事項全數傾告。

有的事無關緊要、不說無妨，例如柳亦秋和湯日清共享一個雲端資料夾；有的事沒必要說，例如白文禾大學時嚇著女同學的突然追求；有的事當事人不想說，例如徐霏霏真正的工作；有的事當事人不能說，例如雷損看得見某種異象。

講得精準一點，雷損不能說的，是自己看到異象之後該做的事。

那是雷公臨終前告訴他的。

雷損的祖父是村裡小廟的廟公。

小廟裡供奉的神明，大人尊稱為「王爺公」，村裡已經沒人搞得清楚那尊神像是哪個王爺，只知道和早年到這片土地墾植的先民有關。

王爺廟在小村的歷史悠久，不過雷損的祖父並不是小村本地人，沒人知道他的來歷。從前有人問起，雷損的祖父會說自己年輕時到處遊歷，來到小村是個偶然，頭一天找不到地方過夜，被當時的廟公收留，在廟裡住了一夜，覺得自己與小村很有緣分，於是在村裡待了較長時日，後來乾脆定居。

雷損的祖父為人隨和，對大小事務都相當熱心，有人需要幫忙絕對不會推辭，加上聲音洪亮，村裡的人都叫他「雷公」。這外號一開始多少有點玩笑成分，但雷公本人毫不在意。

有回村中喜宴，在空地擺席，傍晚時分總鋪師率領一團人正在備菜，天邊響起悶雷。眾人停下手邊工作，討論要不要先撥點人手架上擋雨棚幕，慣做田活的老農主張就雲層狀況來看不會下雨，不用耽擱時間，但設宴的主人家放心不下，擔心宴客半途要是下雨，就壞了鄉親們的興致。

在一旁幫忙的雷公聽到討論，抬頭看看天象，篤定地附和老農意見，「絕對不會下雨。」

「你這麼肯定？」主人家很懷疑。

「只要下一滴雨，」雷公胸有成竹地道：「府上這攤算我的。」

「是我家娶媳婦，什麼叫『算你的』？」主人家白了他一眼，「是紅包算你的？還是媳婦算你的？」

「不不，」雷公搖手，「我的意思是喜宴的錢我請客啦！」

「賭這麼大？」主人家被他逗樂了，「剛打雷你沒聽到嗎？」

「那不是打雷，」雷公拍拍肚腹，「是我雷公的肚子在叫啦。」

主人家哈哈一笑，沒再提搭棚擋雨的建議。當晚的喜宴賓主盡歡，半個雨點也沒有——這事後來成為雷公的第一樁傳奇事蹟，小村裡知道的人很多；雷公對雷損解釋過如何從雲影天色觀測氣象，直言自己只是比其他人觀察得仔細一點，但其他村民、尤其是包括馬達翰在內的孩童，都因此把雷公視為神祕人物。

雷公的外地口音很重，剛開始村民覺得有點不好溝通，但雷公樂於助人的個性，讓他很快就融入小村生活。

幾年之後，雷公結了婚，妻子是王爺廟廟公收養的孤女。廟公過世之前，對村民說自己擲筊請示，神明指定雷公繼任廟公，村民都覺得理所當然。這個時候，「雷公」這個外號已經褪去玩笑成分，變得帶有敬意。

雷公具備草藥知識，村民有時會看他挖掘路邊雜草，經他說明才知道那是能夠入藥的材料；雷公懂得推拿技術，村民偶爾扭了腳閃了腰，或者孩子玩鬧過頭受了傷，會先去王爺廟尋求協助；雷公也懂八字，會算時辰，婚喪喜慶該辦在哪個日子、新生嬰兒該起個什麼名字，大家都會去找雷公諮詢。在資訊流通尚不發達的年代，偏遠的小村當中，雷公就是解決各種疑難雜症的資料庫。

約莫是年輕時代遊歷四方的積習難改，每隔一段時間，雷公就會離開小村到外地走走；只是既然已在小村安家落戶，雷公外出的時間也不會太長，大概一、兩日就會返鄉，很少延遲。他不在的時候，王爺廟交由雷公的妻子打理；妻子從小在廟裡長大，所有儀式禮節都很熟悉。

雷公的妻子是個沉默寡言的女子，在村中遇見村民會點頭招呼，但鮮少開口交際，也不參與閒暇時分充斥蜚短流長的八卦討論。不過村民明顯感受到她嫁給雷公之後笑容多了，表情較過往開朗，心裡大多認為雷家的生活應當和樂幸福。

只是幸福的時間不長。

雷公的妻子生產時出了意外。醫師成功搶救了孩子，但沒能成功搶救大量失血的母親。

妻子過世，雷公單獨撫養兒子，因而停止出外遊歷。雷公的兒子對廟方事務興趣缺缺，但學業成績不壞，雷公沒有要求兒子必須繼承廟公職務，囑他好好唸書，待兒子離家唸了升學高中、住在外地，雷公才慢慢恢復出遊的次數。那幾天廟務無人打理，雷公會先貼公告，然後關起廟門。

這些往事友伴們知道的不多。在他們的記憶裡，雷損的父親已經是村中小學的老師，而雷損成天往王爺廟跑，在雷公身邊跟前跟後；還沒上小學，雷損已經能夠處理一些廟中的基本事務。除了夜晚，王爺廟的廟門幾乎全年敞開。

05.

週二中午吃過午飯，雷損開車在醫院附近繞了兩圈，找到一個路邊的停車格，做了無可挑剔的路邊停車動作，把車穩妥停好。

醫院也有停車場，只是收費太高；路邊停車得讓烤漆承受陽光，還會升高車內溫度、縮短椅套壽命、增加冷氣的耗電。不過現在天氣還涼，雷損估計自己也不會在醫院待太久，選擇路邊停車的利大於弊。

熄火之前，雷損檢查了里程數和油表，心裡計算該把車子送廠保養的日期。

保養車子、開車上路、載客地點、工作時間，要把事情做好，就得有計劃——從小雷公就這麼告訴雷損，雷損也一直沒有忘記。

這些告誡雷公並不只有口頭說說，自己也身體力行。

小時候雷損在王爺廟裡跟著雷公轉來轉去的時候，常會問雷公這個為什麼要這麼做、那個為什麼要那麼做；雷公從來不覺得煩，也沒因為雷損年紀還小就隨口敷衍——事實上，雷損後來覺得祖父對他有點太不敷衍了，因為雷公的說明時常鉅細靡遺，也沒管雷損會不會聽不懂。

祭拜時要用幾柱香、各有什麼意義，草藥該怎麼搭配怎麼熬煮、各有哪種效果——諸如此類資訊，只要雷損開口詢問，不管是不是從前講過，雷公都會從頭再解釋一遍。

因為雷公明白，雷損發問不是小孩子的一時興起，而是認真想要知道答案的好奇；雷損也沒辜負祖父的用心，沒過多久，他就能夠協助祖父打理廟務、處理草藥。

第一次看見異象之後，雷損沒對父母親提過這件事，但對祖父坦承以告。

「我知道了，」雷公用少見的嚴肅語氣對雷損說：「阿損，如果以後你又看見了，不要慌張，也不要急著反應，絕對不能告訴別人，就算是你那些朋友也一樣。先來找爺爺。你現在還沒辦法應付那些狀況。」

「爺爺，」那時的雷損非常驚惶，也非常疑惑，「那到底是怎麼回事？」

「你現在還不適合知道。」雷公難得沒有正面回答雷損，「況且你只看到一次，或許只是偶然。假若日後你仍會看到，那爺爺就會同你說明，假若類似情況不再發生，那爺爺會等時機成熟了再告訴你。」

有很長一段時間，雷損未曾再見異象。他一直以為如同祖父所言，那一次只是偶然，會是此生的唯一一次。

直到父母親車禍過世，雷損才發現事實並非如此。

從醫院裡拿到的報告結果並不意外。

雖然這個情況不在自己的計劃之中，但不算意外。

不過不在計劃裡又不算意外的東西，該叫它什麼呢？

雷損收好報告，自顧自笑了笑。

然後又斂起笑容。

他想到徐霏霏。

前天接到馬達翰電話的時候，雷損正在載客，沒有接聽。放下客人之後，他回撥給馬達翰，得知徐霏霏和白文禾發生的事。

客人下車的地方是條窄巷，不宜臨時停車太久；兩人通話的時間不長，馬達翰只說了個大概，沒講現場的細節，也沒談到自己的推論。

要說意外，霏霏的事才算是意外；雨刷上還沒夾停車收費單，計費員也還沒出現，雷損不必急著離開停車格，坐在駕駛座上思考：聽起來像入室行竊失控的結果，但這種事怎麼會發生在我朋友身上？而且發現現場的人還是阿穀，他那麼喜歡霏霏，怎麼受得了？

雷損知道白文禾長期頭痛的事。有回聚會結束，白文禾留下來幫雷損收拾，忽然覺得頭痛得厲害；雖然白文禾說這只是常有的小問題，但雷損從白文禾的表情和冷汗看出這絕對不是小問題，所以不由分說地把白文禾載到醫院去。

剛到急診室外頭，白文禾就說自己好多了；雷損還是把他拉進急診大門，不過醫生也沒檢查出什麼。

「就說沒事，」坐回雷損的車，白文禾道：「你早聽我的，就不用白跑一趟。」

「我看剛那醫生很隨便，」雷損回嘴，「你最好找時間掛號仔細檢查一下。」

「好。」

「檢查完要告訴我們結果。」

「我不想讓大家擔心，」白文禾笑了，「要是大家都像你這麼神經兮兮的，我可受不了。」

「來不及了，既然我已經知道，你就不能混過去。」

「那我來檢查時叫你的車好了，這樣你就知道我沒騙你；」白文禾道：「不過你就別告訴大家了吧。」

後來白文禾聚會時沒再出現那麼誇張的頭痛，也沒向其他友伴提過這個毛病。雷損想著：阿穀發現霏霏遇害，是否又會開始頭痛？他是否已經得知霏霏這幾年靠什麼過活？

雷損知道徐霏霏的職業。湯日清講鬼故事、雷損送柳亦秋和徐霏霏回家那晚，雷損就已認出那棟大樓——替王慶旭開車那幾年，雷損知道有幾棟大樓是Balder安置旗下女子的物業。大樓裡不只住著Balder旗下女子，所以雷損明白這不代表徐霏霏與Balder有關，但自此對徐霏霏聚會時的言談比較留心，再加上後來有一回載了一個穿著並不特別的老先生到那棟大樓，他清楚地聽見老先生講手機時喊了徐霏霏的名字。

雷損沒把這個祕密告訴其他友伴，也沒問過徐霏霏。雷損認為徐霏霏是個好人，是個風趣、爽朗、好相處的朋友，但他也認為，徐霏霏有時會太過執迷於事物外在的美好形象，而忽略了構成那些形象的本質。

例如她對這城的看法。

雷損從小村遷居這城之後，發現和小村相比，這城當然有許多繁華與便利，但沒過多久，他就了解：穿得再漂亮、吃得再講究，這城的居民和小村的居民其實沒太大分別；舉辦再多藝文表演、擁有再多精品商店，這城也沒有比小村更高級。就像他在這城的唱片行聽過、買過的各種美妙音樂，數量已經遠遠超過大多數這城居民的聆賞體驗，但他仍覺得自己是成天待在王爺廟裡的那個男孩。換個角度講，這城的居民自然也不會因為能接觸這些小村沒有的東西，而變得更了不起。

但徐霏霏談到這城時，語調中聽得出戀慕，眼神裡看得出渴望。那些時候，雷損會覺得徐霏霏美化了這城的樣貌，而且被自己的美化欺騙了。

這種誤解可能帶來危險。雷損不確定徐霏霏遇害的真正原因，但這城終究沒有善待她。沒想到兩週前的春酒聚會，就是最後一次看到徐霏霏了——我是不是該早點對她說什麼呢？但又該說什麼呢？雷損心中感慨，記起自己在那次聚會時講過的話，陡地升起一股不祥的預感。

06.

柳亦秋中午的飯局是湯日清約的。

春酒聚會過了一週之後，湯日清發了一封電子郵件給柳亦秋，說想請柳亦秋吃頓飯，談談自己正在構思的故事，聽聽柳亦秋的專業建議。柳亦秋回信說連假之前公司裡要處理的雜事很多，湯日清這個請託半是私事，但也半算公事，所以約在補休之後上班日的中午，地點是出版社附近的一家餐廳。

兩人吃飯的時間一週前訂妥，那時徐霏霏還沒出事；飯局上應該討論湯日清的寫作計劃，但兩人都先提起徐霏霏的事。

「馬達通知你的？」柳亦秋問：「他告訴我時，我嚇了一大跳。」

「是阿穀，他發現現場那天晚上就打電話給我了。」湯日清道：「那時我和同事在東部踩點，一時走不開，昨天半夜才回來，所以約了今天晚一點去找他。」

席捲全球的肺炎疫情重創旅遊產業，許多國家的入境規定時鬆時嚴，加上身處密閉空間長途移動和進入陌生環境，都可能增加染疫風險，所以大多數人都盡量避免出國旅遊。不過因為國內防疫效果良好，所以國內旅遊雖然也受影響，但仍有商機。湯日清工作的旅行社原本並未把國內行程視為業務重心，既然情勢有變，就得做出改變策略，湯日清決定開發與其他同業迥異的國內旅遊行程，前幾天就是為了這個目的而到其他縣市探勘地點。

柳亦秋把馬達翰對案情的分析說了一遍，湯日清一直搖頭，「阿穀不可能傷害霏霏，霏霏是他的女神。」

「我也不認為阿穀會做那種事，馬達週日還去陪他喝酒。」柳亦秋問：「不過聽說他有頭痛的問題，你知道嗎？」

「頭痛？」湯日清想了想，「沒印象聽阿穀提過，偏頭痛嗎？這很常見吧。」

「不是那種小問題，」柳亦秋道：「是會痛到失去知覺那種大問題。」

「那麼嚴重？不會吧？」湯日清蹙起眉心，「真有這種事，阿穀應該會跟我說才對。」

「說不定是不想讓你擔心。」

「我再問問他。」湯日清道：「但這和霏霏的事沒什麼關係吧？難道阿穀頭痛到失去知覺後會出現另一個人格、變成殺手？」

「的確沒什麼關係，只是我剛好想到而已。」柳亦秋沒提馬達翰對白文禾的懷疑，「霏霏的事就等警方調查吧，我們煩惱也沒什麼用。」

「是啊，」湯日清看看柳亦秋，「該進入正題了。」

「說到這個，」柳亦秋交叉雙臂，「你知不知道那天你把氣氛搞得很尷尬？」

「我知道。但這是有原因的，原諒我吧！」坐在她對面的湯日清雙手合十、猛地低頭，額頭差點撞上桌沿。

「小心點啊，」柳亦秋慌忙阻止，「沒怎樣吧？」

「本來想磕頭謝罪，」湯日清抬頭笑道：「這樣才能表現誠意嘛。」

「為什麼你和馬達可以一直這麼嘻皮笑臉？」柳亦秋佯裝困擾地嘆氣，「都幾歲人了？」

「馬達嘻皮笑臉，可能是那樣比較容易面對工作，刑警面對的都是刑事案件，不保持輕鬆狀態，很難面對人性的黑暗；」湯日清的語氣正經起來，「我的嘻皮笑臉也是為了工作，在旅行社上班，帶團出國時一整群都是形形色色不熟悉的人，除了要幫他們打點一切，還要處理他們之間的衝突，態度輕鬆一點，比較好辦事。」

「我覺得你們兩個只是個性欠揍。」柳亦秋嘴上不饒人，但心裡覺得湯日清說的有理。

「這我也無法否認啦。」湯日清又笑了。

幾年前湯日清因為試著投稿，重新與柳亦秋恢復聯繫。湯日清個性隨和，一向樂於與人相處，又一直與白文禾保持聯絡，得知柳亦秋也在這城，總想著該找時間三人聚聚。柳亦秋在電子郵件裡談及馬達翰和雷損也住這城、三人會有定期聚會，湯日清決定帶白文禾一起出席。

國中時期湯日清還在小村裡或通勤時遇過柳亦秋幾次，大多只是簡單地彼此招呼；高中之後湯日清就沒再見過柳亦秋了，也因如此，一下子越過十多年的歲月、在雷損家客廳看見柳亦秋的時候，湯日清幾乎認不出來。

那天是除了永久缺席的雷永涵及尚未出現的徐霏霏之外，這群小學友伴首次齊聚。看到其他多年未見的友伴，湯日清記得白文禾幾乎一坐定就問起徐霏霏，可是每個人都說不知道徐霏霏的聯絡方式。多年未見，大家自然會先聊到近況、這些年的際遇，以及誰變得多、誰變得少之類話題，湯日清發現，每個人眼中關於其他人變化程度的判定都不一樣。

湯日清覺得雷損和馬達翰的改變不多，不過柳亦秋承認，假設在街上偶遇，她應該認得出馬達翰，但大概認不出雷損；柳亦秋覺得湯日清的改變不多，馬達翰也附和，但雷損指出湯日清顯然下過功夫打理門面。

「帶團得有個專業又隨和的形象，」湯日清笑道：「不能太邋遢。」

「你們不知道，」白文禾插嘴，「這傢伙大學時留長髮，還常常不刮鬍子。」

「因為女生喜歡頹廢風？」馬達翰看看柳亦秋，柳亦秋做了個不敢恭維的表情。

「那時玩樂團啦，」湯日清道：「只是沒玩多久。」

「原來是想彈吉他騙女生。」雷損發言。

「他那時還真的有不少愛慕者哦。」白文禾湊趣。

「你們不覺得阿穀都沒變嗎？」湯日清轉移話題。

「因為阿穀本來就少年老成；」馬達翰盯著白文禾，「不過你額頭是不是更高啦？我記得本來頭髮沒這麼少呀？」

「人家是律師，得用腦；」柳亦秋替白文禾解圍，轉向湯日清，「愛慕者很多，所以有女朋友嗎？」

「出來工作後就沒有了。」湯日清搖頭。

湯日清沒說謊，他畢業後的確沒有固定交往的女友，不過他的狀況與白文禾完全不同。旅遊本來是湯日清的興趣，後來變成工作，而在遊歷各國的途中，湯日清遇過不少次與性有關的邀約，有的是異國女子，有的是團員，他很少拒絕。湯日清認為成年男女你情我願地相互滿足欲望沒什麼問題，他也認為那些女子比他更明白那些經驗之所以美好，原因不是愛情，而是偶發的新鮮。

這類情事常被男性視為戰績、在同性團體裡誇耀，但湯日清沒這麼做過。況且，那時看著柳亦秋，他生出一種又熟悉又陌生的奇妙感覺。

湯日清覺得柳亦秋是友伴中變化最大的人。細察五官當然還是看得出當年那個又瘦又倔的模樣，但湯日清認為歲月把柳亦秋雕琢得相當美好，某種堅硬的內裡還在，但打磨掉了外顯的尖角，身形依然偏瘦，但也顯出了圓柔的韻致。

幾次聚會之後，湯日清眼光停留在柳亦秋身上的時間越來越長，他知道柳亦秋應該也注意到了這個情況，所以他約她吃飯時，柳亦秋才會選擇公司附近餐廳的午餐時段——她讓這個飯局帶著公事性質，不算私下約會，同時暗示時間不會太久，餐後也不會有後續活動。

湯日清明白柳亦秋的顧忌。

但他發現的那件事，最適合找柳亦秋談。

07.

「就算你的個性再怎麼欠揍，話出口之前也該多想一想；」柳亦秋道：「我們其他人就罷了，阿損也在場，你總該顧慮一下他的感受。」

「我知道大家認為神經仔和永涵的事有關，所以都避而不談；」湯日清垂下眼睛，「但我提神經仔有我的原因。而且，我認為神經仔和永涵的死沒有關係。」

「怎麼說？」

「小秋，妳想一想，」湯日清雙手交握，「當時警察為什麼會去調查神經仔？」

「呃……」柳亦秋皺眉思索，「那麼久之前的事，細節我記不大起來了……好像是有人看見神經仔在廁所附近走來走去？」

「對，有兩個人證。」湯日清道：「一個是王慶旭，另一個是學校裡的羅老師。」

「啊，對，王家的二兒子，功課很好。」柳亦秋點頭，「至於羅老師，我記得他好像……」

「死了。」湯日清替柳亦秋說出答案，「我們國一那年。」

「對，這件事我有印象。」

「神經仔在接受警方訊問的那晚死亡，可能是自殺，過了一年多，羅老師死在自己家裡，警方公布的死因是心臟痲痺。」湯日清道：「羅老師平常看起來很健康，沒人認為他會有心臟方面的毛病。當然，羅老師可能本來就有病，但沒告訴任何人，不過，村子裡的人有不同想法——那時有個傳言，說羅老師是被神經仔的冤魂嚇死的。」

柳亦秋聽懂了，「因為羅老師曾經指證神經仔，等於害死了他？」

湯日清頷首，「沒錯。」

柳亦秋記得村裡流傳過「神經仔的冤魂作祟」這件事，不過那時她全心投入國民中學的全新環境，發現好些同學們已經利用暑假上過各種先修班、預先學過課堂裡教授的內容，心忖自己得更加用功，所以也報名了補習班，每日早出晚歸，雖然聽到傳聞，但沒細究過成因。

只是那個傳聞曾經讓柳亦秋深夜搭車從補習班回到小村、走夜路回家的時候感到提心吊膽。因為柳亦秋聽到的傳聞內容，先是「神經仔的冤魂會找欺負過他的人報仇」，後來變成「神經仔會抓走壞孩子」。

神經仔沒有暴力傾向，倒是村裡孩童偶爾會捉弄他——現在回想，傳聞很可能是村中大人編出來嚇唬孩子、告誡孩子不要惡作劇的手段。

柳亦秋不是一個會惡作劇的孩子，不過傳聞還是讓她有點緊張。因為小學時期，一個天氣逐漸轉暖的下午，柳亦秋放學時候獨自回家，發現神經仔跟在她身後，嘴裡不知在嘟囔什麼。柳亦秋覺得害怕，轉身撿起一顆石頭扔向神經仔，沒有扔中，但神經仔也走了。

那算欺負過神經仔嗎？他的冤魂會跟在我身後嗎？聽到傳聞後有一段時間，柳亦秋在回家路上總會想起這些。

但憶及此事，柳亦秋同時也想起：白文禾借她外套的往事，就發生在神經仔被她趕走的幾分鐘之後。

或許那時神經仔沒有惡意，只是想提醒我裙後沾了經血？柳亦秋的心中，忽然盈滿混雜抱歉和憐憫的情緒。

「但是『冤魂作祟』不能當成神經仔與永涵的事絕對無關的證明吧？」柳亦秋收拾心情。

「沒錯，」湯日清沒有否定，「但反過來說，警方那時也沒查到任何指向神經仔的證據。而且，當年其實還有另外一個證人，這個證人說，那天下午在學校廁所附近出現的，是王慶陽。」

「誰？」忽然聽到一個幾乎已經隨著成長消逝的名字，柳亦秋花了點時間才想起來，「你是說王慶旭的哥哥？那個流氓學生？」

「對。」

「是誰說的？」

湯日清看看柳亦秋，「馬達。」

「馬達看見王慶陽？」柳亦秋一臉疑惑，「我不記得有這件事。學校裡沒人提過，馬達也沒說過。」

「我本來也不知道。」湯日清解釋，「我爸還住在老家，前陣子過年，我回老家看他，聊天的時候才無意間聽說的。」

「馬達沒告訴老師？」柳亦秋問。

「我猜沒有。」湯日清搖頭，「我爸記得，馬達是事發隔天的放學之後，直接跑去派出所告訴他的。」

「我不懂，」柳亦秋問：「馬達為什麼不告訴老師就好？如果是我，第一個想到的一定是去找老師啊。」

「就因為馬達不是妳。」湯日清道：「我爸也問過馬達一樣的問題，馬達說，老師不會相信他的話。」

「啊。」柳亦秋明白了。品學兼優的王慶旭、認真教課的羅博聞，他們的證詞在眾人耳裡具有不容置疑的正確意義；至於成天蹺課胡鬧、被所有師長視為頑劣分子的馬達翰，說出來的話不具備任何說服力。

「馬達認為老師不會相信他，但是認為警察會相信他？」柳亦秋不覺得小學時期的馬達翰會在警察眼中獲得比較好的評價。

「其他警察很難說，」湯日清淺淺笑了一下，「但他指名要找我爸。馬達知道我爸會仔細聽他的話，不會因為他是壞學生就不當回事。如果妳有印象，我們剛開始聚會的時候，馬達有次說過，就是因為我爸，他才想要當警察。」

柳亦秋點點頭，她記得這件事。「那你爸爸去查了嗎？」

「查了，」湯日清拉下嘴角，「不過沒什麼結果。王慶旭一口咬定說馬達則被王慶陽揍過，所以才會編謊話誣賴王慶陽。」

08.

「馬達和王慶陽打過架？」柳亦秋不大確定，馬達翰打過的架太多了，她不可能全部都記得。

「我沒聽說，至少馬達沒講過。」湯日清道：「但我認為王慶陽的確可能到過小學的廁所。」

「這個比他們兩個打架更不可能吧？」柳亦秋不明所以，「王慶陽那時是有名的流氓學生，不管是他找上馬達還是馬達找他、或者這兩個人路上遇到就打了一場，我都覺得很有可能發生。但一個國中生跑進小學做什麼？他總不是去找他弟弟的。」

「我也不知道原因。」

「那你還說有可能？」

「這事本來我答應要保密，不過已經過去這麼多年，告訴妳應該沒什麼關係；」湯日清道：「阿穀有天放學後又跑回學校，結果遇到王慶陽和其他幾個混混在學校的廁所旁邊抽菸。阿穀被他彈了幾下額頭，還摔了一跤。」

「什麼？」

「不嚴重，我記得好像就是手擦破皮。」湯日清補充，「阿穀怕說了我們會擔心，也不想讓馬達因此去找王慶陽，所以要我別告訴大家。」

「所以馬達或許真的和王慶陽打過架。」柳亦秋忖度，倘若馬達翰發現王慶陽欺負過白文禾，一定會去替白文禾出氣，同時也想到，倘若當年白文禾因為不想讓大家擔心而沒提這事，現在也可能因此沒說出自己頭痛的毛病。

「阿穀說馬達沒察覺，但我不確定，也許馬達真的因此去找過王慶陽；就算馬達不知道，依他當時的個性，要和王慶陽打架其實不需要什麼理由。我聽我爸講的時候，才想到當年這兩個人沒交過手，反而是件奇怪的事。」湯日清道：「所以我認為馬達沒有說謊誣賴王慶陽，他們真的打過架，馬達也真的輸了。這才能解釋他為什麼去找我爸，卻沒把這件事告訴我們。」

柳亦秋本來想開口發問，但突然發覺自己聽懂了湯日清的意思。

就算馬達翰是個好學生，告訴警方說自己「在國小廁所外看到王慶陽」都很難有什麼作用，因為王慶陽沒有出現在那裡的理由。馬達翰成績不好，不是頭腦不好，如果真的想找王慶陽麻煩，就會編套聽起來更有說服力的說詞；而且就算要誣賴王慶陽，利用雷永涵的事直接找警察、企圖讓王慶陽變成殺人凶手，對小學生而言實在太過誇張。是故，馬達翰對湯警員講的這番話，反倒應該是事實。

假設馬達翰認為王慶陽與雷永涵的死有關，很可能會直接去質問王慶陽，但他沒這麼做，而是選擇告訴自己本來不會想要接近的警察，因為他先前已經敗在王慶陽手下，所以不想和王慶陽正面衝突——倘若馬達翰曾經勝過王慶陽，他肯定會四處炫耀，不會悶不吭聲。

「如果馬達告訴我們這件事，阿損會不會問他：那時為什麼讓王慶陽跑了？只要馬達攔下王慶陽、兩人引起騷動、被其他人注意到了，王慶陽就無法否認自己到過我們學校。馬達不可能承認自己怕輸，這對他而言太沒面子。」湯日清道：「阿損或許不會問得這麼過分，畢竟那時馬達還不知道永涵出事；但馬達知道永涵出事之後，一定會覺得自己沒有好好保護朋友，也不會想讓我們知道他沒有保護朋友。」

「馬達就是要有個男子漢形象，」柳亦秋輕嘆，「現在還是一樣。」

「調查王慶陽不了了之，馬達沒說，就算派出所有其他員警知道，也不會想招惹王家。」

湯日清道：「我爸談到這件事，也讓我想起，當年王慶陽失蹤的消息傳開的時候，馬達就曾經說過『王慶陽被神經仔的冤魂帶走了』之類的話。」

「所以王慶陽和羅老師都與神經仔的冤魂有關，」柳亦秋沉吟，「不知道王慶旭後來怎麼了？」

「聽說前幾年也死了。」王慶旭死亡是馬達翰和雷損重逢的契機，但兩人在聚會時都沒提過這件事，湯日清是在與父親的談話中聽到的。

「是嗎？」柳亦秋對王慶旭沒什麼印象，倒是發現話題在不知不覺間繞回了這場飯局的主題，「所以你想用神經仔來寫這三起事件？聽你上回的說法，是要寫個死者回來復仇的故事，會是恐怖小說？還是推理小說？」

「還沒想好；」接近找柳亦秋的真正重點了，湯日清有點緊張，「我不是很想寫恐怖故事，要寫推理小說的話，就得先想清楚幾件事：王慶旭作偽證可能是為了自己的哥哥，但羅老師為什麼也說看到神經仔？還有，王慶陽為什麼要去我們學校？阿穀遇過他、馬達也遇過，王慶陽可能常到小學廁所去。」

「嗯……」柳亦秋咬咬下唇，「我也可以幫忙想幾個點子。不過我覺得你可以寫恐怖小說呀，你記得那回你講帶團的鬼故事……」

「小秋，」湯日清打斷柳亦秋的話，「今天約妳，重點不是要談小說，而是要當面告訴妳一件事。」

「啊？」看著湯日清的眼神，柳亦秋有點慌亂。

湯日清深吸口氣，「就是因為那件事，我和我爸才會講到永涵，我才會在聚會時提起神經仔。」

柳亦秋慌亂的原因，是她一時之間以為湯日清要向她告白。她知道湯日清在聚會時一直注意自己，預料湯日清會趁單獨見面時嘗試開口，所以她不想為飯局空下太多時間，也刻意戴上馬達翰送的項鍊，倘若湯日清真的對她示愛，她就要公開自己和馬達翰的關係。

不過方才的話題出乎意外，她的思緒一下子沒抓回來。

可是聽完湯日清敘述他真正要說的那件事之後，柳亦秋的思緒更亂了。

09.

大約一個月前，今年二月初，湯日清回了一趟小村。

湯日清興趣很多，什麼都想嘗試，只是熱度大多沒能維持太久。覺得玩樂團看起來很帥，就去弄來一把舊吉他開始練和弦，自己覺得彈得不壞之後，參加了大學校內的熱門音樂社，一組團才發現技巧和其他社員的程度實在相差太遠；覺得玩攝影看起來很帥，就把父親的舊相機拿來練拍照，不知道的人還以為他是堅持使用底片相機的老派專業人士，看照片才發現他的取景角度和構圖概念實在有待加強。

成績雖然不如預期，湯日清倒是不以為意，一方面他覺得事事好玩，一方面他又很怕麻煩。可是要把一件事做到某個程度以上的水準，光覺得那事好玩是不夠的，還得要能耐得住長期練習時面對的麻煩，而當技術累積到一定分量之後，做那件事才會有另一個層次的好玩——湯日清不是不明白這個道理，只是覺得自己只想嘗嘗初期的那些好玩；他認為自己多方嘗試才能找出那件讓他決定忍受麻煩的那件事，屆時再來考慮要不要朝專業目標邁進也不遲。

長相不壞，個性隨和，湯日清很容易交到朋友，也頗受異性歡迎。不過交女朋友光為了好玩絕對不成，所以那幾段戀情全都無疾而終。

大學一年級下學期，期中考週，湯日清得應付的考試集中在前四天，週五沒事，加上週末，變成有三天連假。湯日清沒有預擬計劃，對朋友們的各種邀約也提不起勁兒，第一天先狠狠地睡到中午，下午一時興起搭公車到火車站，算算口袋裡的錢，選了一班平快車，到一個他先前從沒聽過的小鎮，毫無目的地閒逛了半天，差點誤了最後一班列車的時間，還在夜裡走了一個小時才回到學校宿舍。

走得很累，但湯日清覺得很有趣。週末兩天，他又跑了兩個地方。他想起小學時期的友伴當中，就屬他和馬達翰膽子最大，最喜歡到小村裡的每個角落探險。想起往事，湯日清發現自己和馬達翰有個根本的不同——馬達翰喜歡強調自己的存在感，無論到哪裡都帶著一種宣告「我來了！」的神氣；湯日清相對低調，他喜歡觀察那些不認識的人怎麼生活，想像自己在那些地方會有什麼樣的人生。

一個人到處亂跑的次數越來越多，沒帶多少錢跨上一部破摩托車環島，打工存款搶便宜機票出國，湯日清全都試過——國內旅遊可以利用長假進行，可是寒暑假是出國旅遊的旺季，機票的價錢壓不下來，那時國內也沒有廉價航空，所以湯日清乾脆選淡季出遊，只要別跑太遠，總編得出藉口向學校請假。

畢業之前，有回湯日清去找白文禾；白文禾正在準備研究所考試，聽湯日清隨口抱怨混了四年試過一大堆東西，還是沒搞懂自己最想做什麼的時候，放下了筆，「清湯，你不是找到了嗎？」

「找到什麼？」湯日清一時沒聽懂白文禾所指為何。

「最想做的事。」白文禾回答，「你最喜歡的就是旅遊，這很明顯。」

「到處跑很好玩，我喜歡好玩的事。」

「我知道你怕麻煩；」白文禾道：「但旅遊不麻煩嗎？我就覺得很麻煩。你不覺得麻煩，不就表示你真心喜歡？」

湯日清想起環島時摩托車輪胎破了，他擎著手把推車走了大半天才找到修車行，補胎的錢不算貴，但花掉了他當天的晚餐預算；想起在法國的街道迷了路，他會說的法文只有「早安」和「謝謝」，發音還很不標準，硬著頭皮問路結果越繞越遠，最後直接坐在河邊等日出；想起為了存錢出國一次找了兩份打工，深夜在速食店刷洗油膩的廚具；想起有個學期因為沒算好請假的天數，連續好幾堂課點名未到，差點修不滿學分。還有那些搶機票、安排行程之類的瑣碎準備工作——這些事說麻煩真的都很麻煩，但是為了旅遊，這些麻煩也都變得可以當成好玩。

「所以啦，當個旅遊部落客，介紹不為人知的景點，唔，不過我不大確定當部落客怎麼賺錢；不如去專門出版旅遊書的出版社上班，好像不錯。」白文禾建議，「對了，乾脆考張執照，去旅行社工作好了。可以到處跑又有錢賺，不是很適合你嗎？」

湯日清覺得白文禾的建議很有道理。

10.

大學畢業之後，湯日清服完兵役，向父母親表示想預支一筆錢出國。

「畢業了不打算繼續唸書，當完兵了又不打算去找工作，只想著要出國去玩？」湯日清的母親搖頭苦笑，「你還真悠哉。我聽說隔壁的文禾已經在研究所裡準備律師考試了，你怎麼還在混？」

「媽，我不是要借很多錢，也不是要去玩。」湯日清解釋，「澳洲有打工換宿的機會，我想去看看。」

「出國打工？」母親不以為然，「要打工在國內找就好了。不對，還打什麼工，你根本就該去找個正職。」

「順便練英文嘛。」

「都唸完大學了還要練什麼？真要進修不能去補習班嗎？」母親問：「去澳洲做什麼工作？」

「到果園採水果。」

「要採水果用得著去澳洲？我認識種水果的朋友，很缺人手，你想採水果可以去幫忙。」

「採水果不是重點，重點是出國呀。」

「出國當外勞？我認識的朋友還請不起外勞咧。」

「清仔，」一直保持安靜的父親開口，「你媽說的沒錯。」

湯日清以為向來開明的父親也持反對意見，愁眉苦臉地縮起肩膀，但父親的話還沒結束，「你已經大學畢業，是個成年人了，要做什麼我都管不了你。身為你的父母，就算你真的想向我們要一筆錢出國去玩、玩夠了再考慮以後的事，也不是沒得商量。不過既然你說要『借』，又說不是想去玩，表示你想過別的目的，那就不能講得這麼沒頭沒腦，好好說明你想做什麼，我就可以考慮。」

母親沒有說話，只是眼神並不贊同，父親注意到了，「妳不是不了解，清仔從小想到什麼都要自己試試，沒什麼定性，不過也沒惹出什麼大事。既然他向我們開口，我們就讓他講清楚，否則現在外面借錢的管道這麼多，他要是瞞著我們胡搞，搞出問題來反倒不好收拾。」

「爸，我真的不是要去玩，以工作來看，的確像媽說的，是去當外勞，不過那也不是目的。來國內的外勞是想賺錢回家，我想去做的不是這個。」湯日清道：「只是我不知道現在能不能說得清楚，因為我覺得我也還沒有想得很清楚。」

「沒關係，說說看。」

「我喜歡旅遊，阿穀說我可以去做相關工作，我認為他說得有理。」湯日清歪著腦袋思考，「可是，我也知道興趣和工作是兩回事，我不希望因為做了這類工作，讓本來好玩的事變得很無聊。我想跑遠一點，到不同的地方生活一陣子，多看看其他國家的人和事，搞清楚我想做什麼……主要是搞清楚我為什麼喜歡旅遊，或者說，搞清楚我是個什麼樣的人。」

之後湯日清在澳洲待了兩個月，到紐西蘭待了一個月，然後又到歐洲待了四個月，再到東南亞待了三個月。他並沒有因此參透什麼人生的真理，也不敢肯定有沒有搞清楚自己是個什麼樣的人——這種可遇而不可求的領悟，想像與現實永遠有極大的落差——但他的確發現自己善於與人相處、樂於與人相處，也非常喜歡和別人交換自己的故事。

回國之後，湯日清通過必要的證照考試，正式到旅行社上班。

帶過幾次公司擬妥的行程，團員們對湯日清的評價不錯，但湯日清自己不算滿意。他做了幾個企劃，與主管商議推出與眾不同的行程：不遊逛眾所皆知的景點，不採購舉世聞名的精品，湯日清設計的行程聚焦在特定主題的文化體驗，例如東南亞從民間信仰到東西方不同宗教混雜的日常樣態，或法國葡萄酒產區從種植到採收、從釀造到品嚐的紅白酒生命歷程。

這些企劃主管覺得無置可否，高層覺得不妨一試，結果成績相當亮眼。對公司而言，這些企劃替公司增加了更多元、更特別，也更有文化底蘊的形象，唯一的麻煩，就是這類行程除了湯日清之外，很難複製內容之後交給其他員工執行。

接下來幾年，湯日清忙的大概都是這方面業務，除了原先規劃的行程之外，也得翻資料找靈感、實際出國到考慮納入新企劃的地區踩點。參加這類行程的團員當中，社經階級位於金字塔頂——或相當接近——的成員不少，他們對尋常的旅遊行程興致不大，又出得起錢，是公司眼中的重要客戶，湯日清在服務上自然也不能出錯。事實上，因為做出了口碑，有時這些重要客戶想要找人為自己訂製行程，也會指定要湯日清協助。

是故，湯日清有很多年都沒有回小村和父母親一起過農曆年。

去年初開始，新型的肺炎病毒在全球肆虐，長途旅行人數銳減，湯日清空閒許多。

因此，今年二月初的時候，湯日清才難得地回到小村。

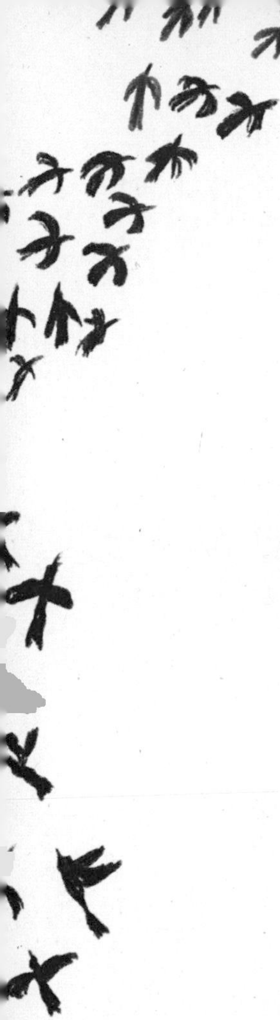

六 我們之中

假若神就在我們之中，
就像我們之中的某個糊塗傢伙，
就像公車上的某個陌生人，
正試著要找回家的路？

——Joan Osborne〈One Of Us〉

01.

農曆大年初二，週六，傍晚時分，湯日清陪父親出外散步。

湯日清的父親前一年退休，仍然沒事就會到村中各處走走看看；湯日清打趣說父親改不了當基層員警時的巡邏習慣，父親反駁說只是不想待在家裡閒得發慌。

「退休了應該有很多事可以做呀；」湯日清道：「有什麼從前因為要工作要養家所以沒空做的事，現在都可以試試。」

「我想做的事都做完啦。」父親走得不慢，動作看不出任何老態。

「那就試試沒做過的事吧。」

「沒做過的事現在才開始試著做？我太老啦。」

「六十歲在這個時代還算壯年。」湯日清笑著說：「前幾年一個客戶要我規劃海島觀光行程，他們都是退休人士，本來以為他們就是想去海邊晒晒太陽、看看風景，然後躲回旅館吹冷氣，結果客戶指定說要體驗衝浪。」

「衝浪？」父親問：「退休人士？」

「最年輕的六十五歲。」湯日清道：「我有點擔心他們的體能，客戶保證他們都做了健康檢查，平時注意保養，體能沒有問題。我只好試著去聯絡當地的業者，被好幾家拒絕，最後找到一家表示如果客戶有意願，他們就可以接，不過客戶得先簽一些文件，證明不是業者為了賺錢把他們騙下水的。」

「結果呢？」

「當然不可能馬上就變成衝浪高手，但幾個客戶那天都玩得很開心，拍了很多可以回來炫耀的照片。」湯日清笑道：「當地業者和負責課程的教練也很樂，因為拿到很多小費。」

「有錢人啊。」父親嘆了口氣。

「我帶你和媽出國玩好了，」湯日清提議，「不用走這麼刺激的行程。」

「說得好像你很閒一樣。」父親斜睨湯日清一眼，「你多久沒回家過年了？」

「五年……」湯日清回憶，「不對，六年。」

「等這個肺炎的問題結束，出國走走是不壞；」父親道：「不用麻煩你啦，我和你媽可以自己安排。你不用擔心我們，你在外頭跑來跑去，自己才該多小心。你記得大學畢業後說要去澳洲、你媽反對的那件事嗎？」

湯日清點頭，「那時要不是你說服媽，我現在大概就不會工作得這麼愉快。」

「那是因為我知道你會說要借錢出國，一定有你的原因；」父親道：「其實你媽也知道。她一開始反對，只是顧慮安全問題而已。」

「我一向很注意安全啊。」

「對，但身為父母，不可能不擔心，一直到現在，她都還是一樣。」父親看看湯日清，「我比較放得開，只是因為我當警察，很早就體認到我不可能永遠保護所有我關心的人，人都要為自己的人生負責。我能做到的，就是讓你不用掛心我們，不過你有空還是該多打電話回來和你媽聊聊。」

湯日清答應。

「剛說到有錢人，我想起一件事；」又走了一段路，父親慢下腳步，「你記得村裡的王家嗎？」

「記得，」湯日清想了想，「王慶旭四年級還是五年級……呃，五年級的時候轉到我們學校，和我同班。」

「還有他哥哥？」

「有名的流氓學生，叫做……」湯日清皺眉思考，「王慶陽？我記得兩個兄弟的名字都和太陽有關係。」

「對。」父親點點頭，「王家和你同輩的兩個孩子，名字都和太陽有關，不過王家的很多行徑，都和『光明正大』四個字離得很遠。」

「我有點印象。」

「你那時候還小，不會聽到太多。」父親恢復原來的步行速度，「我帶你去繞繞。」

湯日清小時候就聽過大人談論小村的空汙問題，也知道村民曾經有過幾次抗議行動；他不確定工業區是否真的汙染了小村的空氣，但記得那幾次抗議行動後來都不了了之。

此時聽父親談起，湯日清才明白，當年王經理曾經下了不少工夫打點，除了以工業區的名義發放三節禮金給村民、贊助村裡的各種活動之外，也花錢疏通了村長和幹事，找來地方民意代表勸說，查出抗議村民中的幾個領袖人物，一一上門給予好處，有的是直接賄賂，有的是安排職位，也有的是提供孩子的就學補助、安排孩子轉到鄰近城鎮資源更豐富的學校就讀。

「這些方法都行不通的話，」父親道：「也會動用黑道。」

02.

電影裡的黑道分子講義氣、重感情，做事自有規矩，只是這規矩不完全合乎人類社會依循的另一套規矩——名為「法律」的規矩。不過，湯日清從小就聽父親講過，電影演的都是假的。當然還是有講義氣、重感情的黑道分子，但是黑道分子犯法的原因，大多和這兩者無關，而是他們不想或不會以合法的方式滿足自己的欲望。

父親是個警察，自然不會對黑道有什麼正面看法，湯日清中學時代看了以黑幫分子為主角的電影，覺得其中描寫的熱血情誼和快意恩仇相當爽快，而且不可否認，「犯法」這事本身就帶著違反禁忌的刺激。可是多看幾部，湯日清逐漸察覺：不管電影情節放在哪個時空背景，每部黑幫電影的角色都會感嘆「時代不同了，現在的兄弟不像過往的前輩們那麼講義氣」，所以那個「講義氣的時代」說穿了只是個類似傳說、理想化的存在，電影裡反派的角色會背叛、會欺騙，會為了私利串連其他勢力傷害己方成員，而講義氣重感情的角色，常常會因此被搞得下場悽慘，除非是主角，否則就不見得能活到最後。

但湯日清從未想過小村裡有黑道。

「混黑道的都想用不正當的手段賺錢，村子沒什麼油水，黑道在這裡不會有發展。」聽了湯日清的疑問，父親回答，「那些來騷擾村民的黑道，是外地來的。」

「王經理和黑道有關係？」

「其實是王家和黑道有關係。」父親道：「到了王經理這一代，關係更深，因為他弟弟，從前當議員那個，岳父就是一個黑道大哥。」

父親解釋，除了部分祖產，王老先生過去擁有的大片土地，是靠盜伐林木及海上走私之類的行為累積財富買下的。王老先生極具權謀，深知要確實掌控權力，表裡兩層都不能放鬆，所以培植了屬於自己的地方派系，同時利用各種管道與不同層級的政府官員打好關係，因此事先得知政府打算找個地方設立工業區的開發案。王老先生允諾可以提供足夠面積的土地設置工業區，以此取得部分股份，也替兒子在管理階層安排了職務。

「所以王經理才能當上經理，」父親道：「其實王議員也是依靠家裡的財力才當選的。老實說，王家這兩個兒子都沒有他們爸爸的那種頭腦，而且兄弟之間的感情不好。」

「是嗎？」湯日清覺得自己小時候可能聽過類似說法，不過早就忘了。

「村民到工業區抗議那幾次，工業區請了保全人員，也請求警力支援。到場的警察大多是縣裡其他單位調來的弟兄，上頭本來算是好意，畢竟村裡派出所沒幾個人，而且上頭覺得從派出所調人過去，面對住在同一個村的抗議民眾，多少有點人情義理上的不方便。」父親道：「不過派出所總得派個聯絡人，所以我到過現場兩回，變成抗議群眾們唯一認得的警察，反倒變得很顯眼。」

抗議村民覺得湯日清的父親明明是自己人卻幫著工業區，對他不大諒解，湯日清的父親不想讓大家心裡有疙瘩，後來拜訪了幾個領導人。「我說那時還不確定工業區是否製造汙染，他們沒有證據就去抗議，有點太躁進了。」父親道：「結果他們告訴我，空氣汙染的消息是王議員透露的，而且王議員已經在調查。」

「哦？有查出什麼嗎？」

「沒有。正式的調查報告王議員一直拖著沒給，而且早就已經把戶口遷走，任期到了沒競選連任，到縣裡其他選區去當議員了。」父親舉起手指，「所以，我認為王議員根本沒有調查，他放話給村民的原因，是要給王經理惹麻煩，也會讓王經理有求於他。」

「因為王議員可以動用黑道的力量幫忙解決。」湯日清點頭。

湯日清這幾年唯一想起王家的時候，是約莫十年前看到一則關於地方民意代表因貪汙入獄的新聞，那個民意代表就是王議員。

那時的報導曾經提及王議員可能與黑道勢力有關，但沒有說得很清楚，湯日清也沒把這件事與小村聯想在一起。

「你記得王議員入獄的事？」聽了湯日清的話，父親道：「依我看，他是黑道勢力分裂的時候選錯邊。王議員轉到其他選區馬上順利當選，就是和黑道結盟獲得的好處；當選前一年，他成了黑幫的女婿，他們爸爸還在的時候，有能力控制那些人，但這兩兄弟沒那種能耐，又彼此不合，當經理沒什麼才幹，當議員也沒什麼作為，等到黑道勢力變大、開始內部分裂，王議員已經不是領頭人物，一選錯邊就變成砲灰。」

03.

就湯日清記憶所及，小學畢業之後，王經理一家就搬離了住在鄰近城鎮的豪宅。有人說是因為王慶陽失蹤，所以王經理夫婦不願意繼續留在小村，以免觸景傷情；也有人說因為王慶旭成績優異，王經理夫婦要帶他到大城市去接受更好的中學教育。

工業區仍在，但王家已經遠離小村。湯日清沒再見過王慶旭、也沒聽過他的消息，一陣子之後，王家逐漸淡出村民的聊天話題。

「其實王經理搬離的最大原因，是為了他自己。」經過市場外圍，雖是初二，但還是有幾個攤商出來做生意。父親向幾個熟識的攤商與顧客打招呼，湯日清跟著點頭問好，完全不認得對方是誰，「王經理的妻子娘家是北部一家規模不小的公司，算是個千金小姐，兩人是戀愛結婚，王太太一直認為小村生活沒什麼趣味，結婚不久之後，他們就到鄰近城填置產，名義上還是我們村裡的人，實際上已經不和村民來往。鄰近城鎮在我們眼中算是很繁榮，但在王太太眼中大概還是很無聊，因此她才會把全付心神都放在兒子身上，結果太過溺愛，養出了一個到處惹事的王慶陽。」

湯日清依稀記起父親曾經提過，王慶旭會轉進小村的學校，應該是在鄰近城鎮的學校裡鬧出某種嚴重問題，王經理才會把次子轉到村裡小學，安靜幾年，避避風頭。王慶陽在湯日清國小六年級的寒假後失蹤，半年後王慶旭小學畢業，王經理或許認為已經沒有必要留在小村。

「沒錯，」父親頷首附和，「王經理那時辭了工業區的工作，也賣掉手上的股份，轉到其他城市進行投資。回到大城市裡居住，王太太大概也會比較滿意。在王家眼中，土地是死的，錢是活的，他們對土地沒有感情，只是想利用土地賺錢。既然拿到了錢，就不會再管土地怎麼了，就算他們的所作所為傷害了土地、傷害了在這裡生活的人，他們也不會有任何罪惡感。」

湯日清聽出父親話中的意思，「工業區真的排放有毒廢氣？」

「對。」父親看看湯日清，「你不知道？新聞報過。」

因為工作的緣故，湯日清習慣關注世界各地的新聞，但父親這麼一說，他才驚覺自己的確對故鄉相關的新聞漠不關心。

「你小學畢業多久了？」

「快要二十年。」

「你從國中開始，待在村裡的時間就少了很多，或許沒有注意到村裡人口外流的情況一年比一年嚴重，願意到工業區上班的人也越來越少，有些基層工廠得開始引進外籍勞工來填補缺口。」父親道：「將近十年前，不對，沒那麼久，啊，就是你剛借了錢出國的那段時間，有個環保團體指出工業區長年汙染空氣，村裡居民罹患癌症的機率比國內其他地方都高，找來媒體報導，引起政府的注意。」

政府單位找來學者探勘，確認工業區在排放廢氣之前沒有做足必要的淨化措施，要求工業區限期改善。工業區的管理階層答應增加設備、修改流程，並且在半年之後提出檢驗報告，表示已經根絕空氣汙染的狀況。

「但是幾年之後，有人發現，」父親搖著頭，「工業區提出的檢驗報告造假。」

報告造假的事扯出工業區管理階層賄賂相關學者及檢驗單位的內幕，也顯示空氣汙染問題一直未被改善。

環保團體再次出面協助小村居民，新任的地方民意代表也反對工業區繼續營運，相關人士於是開始組織長期的抗議活動。

「爸，你認識環保團體的人嗎？我去聯絡看看，」湯日清問：「他們應該在網路上多發起一些活動，把聲量放大，讓更多人關心才對。」

「你怎麼會覺得他們沒這麼做？就因為你沒注意到？」

「我……」

「該做的他們都做啦。」父親沒讓湯日清繼續難堪，「大概是不大會宣傳吧？外頭的人注意到的不多。不過我認為他們做的事並不是完全沒有效果。」

哦？湯日清才剛要發問，父親已經停下腳步，「到了，我就是要帶你來看這個。」

父子兩人停腳的地方是工業區的外圍，多幅白色的抗議布條綁在行道樹上，隔著一條街面對工業區裡大大小小的廠房。

「掛在這裡，政府單位不處理的話，工業區的人也不能私自把布條拿掉，」父親瞇著眼睛注意布條，「和你講到王家，所以帶你過來看一下。」

冬季的冷風吹過，布條翻騰，似乎在控訴對面仍在排放廢氣的廠房，也控訴將工業區帶進此地、只標榜自己為地方增加工作機會、絕口不提自己造成的汙染毒害居民而且明知如此卻未曾設法改善的王家。

04.

「可是，爸，」湯日清道：「我不認為綁布條就代表有效，就算工業區的人不能拆掉也一樣。」

「喔，我說的『有效』不是指這個。」父親看了會兒布條，伸手把其中一條繫帶綁緊了點，「你知道你們小學前幾年廢校了吧？」

「知道。」

小村居民本來就漸次外移，小學生自然每年減少，加上空氣汙染的真相確定以及國內少子化的影響，小學廢校並不令人意外。

「有財團看上那塊地方，打算買下來蓋度假飯店。」

「度假飯店？」湯日清張大嘴巴，「不是吧？」

「什麼是不是？過年前舊校舍已經拆了，建商也先整了地，你現在如果走到小學那裡，就會看到那塊地方被工程圍籬圈起來，變成工地了。」父親指著學校的方向，「我打聽過，財團買地要蓋度假飯店的事情是真的。」

「但是我們這裡又不是什麼旅遊景點；」湯日清朝馬路對面的工業區歪歪大姆指，「況且既然已經證實真有空氣汙染，怎麼會有人想來度假？」

「財團裡那些人會不知道嗎？」父親反問：「他們當然知道。都知道有這些問題了，他們為什麼還決定要蓋飯店？他們想賭來度假的人不會發現？不可能，現在資訊這麼發達，這種事掩蓋不了，而且，只要有一個旅客知道這件事，在網路上講幾句，記者馬上就會幫忙傳開。所以……」

「所以財團已經得到消息，知道工業區的情況會有變化；」湯日清懂了，「會被強制改善設備？遷廠？還是直接關閉？」

「就我所知，」父親轉頭看看工業區，「會把工廠關掉。」

因為國內產業轉型，工業區這二十年來已經有部分廠房陸續關閉，現存廠房設備也已相當老舊。環境保護相關法令日趨嚴格，在現任地方民意代表的奔走與環保團體鍥而不捨的堅持之下，政府擬定了新的產業計劃，決定關閉工業區，在原址進行綠能開發及環境復育的工作。

湯日清小時候在小村生活，總認為小村地處偏遠、不近大城，加上小村與鄰近城鎮之間隔著工業區，更讓小村顯出一種遺世獨立的荒僻。但鄰近城鎮本來就有幾個旅遊景點，近年來進行的老屋再生計劃成效也不錯，已經漸漸成為國內其他城市的遊客假日短期度假的選項之一。湯日清上班的旅行社往年都以國外旅遊為業務重點，轉向規劃國內行程是去年疫情爆發之後的事，而且湯日清一直聚焦在特定主題設計，沒放太多心思在大多數人駕車就能完成的旅遊路線，所以雖然大致知道鄰近城鎮的變化，可是一直沒把這事和自己出生的小村聯想在一起。

聽父親這麼一提，湯日清才恍然大悟：只要空汙問題解決，遊客就有可能選擇到比鄰近城鎮更安靜的小村住宿——自行開車的話其實不遠，加強大眾運輸的效能也能消弭交通的不便。況且，小村東南面山，稍加規劃，山林景緻就是另一個吸引外地遊客的賣點。

「工業區的廠房不會突然全部停工，一定是按照時程，分批作業；飯店不會馬上就蓋好，完工之後也還有很多檢查要進行。」父親道：「總之，幾年之後，工業區沒了，飯店也可以開始營業了，沒有汙染、住得又舒服，有錢人正好來度假。」

「爸，」湯日清突然想到，「但現在還是有空汙問題，你和媽要不要換個地方住？」

「我在這裡住一輩子了，不想要老了還得費力適應新環境。」父親笑笑，「自從確認空氣汙染的情況之後，我和你媽都固定去做健康檢查，沒什麼問題啦。我留在這裡，也可以幫幫鄰里的忙；工業區是要關了，但還有很多汙染的賠償之類細節得談，說起來抗議還沒結束呢。」

湯日清知道父親話說出口就不會改變心意，沒再多講。

「從前王家的舊勢力為了賺錢，出賣土地，把這裡弄得烏煙瘴氣，然後拍拍屁股走人了；現在財團的新勢力一樣為了賺錢，收購土地，在這裡蓋度假飯店吸引遊客。」過了會兒，父親嘆了口氣，「雷公早就說過，鄉村的土地會一直被有錢人利用，他說的真是一點都沒錯。」

湯日清依舊沒有說話。父親談起雷公，讓他想到聚會時大家都避而不談的雷永涵。

「剛剛和你說到王家的事，我還有後續沒講；」父親臉上出現複雜的表情，「建商開始施工、我搞清楚工業區的狀況時，曾經認為王經理當年早早拿錢走人，算是明智之舉，但後來發現，事實並非如此。」

05.

王老先生當年餋養的地方勢力坐大之後，開始朝國內其他地區發展，部分與原有的在地勢力結盟或衝突，部分直接轉移陣地、投入不同的地下產業。

「我剛說過，王經理和王議員都沒有他們爸爸那種才幹，加上兄弟兩個又不和睦，所以無力掌控原來累積的勢力，那些勢力分裂之後，他們也沒能力成為某一個派系的領頭人物，只能選擇依附某一支勢力，選錯了就會像王議員一樣，在鬥爭裡被犧牲掉。」

湯日清點頭表示理解，父親續道：「王經理的狀況也沒好到哪裡去。他和黑道的關係本來沒那麼深，所以早年還得靠王議員牽線，但這表示他得欠王議員人情、可能會因此受到控制，就算沒有這層考量，要他自覺低王議員一等，他也嚥不下這口氣。」

因此之故，王經理離開工業區管理階層之後，盡量與王議員劃清界線，致力進行各式投資。只是王經理或許缺乏真正的商業頭腦，或許沒有準確的時局判斷，再被十多年前的全球金融風暴波及，他的投資大多數以失敗收場，小部分不算失敗的也沒有太好的獲利。

「以我們的角度來看，王經理還是個有錢人，但對他們那種過慣頂級生活的人來說，掉出那個階級就代表你是個無能的失敗者。」父親再度邁步，「王議員貪汙的事情爆開之後不久，王經理找上其中一支地下勢力裡的舊識，開始用合法掩護非法，進行一些見不得光的生意。」

「所以王經理的投資從地上轉到地下。」湯日清跟上父親，「但是，爸，照你剛說的狀況，他這麼做也當不了老大。」

「他的確沒那個能耐，」父親道：「但他的兒子不同。」

王慶陽只會好勇鬥狠，除了溺愛長子的王夫人，王家大約都把王慶陽視為一個麻煩，他失蹤時王家雖然發起尋人活動，但並沒有結果，依湯日清父親的觀察，王經理並不認為失去王慶陽有什麼值得可惜之處，「他可能還鬆了一口氣，因為他已經替這個兒子收拾過不少爛攤子。」父親道。

但王慶旭不同。

王慶旭從小成績就好，王經理本來就把希望寄託在二兒子身上，大學還沒畢業，王經理就開始讓王慶旭照看部分旗下產業，大多數是娛樂相關的投資。經過幾年，無論是大方向的擬定還是小細節的設計，王慶旭的表現都讓王經理深切明白：二兒子比自己更具經營長才，於是就放手讓王慶旭掌握更多權力。

「從前我就說過，王慶旭這孩子不大對勁，我到現在還是不知道當年他在私立小學幹了什麼，嚇得王經理趕緊把他轉到村子裡來。」父親邊走邊說：「我想，那時他會惹禍，只是還沒好好把握分寸。在村裡小學那兩年，他一直循規蹈矩，而從後來的情況看來，他已經變得很熟練，知道怎麼躲在正當的形象之下，遊走法律邊緣的灰色地帶，做自己想做的事。」

大學畢業之後，王慶旭更能施展手腳，不僅掌理了王經理的所有事業，也開始整併幾支分裂的地下勢力。「王慶旭就像他爺爺，只是不再透過買賣土地來獲利。」父親道：「我猜測他應該也有從政的打算，做那些生意可以建立人脈，然後等待時機。」

「聽起來王經理應該過得很爽嘛。」湯日清問：「那你剛為什麼說『事實並非如此』？」

「因為王慶旭沒那個運氣等到進入政壇的時機；」父親回答，「他幾年前死了。」

「死了？」湯日清初次聽聞王慶旭的死訊，也是初次聽聞自己同學當中有人離開世界。才三十歲，死亡對湯日清而言還很遙遠。

「就在你住的那城。」父親對湯日清道：「同事說是意外，淹死在三溫暖的浴池裡頭。不過我覺得沒那麼單純，八成還是組織裡的問題，因為他一死，原來統整的組織又分裂了。只靠一個強人控制的組織就會有這種情況——總會有人不服氣，想鬥垮那個強人自己當頭；強人一垮，底下本來好像很聽話的二、三等頭目，就會為了自己的利益各立山頭。」

「爸，」湯日清有點疑惑，「王家離開這裡那麼多年，你怎麼還這麼清楚他們的狀況？你一直在留意王家？」

「我怎麼可能有那種閒工夫？」父親搖著頭，「這都是最近查的。」

「查這幹嘛？」

「因為這個。」父親停在一堵工地圍籬前方。

湯日清發現，自己隨著父親，走回了近二十年前離開的小學。

06.

前一陣子，財團委託的建商拆除小學舊有校舍，進行整地工程的時候，挖出一具骸骨。

「我們學校底下有死人？」湯日清覺得背上陡地一涼，彷彿有縷無名幽魂冷不防從他的腰際攀上肩頭。

「而且，經過牙醫紀錄比對，可以確定，」父親敲敲圍籬，「那是王慶陽。」

「所以……那個時候王慶陽不是失蹤，」湯日清皺眉思考，「而是死了？」

「不能確定，但可能性很大。」父親回答，「屍體埋在地下很久，只剩下骨頭，從骨頭可以推斷身高，和他失蹤時的身形吻合，所以死亡時間和他失蹤時應該不會相差太久，只是不確定他是先失蹤了才被人殺害，還是被殺之後凶手把他埋了。」

「肯定是被殺的嗎？」

「頭蓋骨側面裂了，應該是被什麼東西砸的，可能是球棒鐵錘，也可能是石塊或磚頭，時間過了那麼久，又是挖地的時候發現的，現場已經找不到跡證可以確認凶器。」父親白了湯日清一眼，「他被埋了，當然是被殺的。」

「會不會自己撞到頭……」湯日清提出完全不牢靠的假設。

「然後旁邊的人沒幫他叫救護車沒送他就醫，乾脆把他埋了？」父親噴了一口鼻息，「這說不通嘛。」

「那是誰做的？」

「不知道，大概永遠查不出來。」父親看看自己的手，「挖到屍骨的時候我剛退休，聽到消息，還是回所裡了解了一下狀況。村子裡很少有外人，不過就算當時就發現屍體，村子加上附近可能的城鎮，人口也不少，要查並不容易。而且這些年外移的人那麼多，還有那些已經去世的，如果當年凶手真的是村子裡的人，現在可能也不在這裡了。我說我想做的事都做完了，但退休之後才發現在我任內出過這樁案子，就覺得我好像還有沒盡的責任一樣。」

湯日清明白，這是父親不願搬離小村的另一個原因，「爸，這不能怪你……」

「王慶陽被殺當然不能怪我。」父親阻止湯日清的安慰，「我也說過，我很早就體認到我不可能永遠保護所有我關心的人，人都要為自己的人生負責。王慶陽不能算是我關心的人，而且他的確交往分子複雜，自己的行為也不算正派，所以如果是和人鬥毆、被人失手殺害，有這種下場，責任在他。但我是警察，我的責任是把犯罪的人抓出來，不管受害者是好人還是壞人，我都應該盡這個責任。」

《民法》規定，倘若沒有遇上特殊災難，一個人失蹤滿七年，八十歲以上的長者失蹤滿三年，家屬就可以申請死亡宣告，將此人視為死亡。「王家沒有申請死亡宣告，我想王經理的太太大概一直認為王慶旭還活著。」父親道：「所裡的後輩通知她來領回屍骨，她到所裡的時候，我和她見過面。王夫人比我想像得還要平靜，或許雖然她再怎麼寵王慶陽、總說兒子會幹壞事都是因為交了壞朋友，但心裡也清楚王慶陽到底是怎麼樣的人，所以即使希望他還活著，也已經做好哪一天會聽到這種消息的心理準備。」

湯日清的父親陪王夫人聊了一會兒，王夫人問起發現骸骨的原因，湯日清的父親說明了財團整地的始末。「那時她的表情有點不甘心，說如果是從前，她家裡也有能力買下學校的地建飯店，我就隨口問了一下王家這幾年的情況。她沒有透露太多，但我聽出有些內情，所以後來就自己聯絡了幾個從前的同事，把王家這段時間的變化查了一下，也才知道原來王慶旭前幾年已經死了。」父親朝回家的方向舉步，「然後，我想到神經仔。」

「啊？」

「你不記得了？從前村裡有個腦子不大正常的人。」

湯日清記得神經仔，因為他從未忘記雷永涵，但他不明白為什麼父親的話題會突然從王家跳到神經仔。

「因為我想起另一件和王慶陽有關的事。」父親轉頭看湯日清，「你記得雷永涵吧？」

湯日清皺眉點頭：話題怎麼又跳到永涵身上？

「雷永涵出事的時候，有人指認神經仔曾經出現在現場；」父親道：「但那時有另一個證人告訴我，他在現場沒看到神經仔，但看到王慶陽。」

「誰？」

「馬達翰。」

07.

原來如此。聽父親轉述當年馬達翰的證詞，以及父親到王家查證的經過，湯日清明白了父親提起神經仔的原因。

「假設永涵的事和王慶陽有關，但最後背了黑鍋的是神經仔，」湯日清沉吟，「那麼算起來最早死亡的王慶陽、接下來的羅老師和前幾年的王慶旭，就都是遇上了神經仔的冤魂。」

「我的確是因為這樣想起來的，不過也就只是想想。當警察看過很多怪事，但我不認為這幾件事和冤魂有什麼關係。」父親就事論事，「神經仔沒有背什麼黑鍋，所裡約談了他，但並沒有任何證據起訴他，更沒有定罪。他那晚死亡無論是他媽媽下的手還是自己不小心摔進田邊大溝，都是悲劇，而且他媽媽也自殺了。羅博聞的死因沒什麼可疑之處，他的心臟可能本來就有毛病，只是我們不知道，說不定他自己也不知道。我推測王慶旭是被組織裡的某個派系幹掉了，不過這案子我不清楚細節，也可能真的就是意外。」

「那王慶陽呢？真的沒有任何證據可以查了嗎？」

「屍體只剩骨頭，現場也被破壞了，沒留下什麼可用的東西。」父親道：「他身上的衣服爛得差不多了，褲子裂成布條，口袋裡的零錢和皮夾還在，以一個國中生來說，他身上帶的鈔票不少，但這些都沒辦法繼續往下追。啊，對了，還有一個東西。」

王慶陽的骸骨被發現時，身形蜷曲，有點像是人體經過焚燒時會有的姿勢，所以到場的警員本來以為他是被燒死的，但骨骼上並沒有發現應有的燒灼痕跡。

「他的雙手握拳，抱在胸口。」父親比劃，「移動骸骨時，掉出一小塊玉，他本來應該握在手裡。」

「玉？」

「一邊有個洞，所以可能原來是戴在脖子上的，只是繩子已經爛到一點也不剩了。我猜他被人襲擊的時候把它握在手裡，或許覺得那塊玉可以保佑他吧。」父親在家門前停下腳步，掏出湯日清前幾年買來送他的手機，點選螢幕，「我拍了照片，你看看。」

湯日清看著螢幕上的玉珮，心裡緩緩升起一種異樣的感覺。

下一個瞬間，他突然知道自己注視的是什麼。

那是包括雷永涵在內，小學時七個友伴都很熟悉的東西。

雷公的玉珮。

「你什麼時候回去？」

「進來洗澡，準備吃飯了。」父親沒注意到湯日清的表情有異，「你什麼時候回去？」

「呃，明天下午。」湯日清把自己的詫異推到一旁，「初四處理一些雜事，初五要和阿穀他們喝春酒。」

「喝春酒會遇到馬達翰吧？」父親記得湯日清提過與小學友伴們重遇的事，「剛才講的他找我指證王慶陽那件事，不要再向他提起了。」

「為什麼？」湯日清隨口反問，其實沒注意自己問了什麼。王慶陽被殺，而雷公的玉珮出現在王慶陽手裡，這個剛得知的事實讓他思緒大亂。接著，他記起自己小時候為什麼注意過雷公的玉珮——因為後來他們幾個輪流戴過那塊玉珮，包括雷永涵，剛開始大家覺得很新鮮，輪了一圈之後逐漸沒人在意，也沒人問起玉珮最後交到誰手裡。

但湯日清記得。

「我認為馬達翰當年只是看王慶陽不順眼，並不是真的在雷永涵出事的現場見過王慶陽。我那時就很懷疑，到王家問過之後，更覺得馬達翰的說詞難以解釋。」父親語重心長地道：

「馬達翰小時候很皮，難免會做這種事。他現在和我一樣是警察，你們這麼多年後又聚在一起，是難得的緣分。不要沒事提過去的那些，免得傷感情。」

回到這城、春酒聚會的前一天，湯日清仔細思考，決定要在聚會時提起神經仔，目的是想觀察那人的反應。

最後持有玉珮的那人。

王慶陽和大家的交集不多，無端提起這個名字會顯得很奇怪，但大家應該都記得神經仔，想個理由提到他並不難。倘若那人與王慶陽的死有關，那麼提及神經仔就可能讓那人一併想起王慶陽，那人的反應理應和其他人有所不同。

只是湯日清這麼做之後，並未發現那人有什麼特別的反應。

其實就算那人表現出不同反應，湯日清也不確定該怎麼做。事情過去近二十年，現在還有必要追究嗎？說不定玉珮只是那人弄丟了、恰巧被王慶陽撿到？就算那人真的和王慶陽的死因有關，那也一定是意外，那人是我們的朋友啊。這些聲音在湯日清的顱腔裡撞來撞去，難以止息。

一個人獨自懷抱對朋友的懷疑太痛苦了。左思右想，湯日清決定找柳亦秋商量。湯日清不想把煩惱扔給柳亦秋，柳亦秋或許也沒有主意該怎麼處理，但有個人能分擔總是有點用處。朋友的作用不就是這個嗎？

08.

小學六年級寒假過後不久的某日，入夜不久，雷公出門還沒返家，雷損待在王爺廟裡，聽見門外有車聲接近，接著出乎意料地看見王夫人走進廟門。

「嗨，小朋友，」王夫人環顧四周，俯身問雷損，「廟公不在？」

「爺爺還沒回來。」雷損回答，「妳要參拜王爺公？我可以幫忙準備。」

「你懂規矩？」

雷損點點頭。

「那就麻煩你了。」王夫人微微一笑，「阿姨最近很忙，好不容易才有空過來，你能幫忙真是太好了，我不用再跑一趟。」

其實日常參拜毋需太過拘泥禮數，持香祝禱就可以了，雷公總說王爺沒有那麼食古不化，況且心誠則靈；倘若要消災驅邪或者有其他更複雜的祈願，才需要進行嚴謹的儀式。雷損不確定王夫人想做什麼，不過他自信應付得來。

「小陽！」王夫人走近廟門，朝外喊道：「快進來！」

王慶陽一臉無趣地出現在門邊，「帶我來這破廟幹嘛？」

「不要沒有禮貌，我聽說王爺公很靈驗，要你自己來你老是拖，不帶你來行嗎？」王夫人對王慶陽道：「你國中快畢業了，不能整天無所事事，讓王爺公幫你收收心、斬斷和那些狐群狗黨的牽扯，我也安心一點。」

「迷信。」

王夫人沒理王慶陽，先從肩包裡掏出兩張千元大鈔，塞進雷損手裡，「待會兒要怎麼做，你就告訴這個大哥哥，多的當香油錢，收好。」然後直起腰，轉向王慶陽，「我還有事要忙，你拜拜完了自己回去，不要到處跑。」

「好啦。」

王夫人走出廟門，王慶陽站在門邊等了會兒，聽到車聲遠去，大步走向雷損，一把抽走鈔票，「囝仔，我不信這套，你也別想拿錢。要是我媽再來，別亂說話，知道嗎？」

雷損呆呆站著，沒有動作。

「幹，是白痴喔？」王慶陽把錢揣進口袋，轉身離去。

雷損聽過關於王慶陽的恐怖傳聞，但他愣在原地的因由，並非被傳聞嚇得不敢動彈。

王慶陽出現在雷損視界裡的剎那，雷損生平首次看見異象。

異象是雷損熟悉的場景——小學的學生廁所。王慶陽踮著腳站在廁所的工具間裡，移開一片天花板，把一包東西塞了進去。拍拍手，走出工具間，王慶陽看見低頭走進廁所的雷永涵。

「囝仔，上課時間，」王慶陽睨著雷永涵，「你蹺課喔？」

「我……」雷永涵認出王慶陽，縮著脖子，「我上廁所。」

「下課不來上課才來，膀胱無力喔？」王慶陽彎起一邊嘴角，「那還不尿？」

「你……」雷永涵扭著手杵在小便斗旁，「你不要在這裡。」

「害羞喔？我對男的沒興趣啦。咦？不對，」王慶陽的眼睛亮了起來，「我聽說過你，明明是男的卻以為自己是女的對吧？」

「沒有。」

「來來來，」王慶陽向雷永涵走去，「讓我看看你有沒有小雞雞。」

「你不要過來！」雷永涵朝後退了幾步，但王慶陽的動作比他想像的快得太多，伸長胳臂揪出他的領口，另一隻手掌拍中他的胯下，五指緊縮用力捏了一把。

「好像有，又好像沒有。」王慶陽嘻嘻笑著，「拉鏈拉開我看看。」

雷永涵滿臉通紅，扁著嘴，淚在眼眶中打轉。

「幹，這樣就哭？有什麼好哭的？」王慶陽道：「好啦，別說我欺負囝仔，我幫你脫。」

雷永涵搖頭，咬著嘴脣，自己解開褲頭。

「那麼小，」王慶陽低頭看看，抬頭道，「反正你也不想要，我幫你切掉好了。」

雷永涵繼續搖頭。

「真無聊。褲子穿好。」王慶陽突然像是失去了興致，「不准說出去。」

雷永涵拉上拉鏈。

「我說不准說出去，沒聽到？」

「有。」雷永涵低著頭，轉過身。他只想離開，不想上廁所了。

「喂，我有說你可以走了嗎？」

啊？雷永涵剛想回頭，突然覺得一股怪力托住他的後腦。

異象結束。王慶陽走出廟門，雷損不由自主跟了上去。

夜裡天氣還冷，小村路上沒什麼人。雷損和王慶陽隔著一段距離，走過幾條街，看出王慶陽正朝小學前進。

王慶陽穿過垃圾場旁的鐵門，走進廁所，雷損眼光鎖著王慶陽的背部，無意識地彎腰在附近撿起一個石塊；走到廁所門外時，王慶陽正從工具間裡出來，低頭走向廁所門邊，從菸盒裡抖出一根菸。

雷損不記得自己做了什麼。

他清醒過來的時候，王慶陽已經倒在地上。

雷損低頭看看自己緊握在手中的石塊。石塊撞擊頭蓋骨的感覺彷彿這時才傳了過來。

他退出廁所，扔開石塊，邁開步伐朝王爺廟跑去。

09.

「你說你只打了一下？」雷公蹲在地上端詳王慶陽。

「應該是。我不知道。」雷損手足無措地站在一旁。他覺得王慶陽倒臥的位置和他離開時不一樣，但無法確定。

雷損衝回王爺廟的時候，遇上剛剛返家、換上家居服的雷公，驚魂未定地把剛才的遭遇說了一遍。他在異象裡看見王慶陽推著雷永涵的頭撞擊廁所的牆，在雷永涵倒地之後沒事人般地離去，沒有查看雷永涵的狀況。他明白自己看到了王慶陽殺害雷永涵的經過，但不明白自己為什麼會看到。他不知道自己看到的是真是假，但知道自己攻擊了王慶陽。

「嗯……」雷公用手籠著手電筒的光束，仔細檢查，王慶陽動也沒動。在燈光的映照下，雷損看見王慶陽腫脹的臉頰、歪曲的鼻梁、破裂的嘴脣，以及頭部下方地面的血跡。

「爺爺，他……」雷損開口，聲音微顫。

「阿損，你站好。」雷公起身，若有所思地看著雷損，過了好一會兒，點點頭道：「你第一次看見異象？就是他走進廟門時你看到的那些？」

雷損點頭。

「我知道了，」雷公用少見的嚴肅語氣對雷損說：「阿損，如果以後你又看見了，不要慌張，也不要急著反應，絕對不能告訴別人，就算是你那些朋友也一樣。先來找爺爺。你現在還沒辦法應付那些東西。」

雷公沒有向雷損說明王慶陽的狀況，也沒有說明異象的意義。他在工具間裡找出圓鍬，囑咐雷損先回家，倘若父母問起，就說雷公在村裡瞧見野生草藥，正在動手移植。

隔天，雷損聽說王慶陽失蹤的消息。

心情穩定之後，雷損確信自己手持石塊擊打王慶陽、王慶陽倒地之後他就跑了，所以王慶陽臉上的那些傷和他沒有關係；但那是誰造成的？雷損不知道。

王慶陽到哪兒去了？雷損隱隱認為王慶陽已經死了，只是無法得知死因與自己那記敲擊有關，還是後來打傷王慶陽那人下了重手；雷損也認為，雷公為了包庇自己，在囑他先行返家之後，將屍體埋在某處。

雷損無法確定的是自己看到的異象究竟是不是真相。

倘若異象為真，而王慶陽當真死於雷損的攻擊，那雷損就為雷永涵報了仇，雖然他並不覺得愉快；又或異象為真，但王慶陽並非雷損所殺，那雷損也覺得夠了——想報仇是一回事，殺人是另一回事。倘若異象為幻，但雷損的攻擊並未致死，那就當成什麼事也沒有；又或異象為幻，而王慶陽的確死在雷損手下，那雷損就成了殺人凶手。

雷損不想殺人。就算是為了替雷永涵報仇也一樣。

這些疑問和想法，雷損全向雷公提過，不只一次。雷公除了強調王慶陽死與雷損無關之外，從來沒有正面回覆其他問題，每次雷損說起，雷公就問雷損是否又看到異象；當看到雷損搖頭，雷公就會露出放心的表情。雷損如果追問，雷公就會再重複那句話：還沒到雷損該明白異象的時機。

直到雷公臨終之前，爺孫倆談到「命中該做的事」那個晚上，雷公主動講起異象，並且告訴雷損，假使未來再度看到異象，雷損選擇應付異象的態度，也會決定他的命運。

「爺爺，」雷損問：「所以回應異象，就是我該做的那件事？」

「對我來說，是；」雷公道：「對你來說，我不知道。」

「爺爺，」雷損聽出雷公話裡的意思，「你也看得見？」

「對。」

「那是什麼？」

「罪。那些人的罪。」

「所以我看到的是真的？」

「對。」雷公道：「罪人大多知道自己有罪，無論有沒有受到法律或者其他形式的懲罰，他們自己都會為罪受苦。而讓我們看到異象的那些罪人，並未因罪受苦。他們對自己的罪沒有絲毫悔意。就像王慶陽。事發當時他或許沒有意識到自己下手太重，但後來他不可能沒有聽說永涵因此身亡。」

「我殺了他嗎？」

「沒有。」雷公的眼神帶著寬慰，「幸好沒有。」

「那是誰？」

「我也不知道。」

雷損低聲道：「我還以為我為永涵報了仇。」

「阿損，」雷公伸手按住雷損的肩膀，「這能力不是用來報仇的。它另有意義。如果你哪天發現這真是你該做的那件事，你就得認真看待。」

雷公年輕時就會偶爾看到異象。他不確定那是什麼，不明白異象什麼時候會出現，也不知道自己為什麼會看見。遊歷四方、探訪名寺破廟、鑽研草藥、勤學卜筮解經，為的都是搞清楚異象的真相，以及自己應當如何因應。

那些經歷讓他擅觀天象、精通藥理，但沒有給他答案；他只從自己看見異象的經驗裡推測出來：異象僅於節氣時分顯現。

小村是雷公旅程的終點。

因為借住王爺廟的那晚，他認為自己獲得來自王爺公的感應。

「即然那些罪人毫無悔意，所以我得替天行道；」雷公解釋，「既然是替天行道，就得照上天的規矩，不能妄自行事。」

第一條規矩：異象。

「異象只在節氣當天出現。」雷公道：「一年當中的那二十四天，我會特別留意。不過不至於每回節氣都遇上毫無悔意的罪人，遇上了也不一定就會看見異象，端看上天意旨，而天意總也難測。反過來說，假使當真見著，那就表示上天給了指示。」

第二條規矩：裁罰。

「罪有輕重，相同的罪行由不同人犯下，輕重也不一樣。因此，對應的懲罰理應如何？難以衡量。懲罰過輕難以成為犯罪的果報，過重則反倒會種下另一樁罪行的惡因。我相信那些異象是要讓我知道，一切罪行都被上天看在眼裡，凡夫俗子如我，對此無能為力，最多是設法讓旁人對這些無悔於罪的罪人多點戒心，但沒法子以凡人之力給予報應。」雷公嘆了一聲，「看見異象對神智的負擔不小，你雖僅見過一次，但應能明白爺爺的意思。」

雷損點點頭，「如果我不知道那是怎麼回事又一直看到，大概會發瘋。」

「確實如此。」雷公道：「你見過一個實例。」

雷損意會到雷公所指為何，「神經仔？」

「神經仔是個可憐人。」雷公證實了雷損的猜想，「我和他談過。他不只節氣時分會看見異象，平常也會，逐漸難以分辨自己所見是虛是實，無法與人正常相處。他見到的不僅有罪，還有惡，而他的行為古怪惹來異樣眼光，又讓他為周遭對他的惡意所苦。」

「好慘。」

「所以我囑你不可將此事告訴他人，」雷公道：「沒親眼見過的人是無法體會那種感覺的。我從前沒告訴你、沒對你爸媽提過，也叮嚀你不要告訴你的朋友，就是這個原因。」

雷損點點頭。

「更要緊的是，神經仔宅心仁厚，不願傷人。他不知自己見聞是幻是真，能做的就是盡力封閉自己，不做回應，如此時日一久，真的會精神錯亂，沒病也會憋出病來。」雷公道：「我認為永涵出事那天晚上，神經仔的母親無法繼續承受，上吊身亡；而神經仔覺得母親因他而死，所以把自己淹死在圳溝裡——他向我說過，如果聽著水聲，就比較不會聽到其他東西。」

10.

「爺爺，」靜了半晌，雷損問道：「你也一直在忍受異象？」

「我見到的次數沒有那麼頻繁，況且，我想通了一個解決之道。」雷公道：「我對神經仔說過，可是他心太軟，不願意做。」

「什麼解決之道？」

「這是第二條規矩的意義。」雷公道：「眼見異象，大多無力裁罰，但有一樁罪行例外：殺人。殺了人卻完全不覺內咎，也就枉生為人。以命償命，最是公道；因此，我決定對付那些人。」

「爺爺，你是說……」雷損猛地驚覺，雷公剛向他坦承自己曾殺過人。

「對。不只一個。」雷公語氣平靜，「你以為我每回出門離村，都是去遊山玩水、還是去大城市開眼界長見識？其實無論小村大城，人性皆然，日子辛苦的人不一定比較善良，物質生活豐足的人不見得比較寬厚，等你到大城生活，就會懂得這個道理。」

「但是……」

「阿損，」雷公問：「你剛說想為永涵報仇，如果這代表該殺了王慶陽，你會去做嗎？」

「我……」

「你不確定，因為你是個好孩子，知道不能殺人，而且你心裡明白，就算殺了他，永涵也不會回來，復仇不是為了永涵，而是為了你自己。而不管有什麼理由，殺人都是罪，罪是會催生惡果的惡因，罪會生出另一樁罪，沒有了局。」雷公道：「因此我才會說，這能力不是用來報仇的。我選擇這麼做的原因，不全只是為了應付眼見的異象；我之所以這麼做，恰恰是為了終結惡因惡果的循環。」

「什麼意思？」

「殺人卻毫無悔意的罪人，假如被警方拘捕判刑，那便罷了；但會讓我遇上，表示人間律法未能逮住他們。我知道他們犯了最重的罪，假設放任不管、未加處理，就會有其他人繼續為他們所害。我所做的，就是中止他們繼續禍害人世。」雷公咳了幾聲，「善惡到頭終有報，那些人本身就是惡因，而我則是他們最終的果報。」

「但是，」雷損問：「你不擔心……」

「法律問題？替天行道，並非出於私怨，自然毋需擔心。況且，法律所能顧及的範圍有限，他們並未因罪被捕，便是一例。從這個角度來說，我還算是幫了法律一把。」雷公看著雷損，「不過，爺爺也不希望牽連到你們，所以不敢托大，從未魯莽行事。有時遇上罪人的時機正好，可以隨手收拾；有時得預擬對策，多跑幾趟。」

做事要有計劃、最好的計劃就是先鍛鍊自己——雷損記起雷公一再強調的原則。「爺爺，」雷損想了想，「你有沒有向不該動手的人動過手？」

「一次，只有一次。但一次就破壞了規矩。」雷公舉起手指，點了點自己的太陽穴，「我腦袋裡長了東西，是破壞規矩之後檢查出來的，我想那就是我妄自裁罰的代價。話說回來，如果再來一次，我還是會動手。那人沒有資格活著。」

「誰？」

「羅博聞。你們學校的羅老師。呸，」雷公表情嫌惡，「那種人算什麼老師？」

雷損記得羅博聞三年前死於住處，「羅老師不是因為心臟痲痺去世的？」

「不是，那是我做的。」雷公道：「阿損，我告訴過你，凡藥皆毒。明白廟裡那些草藥的特性，就知道怎麼開一帖讓他心臟停止的配方。」

「羅老師犯了什麼罪？」羅博聞的形象良好，雷損想不出他做過什麼讓祖父如此憎恨、不惜打破規矩的惡行。

「我動手之後，把他家裡那些糟糕的東西都收走燒了，免得傳出去讓小女生們沒法子做人——他對你們學校的好幾個小女生做了不該做的事。」雷公垂下眼睛，「包括你的朋友徐霏霏。」

雷損覺得，這席對話從雷公確認雷損所見異象即為罪行經過的那一刻起，就轉向一個他未曾預料的方向——他已經很多年沒再看見異象，以為幾年前那回就是唯一一回。

關於異象的疑惑，雷公這幾年均未正面回覆，加上雷損年齡漸長，已經漸漸明白，小時候被自己視為無所不知的祖父，並不會是真的無所不知；雷公可能根本不懂異象，或者將其視為某種精神病徵，詢問雷損是否再見異象，只是想知道他的精神狀況。

可是雷公現在不但告訴雷損異象究竟是什麼、自己也看得到異象，還說自己因此殺過人，其中甚至有雷損也認識的羅博聞。

從小到大，這是雷損第一次不確定該不該相信祖父的話。

雷公是個會開玩笑的人，但這些話聽起來一點也不好笑；雷公沒必要在生命的最後編出這套東西騙孫子，但這些話聽起來難以置信。

「阿損，」雷公對雷損道：「我知道你一時很難相信，這很正常。爺爺沒有騙你，但如果可以，我希望你這輩子都不用知道這是真是假。你爸爸沒見過異象，我以為這能力不會遺傳；你出生的時辰帶劫，我擔心你會和我一樣，所以堅持要給你起個缺損的名字，讓你避過災厄。」

「這個能力是種劫厄？」

「我並不希望看見罪。人大多有其奸惡之面、犯過一些錯，看見那些令我心力交瘁，遇上必須處理的也勞心耗神。」雷公疲憊地閉起眼睛，過了會兒，重新睜眼注視雷損，「你見過一次，如果往後都不會再見到，那便是樁好事。但也因為你見過一次，我又快要不在了，所以我必須讓你了解這些。假若今後你又看見了，記住爺爺的話，不要慌張。」

「又看見了……」雷損想了想，「不理它也可以吧？」

「能夠不理是最好。」雷公道：「但如果你決定處理，那就得做好準備。接近犯了殺戮之罪還能活得心安理得的人，絕對有其風險，你得先確信自己應付得了；動手的時候不能殃及無辜，也不能把你身邊的人捲進來。同時，你還得知道第三條規矩。」

第三條規矩：一旦開始，就得繼續。

「王慶陽不是你殺的，所以見到異象之後，你還沒有開始替天行道。」雷公道：「也就是說，就算你未來又看見異象，只要不做回應，就能和正常人一樣生活。不過假使有什麼事逼得你不得不出手，那就要先有心理準備——出手一次，代表你應允要承擔這個任務，今後再遇該死的罪人，你就得負責收拾。」

翌日凌晨，雷公辭世。

雷家搬離小村，雷損轉了學，開始在這城的生活。

接下來幾年，雷損沒再見過異象。他仍然無法確定雷公臨終前的那席話是否為真，他很慶幸自己不會知道。

但雷損只是還不知道。

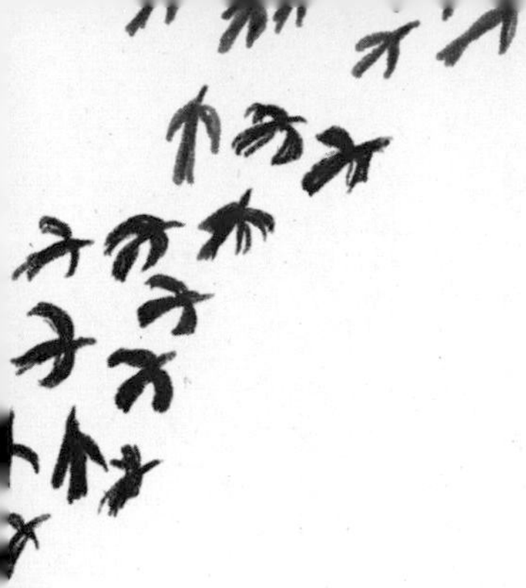

七　我的祕密生活

我在憤怒時微笑，我作弊，我撒謊；
我做了所有該做的事，讓生活繼續流淌。

——Leonard Cohen〈In My Secret Life〉

01.

雷公去世後雷家遷居這城，過了將近十年，雷損的父母親在尾牙之後因為車禍意外身亡，沒能住進已經繳了多年房貸的預售屋。

肇事者開的是輛高級跑車，闖禍時車速很快。帶著肇事者與雷損見面的律師說明，那輛車屬於肇事者服務的公司，肇事者是公司高層的私人司機，事發當時正趕著去接雇主，才會搶快釀禍。國內車禍屬於民事案件，但有死傷，就會產生刑事訴訟；律師表示，公司高層認為此事公司也有責任，因此提出優渥的賠償，肇事致死的刑事訴訟無法免除，但要求省去民事官司，直接庭外和解。雷損知道對方主動提出高額賠償，自己倘若接受，有助於對方建立悔恨形象、減輕刑事罰則；賠償金額十分誘人，加上保險理賠，足夠讓雷損繳清房貸，可是雷損覺得肇事者看來並無悔意，不想馬上答應，只說會考慮一下。

幾天之後，律師請雷損到公司商討後續事宜。雷損依著地址到訪，發現律師口中的公司不是律師事務所，而是肇事者工作的地方。

那家公司叫「Balder」。光看名字，雷損無法猜出經營內容。

雷損在以強化落地玻璃隔出的會議室坐了一會兒，律師推門進來，「不好意思，麻煩您跑一趟。本來應該要上門拜訪，不過最近實在太忙。」

「先前忘了問，」雷損問：「這家公司是做什麼的？」

「Balder專營模特兒經紀業務，我是他們的法律顧問之一，平常也不會過來，他們有特殊狀況才會找我。」律師在雷損對面坐下，「今天我來和一個高層討論賠償事宜，想說如果你也有空來一趟，就可以順便談談。」

「喔。」雷損透過強化玻璃牆張望，看見幾個人跟著一名長相端正、神情淡漠的青年走過，突然一怔。

「所以我們願意提高金額，表示誠意；您覺得如何？」律師橫過桌面推給雷損一張紙。

「剛走過去那個人是誰？」雷損回過神來，「最前面那個。」

「誰？」律師轉頭看看，「您認識？」

雷損搖頭，「只是覺得他很年輕但好像是重要人物。」

「公司的大股東，當然是重要人物。」

「他就是和你討論我這件事的高層？」

律師笑笑，「哪位高層和我討論不重要，重要的是金額，是吧？您看看我們開的條件，滿意的話簽個字，我們把款子匯給您，您就不必再為這件事操心。」

雷損大略掃視了紙上列出的賠償金額及附加條款，接過律師遞來的筆，簽了名字。

讓雷損簽字的原因與賠償金額數字無關。

自襲擊王慶陽那晚之後，雷損已經超過十年沒再看見異象；可是方才那個年輕高層走過雷損眼前，異象再度出現。

雷損看見那個年輕的公司高層和肇事司機坐在高級跑車裡，肇事司機開著車，高層坐在副駕駛座，臉色微紅，似乎剛喝過酒，表情百無聊賴。接著，高層要求司機停車，說買下這車之後還沒親自試過，要司機讓出駕駛位置。司機不敢違逆，兩人交換座位。高層開著車在市郊道路繞了幾圈，速度越來越快。接著，車禍發生。

高層叫司機下車查看，司機回報說對方兩人都癱在座位上，看來失去知覺。高層聳聳肩，要司機留在原地報警、坦承肇事，後續由他處理，然後離開現場，走了一段路後，舉手招了計程車。

高層撞上的那輛車雷損很熟悉，雷損坐在駕駛座、同那輛車一起探訪過的地方多不勝數，包括這城的各個角落——那是雷損父親的車。他知道車上的人是尾牙結束之後正要返家的父親和母親。高層才是真正的肇事者，司機只是一個受命頂罪的倒楣員工。他看見高層坐上計程車，然後指示計程車司機行駛路線，刻意經過車禍現場，確認頂罪的司機確實按照吩咐辦事。

雷損記起祖父的話，想起這天節氣大寒。

節氣時分可見異象。超過十年未曾再見異象，雷損仍不確定異象是否就是真相。而且，他隨即想通：就算異象就是真相，車禍現場沒有其他人證，只要頂罪的司機不承認，高層就永遠不會受罰。

雷損簽字的原因，是他決定自己調查。

調查的重點是確認異象真偽。

接下來的一段時日，雷損相當忙亂。

父母親的喪禮、新居交屋事宜、遺留在舊住所的父母遺物需要整理、自己要遷入新居的物件需要分類裝箱，加上雷損雖決定自己調查，但根本沒什麼相關經驗，不知從何著手。

雷損抽空回了一趟小村——既然雷公是在王爺廟裡獲得感應，雷損認為自己應該也會有相同際遇。新任的廟公人很和氣，不過對廟務似乎不大熱心；雷損看著蒙塵的神壇器具，心裡有點感慨。廟公知道雷損是雷公的孫子，答應讓他在廟裡住一晚，可是雷損沒有獲得什麼感應；他隔天持香祝禱、擲筊問神，也沒有得到具體回覆。雷損不確定祖父所謂的「獲得感應」是怎麼回事，本想多留一段時日，然後想起，就算自己真的在夢裡聽見王爺公的詔示，同樣不能當作異象為真的實際證明。

那時雷損才明白：自己該找的，其實是那個載高層離開現場的計程車司機。

花了一些工夫，雷損還因此弄懂了計程車司機的行規作息，最後終於找到那名司機。那名司機當晚的確載著一個客人經過車禍現場，因為車禍現場的事故車中有一輛是少見的高級跑車，所以記得很清楚。

異象裡出現的計程車真的存在，計程車司機也真的見過車禍現場——雷損確認自己看到的異象就是真相；這就表示那個高層找人頂罪，後來也得知雷損的父母因此過世，但是沒有絲毫悔意。

調查告一段落，雷損也辦完新居的交屋手續。站在空蕩蕩的客廳中央，雷損決定了自己的未來。

02.

想把事做好，就要有計劃。

雷損確定在Balder那天高層沒看到自己，整個協商過程高層從未親自出席——雖然鬧出兩條人命，但這似乎是高層沒必要理會的一樁瑣事——所以不會認得雷損的長相。不過雷損不確定高層有沒有看過事故報告——雷損的名字出現在相關文件上，這個名字太特別了，看過就可能留下印象。

計劃第一步必須改名。第二步，是成為Balder的員工，設法接近高層。

雷損的計劃初始不算順利。先前的工作經驗只能讓他成為Balder裡處理雜務的基層員工，距離高層還很遙遠；不過雷損料想高層喜歡名車，於是盡力蒐集相關資料，沒事就在公司找人談論，並且抓住每個能夠展現自身技巧的駕車機會。一段時日之後，他聽聞高層需要一名私人司機，極力爭取，順利獲得職位。

那個時候，雷損已經知道那個高層就是王慶旭。

王慶陽害死雷永涵，王慶旭害死雷損的父母，兩人犯前都沒有殺意，但犯後也都沒有悔意——想起這些糾葛，雷損總會連帶想起雷公講的因果。

雷損不確定自家和王家有什麼因果牽扯，才會惹來這些劫厄。但雷損知道，自己可以終結一切。

當Balder的基層員工接觸不到什麼內幕，可是成為王慶旭的私人司機，就有機會聽聞不法情事。

王慶旭為人謹慎，平時坐在後座雖然偶爾會和雷損聊上幾句，但無論是與共乘賓客討論事情或透過手機發號施令，都不曾提及自己真正的工作內容；有幾回似乎不經意透露了一點什麼，雷損思忖那是在試探他的口風夠不夠緊，所以一概保持沉默，從來沒把聽到的事給洩露出去。

時日一久，王慶旭認為雷損值得信任，逐漸放下戒心。有回王慶旭與雷損聊車聊得興起，說到自己上一個司機撞壞過一部剛買的高級跑車，雷損明白那就是父母親遇上的死亡車禍，更加確定王慶旭就是真凶。

聽聞越多王慶旭涉入事業的零碎內情，雷損就越能拼湊出王慶旭的勢力版圖概況：毒品、暴力、情色交易，王慶旭有時用正當門面掩護，有時與黑幫分子合作，自己掛名經營的企業不多，但不管黑白的各種運作，都在他的掌握當中。

某回王慶旭難得地詢問雷損的家庭狀況，雷損說自己是獨子，王慶旭說這樣比較好，他有個失蹤多年的哥哥，總是添亂，自己從小就得幫哥哥收拾善後。雷損想起自己初次見到的異象裡，王慶陽在小學廁所藏了一包東西，推測那包東西可能是毒品——王慶旭知道王慶陽在廁所藏毒，雷永涵出事後，他不希望警方想到該調查現場，所以才嫁禍給神經仔，轉移警方的注意力；羅博聞附和王慶旭，則是因為他一心巴結王家，覺得這麼做可以讓王家將他視為自己人。

王慶旭沒有什麼真正的朋友，倒是有幾個同性情人，他不願意讓人發現他的性傾向，日常放鬆的方式，就是到一家與旗下組織無關的同志三溫暖泡澡，順便約情人幽會。

在王慶旭手下開車開了一年多，雷損一方面擬定各種計劃，一方面等待動手時機，可是一直沒等到什麼機會，最後決定利用三溫暖。

雷損知道倘若王慶旭打算和情人約會，就會包下三溫暖，免得被人打擾。他事先在王慶旭的飲料裡下了藥，發作之後王慶旭會肌肉鬆弛，無法活動，同時通知王慶旭的情人，說王慶旭臨時有事待辦，延後兩人約定的時間。把車停回王家車庫之後，雷損並未返家，而是回到三溫暖；三溫暖整晚被王慶旭包場，王慶旭又已聲明不需要店家提供額外服務，所以三溫暖的員工多數已經下班，只留下一個人看顧櫃檯。雷損先前查過格局，從安全門潛入三溫暖，在大眾浴池找到癱在池畔的王慶旭，把他的頭壓進水裡。

警方判定是起意外，不過還是做了例行偵訊，雷損也被找到分局，聽說屍體是三溫暖的員工發現的。雷損推測發現屍體的應該是王慶旭的情人，赴約後發現王慶旭已然身亡，就要三溫暖的員工報警，自己溜了。那家三溫暖暗中經營同性色情交易，出事了自然希望不要節外生枝，現場看起來越單純越好，免得警察多做盤查。

雷損的計劃順利完成。只是他沒料到被找到分局時會遇上馬達翰，也沒想過日後會因此重遇其他昔日友伴。

03.

週二午後，湯日清獨自坐在出版社附近的餐廳裡，望著對面的空椅子發愣。

柳亦秋剛剛坐在那裡。柳亦秋已經離開。湯日清覺得柳亦秋還在那裡。湯日清知道柳亦秋一直都不在。

店家送上湯日清點的冰啤酒。湯日清握住杯子，手心竄進一陣寒意。

啤酒要冰才好喝，但這種天氣喝冰啤酒嫌早了點，太冷。

不打緊。湯日清覺得自己的心更冷。

湯日清早就知道自己得面對這種打擊。

不過早就知道是一回事，真正面對又是另一回事。而且那個打擊，比湯日清預料的更沉更重。

幸好柳亦秋已經離開——湯日清不想讓任何友伴看見自己現在的表情，尤其是柳亦秋。

想到柳亦秋不會看到自己哭喪著臉的衰樣，湯日清反倒覺得心情好了一點。他仰起脖子，一口氣灌下半杯啤酒，感覺彷彿有把冰冷的匕首刺進胸腔；痛，但也舒緩了另一種痛。

很好。待會兒再叫一杯。

週六晚上他接到白文禾電話的時候，人在東部的旅館，剛吃過晚飯，理論上應該正在舒舒服服地享受休閒時光，實際上正在愁眉苦臉地討論行程規劃。

因為先前規劃的主題行程頗受好評，湯日清在業內算是小有名氣，一同去探勘景點的同事也都是已有幾年資歷、經驗豐富的領隊，可是幾個人的工作經驗大多以國外旅遊為主，對國內行程雖不算生疏，但也不算熟悉。

國內旅遊比出國省事，卻也比出國麻煩——省事是因為大多數人都不難找到景點和交通資訊、解決吃食和住宿問題，麻煩是旅遊業者得因此找出更多誘因才能讓消費者甘願掏錢選擇套裝行程。和遊覽車出租業者及景點店家合作、推出價格實惠的組合，是許多旅行社行之有年的做法，但肺炎疫情降低了消費者的遊興，防疫措施也會拉長進出景點的時間，連帶減少到訪景點的數量，從同業的狀況推斷，這個傳統做法不見得能夠成功。湯日清擅長的主題設計是另一種做法，可是這類行程鎖定的目標族群大多很有主見，自己其實就能輕鬆完成國內特定景點的旅遊計劃，旅行社推出的主題倘若不夠特別，就沒法子打動他們。

討論了一陣，還沒得到具體結果，湯日清的手機響了，白文禾告訴他徐霏霏出事的消息。

湯日清呆了一下。徐霏霏出事，他趕回這城也幫不了什麼忙；但就算幫不了什麼忙，好像也該回去陪白文禾一起面對或者喝酒解悶，可是工作到一半把同事扔下絕對不是湯日清的行事風格。

反倒是白文禾開口問明白湯日清的狀況和回城的時間之後，要湯日清穩定心情，完成工作回城之後再說。

「你回來什麼也不能做，還是先把手頭的事搞定吧；」白文禾道：「別擔心我。週一補假，週二上班之前我還有兩天可以休息，不會有事的。有什麼新進度，我就會通知你，等週二下班再一起吃飯吧。」

湯日清了解白文禾，知道白文禾不可能若無其事地面對徐霏霏的死訊；不過白文禾說得也沒錯，這兩天讓白文禾一個人靜一靜，自己回城之後再找他比較好。

喝完兩杯啤酒，湯日清結了帳，在街上沒有目的地亂晃。

胡逛一陣，湯日清瞥見一家連鎖書店；時間還早，去書店翻翻書似乎不壞。

書店陳列銷售排行榜的平臺上，陳列的書目大多是與自我激勵或職場生存有關，湯日清沒什麼興趣；旅遊相關的書還塞不滿一格書櫃，這類書籍過往提供實用資訊的功能，早就已經逐漸被網際網路取代。

湯日清隨便挑了一本推理小說，翻了幾頁。

他在春酒聚會時提及神經仔，說要寫書只是藉口，真正的目的是想趁機觀察大家的反應；不過讀了幾段推理小說，加上待會兒見了白文禾肯定會談徐霏霏的事，湯日清忽然覺得，推理小說裡無論死了多少人對他而言都事不關己，但自己的朋友突然辭世，感受就完全不同。倘若以此為契機，寫個故事，就可以當成對徐霏霏的悼念。

湯日清想像這個故事裡，代表王家兄弟、羅博聞和徐霏霏的四個角色將在情節裡接連死亡，而這些死亡與代表神經仔的角色有關，又因為代表神經仔的角色會在故事的開始亡故，所以就會出現冤魂作祟的說法。代表徐霏霏的角色不相信冤魂，努力尋找證據，最後雖然遇害，卻也將真相公諸於世。

這故事聽起來比什麼死者回來復仇好多了，但要怎麼開始？霏霏和其他幾個人有什麼關係？湯日清摸出手機，記下一些想法——多年前白文禾要他透過書寫整理思緒之後，他已經養成了記錄的習慣。

湯日清沉浸在想像中，完全沒有料到再過幾個小時，他拎著外帶壽司和清酒到達白文禾住處的時候，已經見不到摯友。

04.

問過現場的警員，湯日清匆匆趕到轄區分局，找到負責的刑警，還有個穿著西裝的男子坐在桌邊。

湯日清向刑警說明自己的身分以及與白文禾的關係，刑警客氣地招呼他一同落座，叫人端來熱茶。

西裝男子朝湯日清遞出名片，說自己是白文禾在事務所的律師同事。白文禾週二沒有上班，沒有請假，打手機也沒有回應，事務所要他下午到白文禾的住處看看。律師在白文禾住處門外打了手機也按了門鈴，白文禾都沒應聲；他本來以為白文禾可能不在家，隨即又想起肺炎疫情，擔心白文禾因染疫臥床，試了試門把，發現沒鎖，結果一開門就看見白文禾半身癱在書櫃旁的屍體。

「白先生過去有類似的舉動嗎？」刑警問，律師搖頭，湯日清先是一愣，才想明白了刑警的意思，於是也跟著搖頭；「白先生最近的表現有什麼不尋常嗎？」刑警又問，律師仍然搖頭，湯日清想起徐霏霏。

「他這幾天心情不大好。」湯日清道：「有個朋友週六晚上過世，是他很喜歡的人。」

「過世？什麼原因？」刑警挑了一下眉毛。

「我昨天半夜才回城裡，細節不大清楚，要麻煩你自己查一下；」湯日清說了徐霏霏的名字，「我只知道，阿穀，我是說白先生，就是發現現場的人。」

「好的，我會查查。」刑警記下名字，「不過我想，這就解釋了白先生尋短的動機。」

「你們已經確定他是……」「自殺」兩個字到了嘴邊，但湯日清說不出口。

「是的。」刑警明白湯日清想問什麼，點了點頭，「現場很整齊，沒有外力入侵的跡象，茶几收得乾乾淨淨，感覺上他已經整理了所有的東西，準備離開這個世界，和你剛說的情況吻合。」

「可是，他明明今天還約我吃飯……」

「今天約的？」

「不是，是前幾天，週六晚上。」

「週六？就是……」

「對，」湯日清道：「就是他發現現場之後。」

「心情越想越不好，然後就動手了，這種狀況我見過很多次；」刑警放下筆，「而且白先生選擇的方法很危險。勒住脖子十幾秒，人就會失去意識，如果白先生本來只是一時衝動，不是真心尋短，一超過那個時間，也來不及了。我遇過幾個案例，上吊的位置比較高，腳已經完全離地，結果上吊的人後悔了，又沒辦法替自己解開繩套，就會掙扎亂抓，有時抓得很狠啊，臉啊脖子啊都會抓出血來。」

「那他……」

「白先生那種做法要掙脫不難，不過他沒有這麼做。」刑警注視湯日清的眼光帶著同情，「我想他是下定決心了。」

回到住處，湯日清發現自己不記得把那兩盒外帶壽司和那瓶清酒扔在哪裡，倒是記得在回程途中另外買了一瓶伏特加和一瓶柳橙汁。

大概是忘在警局了吧？湯日清想。他在離開分局之前打了電話給雷損、柳亦秋和馬達翰，警方會通知白文禾的父母和妹妹，湯日清認為告知友伴是自己的義務。

打完那三通電話，湯日清保持冷靜處理問題的專注階段就結束了。他不記得自己是怎麼從分局回到住處的。

不記得怎麼回來的，還記得要買這個？湯日清看看塑膠提袋裡的伏特加和柳橙汁，對自己搖頭：我是怎麼回事？

接著，他憶起自己和白文禾大學時第一次到夜店去的經驗。

那時兩個人都有點緊張，覺得自己像是鄉下來的土包子，他們也知道這不只是感覺，而是事實。白文禾不怎麼喜歡喝酒，不過湯日清堅持既然都到了夜店，再怎麼說也不該只喝汽水或者果汁，可是酒單上的純酒標價看起來都很嚇人，調酒的名稱怎麼看都猜不到可能會是什麼味道。

「請問，這個『螺絲起子』是什麼？」湯日清問酒保。

「這是很基本的調酒，」酒保看得出他們的稚嫩，但沒有露出取笑的神情，「女生我就不大建議，男生可以嚐嚐。」

「為什麼叫這種怪名字？」湯日清覺得酒保完全沒回答問題，不過又想到調酒成分可能是業界機密吧？

「據說從前是海員喝的，做法簡單，」酒保道：「出海時在船上隨手做就可以，不過因為沒有攪拌棒，所以用螺絲起子代替，名字是這麼來的。」

那天兩個人都點了螺絲起子，白文禾不喜歡，湯日清覺得很有男子氣概。後來湯日清發現許多調酒成分根本不是機密，而螺絲起子的做法的確很簡單——最基本的做法就是把伏特加和柳橙汁一比一混在一起。

湯日清拿出兩個馬克杯，各倒了半杯伏特加，再倒半杯柳橙汁，用筷子當攪拌棒戳進去胡亂劃了幾圈。

「我管你喜不喜歡，給我喝下去。」湯日清拿起其中一杯碰碰另一杯的杯緣，鼻頭一酸，「你真他媽混蛋。」

05.

高中時期湯日清撞見白文禾躲在房裡偷寫情書，對白文禾傾慕的對象身分相當好奇，亂猜一通，待聽到白文禾說對方湯日清也認識，湯日清馬上明白那人就是徐霏霏。

白文禾小學時就喜歡徐霏霏。這件事他只對湯日清提過。

湯日清忘了當時兩人為什麼會談到這個話題，但他沒忘記當時白文禾苦惱的表情。

那段對話確切發生的地點在白文禾的臥室，當天湯日清得知自己喜歡的一套漫畫出版最新單行本，白文禾已經買了，所以去找白文禾借漫畫，然後直接坐在床邊的地板上看了起來。湯日清的父母明令禁止兒子看漫畫，自然不准兒子花錢買漫畫；白文禾的父母都不禁止兒子看漫畫，真有想買的大多也都會替兒子掏錢付帳。湯日清的父母禁止的原因不是吝嗇，而是覺得湯日清已經興趣太多、毫無定性，再花時間看漫畫一定會讓課業成績更糟；白文禾的父母願意買漫畫的原因是這樣好歹會知道白文禾在看什麼，好過讓他到租書店裡接觸到內容亂七八糟的東西。湯日清曾向父母抗議，說白文禾在家裡光明正大地看漫畫，成績一直很好，可見沒有必要禁止；湯日清的父母說白文禾買漫畫的數量一直很節制、也不會光看漫畫不讀書，而且正是因為成績很好，所以才不需要禁止。

湯日清無法反駁，不過反正真想看還是可以省下零用錢後去租書店；倘若那套漫畫白文禾有買，那就連零用錢都不必省了。

聽到徐霏霏的名字，看到白文禾的表情，湯日清放下看了一半的漫畫，「喜歡霏霏就去告訴她呀，幹嘛愁眉苦臉？」

「不行，」白文禾搖著頭，「你也不可以告訴霏霏，不對，這事你不可以告訴任何人，傳出去了我和你絕交。」

「這麼嚴重？」湯日清做了個鬼臉，「你不告訴霏霏，她怎麼知道你喜歡她？」

「她不用知道，我自己喜歡就好了。」

「怕被拒絕喔？」

「對啦。」

「搞不好霏霏也喜歡你呀。」

「不可能。」白文禾指指自己，「我長得醜。」

白文禾的外貌確實不算起眼，但也不至於有人會認為他長得醜。湯日清當時沒想過白文禾這話多少有點把徐霏霏講得太膚淺的嫌疑，那年紀的孩子還不會想到這些，但即使想到了，他也不會認為白文禾的意思是徐霏霏只看重外表。湯日清明白，白文禾這麼說只是自我逃避——找個理由讓「徐霏霏不會喜歡」這個預設得以成立，就能讓自己沒有膽量告白這個決定顯得合理。「你想長得醜，我可以幫你的鼻子揍歪——拜託你講話誠實一點。」湯日清道：「你不試試怎麼知道？」

「如果我對霏霏說了，結果她不喜歡我，我難過不要緊，以後大家相處起來一定也會怪怪的，搞不好她就不會想和大家混在一起，這樣不好。」白文禾道：「我不說，大家就都還是一樣，這樣比較好。」

服，「你都想清楚了嘛；」湯日清知道激將法對白文禾沒用，講道理又講不過他，乾脆放棄說服，「覺得這樣比較好的話，表情為什麼像吃壞肚子？」

「因為我還有事沒想清楚，」白文禾眉心在前額擠出皺紋，「我為什麼喜歡霏霏？」

「霏霏漂亮？」

「對，但每個人都覺得霏霏漂亮，難道每個人都有和我一樣的感覺？」

「我可沒有。」

「所以我一定不只是因為霏霏漂亮所以才喜歡她，那還有什麼？我說不上來。」白文禾皺眉看著天花板，「我覺得自己喜歡她時也想到該告訴她，但為什麼喜歡她我就得告訴她？那不就是我自己的感覺而已嗎？她本來不知道，我就喜歡了，那不管有沒有告訴她，我都還是喜歡，不是嗎？『喜歡』又是什麼意思呢？」

「喜歡就是喜歡，沒什麼其他理由吧。」

「也許吧。」白文禾收回視線，「我覺得霏霏會喜歡的，應該是比較成熟的人。」

「你這樣想東想西還不算成熟嗎？」湯日清苦笑，「照你這麼說，霏霏只會喜歡老頭子了。」

「那熟過頭了吧。」白文禾也笑了。

白文禾後來沒再提過自己對徐霏霏的感覺，只是湯日清有時仍會發現，大家聚在一起的時候，白文禾視線停留的焦點並沒有變。

小學畢業，其他友伴們進入不同的學校就讀，見面次數急劇減少。對湯日清來說，徐霏霏已經淡出他的生活圈子，屬於過去，偶爾想起，也不會想要聯繫。他以為對白文禾而言也會是如此。

直到發現白文禾寫情書的對象是徐霏霏，湯日清才發現，對白文禾來說，過去還沒過去。

06.

答應替白文禾送情書，除了幫忙朋友的義不容辭之外，湯日清也想藉機見見徐霏霏，也許和她談談。

除了零星偶遇，湯日清和徐霏霏已經好幾年沒見面聊天了。雷損一家在雷公過世之後搬離小村，柳亦秋在大城裡唸第一志願的女子高中，中學之後就很少聽到馬達翰的消息，湯日清的生活與這幾個小學時代的友伴沒有交集，平常也不會想起他們。

不過徐霏霏不同。

彼時智慧型手機尚未出現，沒有什麼人可以隨時行動上網，社群平臺也還沒成為日常，但網際網路已算十分普及，連地處偏遠的小村都無法獨立於數位浪潮之外。對像湯日清這樣出身偏鄉的青少年而言，鄰近城鎮的網路咖啡店是相當時髦的玩意兒——咖啡味道的好壞嚐不出來、線上遊戲的技術不怎麼樣，可是能逛逛線上論壇、在聊天室裡讀到一些其他學校的蜚短流長，就已經很滿足了。

湯日清在一些討論區看過徐霏霏的名字。再說，湯日清相信，就算沒有科技的協助，他還是會從不同管道聽聞徐霏霏的名號。

在高中男生鍾愛的八卦話題裡，徐霏霏算得上小有名氣——她是各校男生公認的美女。傳聞大多和徐霏霏的長相有關，也有人用當時解析度不佳的手機相機偷拍過徐霏霏、把相片傳到網路上，換得一串留言，有些是由衷的讚美，有些是下流的幻想。湯日清輾轉聽說過幾個不同學校的男生誇耀自己和徐霏霏曾經交往或正在交往，填塞了各種香豔情節，湯日清一聽就知道全是胡扯——他暗忖這些人不是被拒絕了所以編故事來自我滿足，就是以為講那些有助於提升自己的男性氣概。

雖然不相信那些流言，不過湯日清也清楚，他對徐霏霏的印象停留在小學時代，他不知道過了這幾年，徐霏霏變成一個什麼樣的女孩。他認為白文禾也是一樣。

白文禾憑藉著幾年前對徐霏霏的印象持續單戀，湯日清對此沒有什麼意見——即使是好友，也有些事是管不著或根本不該管的。倘若徐霏霏長成一個內裡歪斜、個性乖戾的女孩，湯日清還是會轉交白文禾的情書——他只是想先見見她。

青春期的男女見面，又已多年未曾聯絡，互動不像小學時代那樣自然。不過一開始有點尷尬的氣氛過去之後，湯日清和徐霏霏聊得頗為愉快；兩人談的都是升上國中之後的趣事，湯日清發現徐霏霏仍然很好相處，也發現她還不打算與異性交往。

「清湯，」兩人對坐在便利超商的小桌旁談笑一陣，徐霏霏問：「你怎麼會突然想要找我？」

「有重要的事。」湯日清拿出白文禾的信，擺在桌上。

「這是什麼？」徐霏霏看著那個仔細封緘的素雅信封。

「情書。」

徐霏霏笑了出來，「現在還有人寫情書啊？等等，你不是想用這個向我告白吧？」

「不是。」

「那就好，我記得你的字很難看。」

「霏霏，這不是我寫的，是阿穀。」

「喔。清湯，大家都是好朋友，而且我剛說過了，我現在還不想……」

湯日清把白文禾的情書推到徐霏霏面前，低下頭誠懇地道：「我想妳大概不會接受，但拜託妳一定要讀。」

過了一個禮拜，徐霏霏沒給任何回音。

湯日清有點後悔自己轉交情書時說什麼「妳大概不會接受」——這不是表示我一開始就不認為阿穀有機會嗎？湯日清想：或許霏霏讀了信之後本來可能有點心動，但我加了這句話就是幫倒忙、讓霏霏決定還是不要接受了嘛。湯日清有股衝動想再找徐霏霏談談，至少要討個明確的回覆，可是又覺得徐霏霏的沒有回應也是一種回應。那種回應代表拒絕，只是沒有那麼明白直接，事先避開一些不想面對的情境。既是如此，就沒什麼必要再問了。

而且要問也該是阿穀自己去問啊；湯日清疑惑：為什麼他一直悶不吭聲？

湯日情沒想到，雖然徐霏霏不打算接受白文禾的感情，但沒有回音，純粹只是因為她不知道該怎麼回覆。

又過一個禮拜。一個晚上，白文禾到湯日清家找他，「清湯，有空嗎？陪我出門走走。」

兩人併肩走了一段路，在小學圍牆外側停下腳步，一路上白文禾都沒說話。湯日清問：「找我出來做什麼？」

「我向家裡說要出來買修正帶，等等得跑一趟文具行。」

「好爛的藉口。」湯日清知道這只是白文禾為了出門編的理由。

「因為我得出門走走，因為我很煩，然後真的要出門我才發現我還真不知道該用什麼藉口，這不是考試，我無從準備。」白文禾的語氣平靜，「我想清楚了。霏霏不好意思直接回絕，她很體貼，我以後也不會再煩她了。但是想清楚了還是很煩。我覺得該喝酒，不過這樣回家一定會被發現，所以我買了這個。」

湯日清看白文禾掏出一包菸和一個廉價打火機，笨拙地拆了包裝，拿出一根，「你要嗎？」

「嗯。」

火比想像中難點，煙味比想像中更怪。湯日清皺了眉頭，白文禾猛烈地咳了一聲，彎下腰，眼淚和鼻涕一起咳了出來。

湯日清想說什麼，但沒有開口。

白文禾直起腰桿，沒擦眼淚，用力地抽了幾口，又咳了起來。

那是湯日清生平抽的最後一根菸。那是白文禾生平抽的第一根菸。

07.

湯日清的大學生活多采多姿，除了參加各種社團，還有為自己規劃的旅遊行程，交過幾個女友，所以少數幾回旅程有伴同行。湯日清獨自出遊時行程大多隨興自在，很多細節可以將就，也不排斥意外帶來的驚奇體驗；有伴同行就不能太過隨便，許多環節要事先推敲，這類事情湯日清做起來也算得心應手。湯日清找過白文禾，不過白文禾對旅遊的興致不高，倒是有一次帶著那時可能與他發展成情侶關係的女同學，去看了湯日清所屬樂團在校內的表演。

白文禾和那個女同學沒有後續，湯日清認為不是自己樂團表演太差的關係。那時他已經很少想起白文禾對徐霏霏的戀慕，覺得白文禾只是還沒遇到合適的對象。

話說回來，誰能百分之百確定自己喜歡的人就是合適的對象？每次和女孩之間有點柔柔的、癢癢的、皮膚表層似乎竄過電流的曖昧感受，然後成為男女朋友的時候，湯日清都認為自己的確喜歡對方；可每次為了日後根本想不起來的無聊小事嘔氣、爭吵，最後不歡而散的時候，湯日清都認為對方不是合適的對象。

在旅行社上班了幾年之後，湯日清終於把自己的工作見聞寫成書稿，投稿前先寄給白文禾讀過。

白文禾替湯日清找出不少錯字，直說除了錯字之外，內容相當有趣，因為湯日清寫的是多數人難得造訪的異國地點，談到帶團過程遇上的麻煩也是多數人不會知道的業內經驗。

這些讚美並非毫無道理，不過湯日清也沒有因此被沖昏腦袋。白文禾可能不想潑好友冷水，所以單挑書稿的優點來說，而且白文禾讀的都是教科書以及工作相關的專業著作，幾乎不碰其他種類的書籍，小時候對漫畫還有點興趣，但國中還沒畢業就已經不看漫畫了，湯日清不認為白文禾的稱讚能代表出版社編輯的看法。

投稿的結果在湯日清的意料之內，重新與兒時友伴恢復聯繫則在湯日清的意料之外。湯日清和白文禾第一次出席聚會時，每個人都很開心，十多年沒見，每個人都有很多想告訴朋友的事。大家都變了，但也都有什麼是沒變的——湯日清喝著啤酒，看著友伴們的笑臉，心中湧起一股暖意。

接著，他想起缺席的徐霏霏。

首次聚會結束，馬達翰叫了計程車，說可以順道送柳亦秋一程；白文禾想走段路去搭捷運，順便醒醒酒，湯日清沒什麼想法，決定陪白文禾走到捷運站。

捷運站有段距離，湯日清很習慣長途步行，但白文禾喝得稍微超出他的酒量，走起來有點喘，走了一段路之後就放緩了腳步。兩人走到一個路口等紅綠燈，身後是一所小學；白文禾點了菸，扭頭看了看，「這城的小學和我們的小學差別好大啊。」

「是啊。」

「我聽說我們小學再不久就要廢校了。」白文禾吐了煙，揮手揮散眼前的煙霧。

「是嗎？」

「少子化之類的問題吧，我爸和我通電話時還用這事唸我，說老大不小了還不快點成家，但就算我早幾年就結婚生孩子，也不會改變廢校的事實嘛。」白文禾笑笑，「唸書的時候家長都不希望我們交異性朋友，理由一大堆，一出社會又覺得我們得馬上找到對象，哪有這麼簡單的事？」

「等你當了爸爸，我看你能多開明？」湯日清哈哈笑了幾聲，「最好生女兒，到時就會有白律師拿球棒痛毆女兒男友的社會新聞了。」

「當了爸爸就比較會打架嗎？」

「為父則強嘛。」

「是為『母』則強吧！」

「你要當母也可以啦。」

「清湯，」白文禾突然道：「你記得霏霏嗎？」

湯日清點點頭，沒說自己剛才也想起她。

「我記得小學的時候，我對你說過，我喜歡她。那時你說我愁眉苦臉，我還向你解釋了一堆東西。」白文禾看看手上的菸，「現在回想起來，我已經記不清楚當時是怎麼說的——我知道和『喜歡』有關，但八成講得很沒頭沒腦。我是個凡事有條有理的人，可是我不明白『喜歡』到底是什麼，喜歡一個人是不是非得要告白、交往，或者結婚生子不可？我那時不明白，現在還是不明白。但是剛才聚會的時候，我想起霏霏，覺得如果她也在場，應該也會很開心吧。」

「想找霏霏的話，請馬達幫忙如何？」湯日清建議，「他是警察，應該有辦法。」

「公器私用不大好啦。」

「我想到了，不用那麼麻煩，」湯日清道：「打電話回老家問問，就問得到霏霏的聯絡方式了吧。」

「沒關係，不用特地打擾人家。我們連霏霏現在住在哪裡都不知道，很可能根本不在這城，真的聯絡上了她也沒辦法參加聚會。」白文禾長長吁了口氣，「想到她不代表得找到她，我只是希望她過得好好的，如此而已。這大概就是我『喜歡』的方式吧。」

08.

參加初次聚會的兩個月後，湯日清受託幫一名客戶設計到東南亞的婚前旅遊行程。

客戶的父親是國內有名的政治人物，作風頗有爭議，客戶身為政二代，又說想到東南亞進行婚前旅遊，這幾個關鍵字讓湯日清對委託興趣缺缺，心忖八成是一夥靠著有錢老爸所以不事生產、到處揮霍的紈褲子弟，要趁婚前到東南亞尋歡作樂。

湯日清對性交易不抱偏見，他認為這類產業應該像先進國家一樣制定合理的規範、在符合法規的條件下開放，才能保障消費雙方的權益、避免部分犯罪事件；他也知道東南亞一帶非法的性交易不少，尤其是涉及對未成年少男少女的剝削，國內有業者暗中進行這類業務，帶一整團男人出國，名為考察，實為縱欲。

不過；湯日清轉念一想：我們旅行社不做這種事，對方又指名找我，為的應該不是這類需求才對，總之先見面談談，看客戶想幹什麼再說。

客戶的態度相當客氣，禮數周到但並不浮誇，說他諮詢了幾家旅行社、打聽了不少消息，最後才選定湯日清替自己規劃行程。湯日清的工作是選好景點、定妥日程，事先聯絡當地的優質導覽人員和預訂來回機票，不需要跟著出國。

「聽說你對文化景點特別熟悉，像是有歷史意義的宗教遺跡或寺廟之類，」客戶問：「都到過哪些地方？」

文化景點？湯日清有點詫異，但還是把自己畢業後隻身旅行及工作後規劃的幾個主題行程大致說了一遍，客戶點著頭，「聽起來很不錯。我對東南亞不大熟，我先前在美國留學，住西岸，比較熟的地方大概就是美西的一些景點。不過有一年暑假我和同學開車從西岸一路開到東岸，那回經驗真的很難忘。」

「我沒一口氣跑過那麼遠，」湯日清道：「倒是在美國長途移動時搭過幾次便車。」

「那你膽子很大啊，哈哈；」客戶笑道：「搭便車膽子要大，讓人搭便車膽子也要大。

我們那時讓一個年輕人搭過便車，決定停車載他之前，我和幾個同學還很嚴肅地討論了一下。咦？我們那時載的不會就是你吧？」

「沒那麼巧吧？」

的確沒那麼巧。湯日清和客戶核對了一下彼此記憶中的日期，發現時間根本湊不上，但兩人因此聊開了，彼此交換旅行心得與各地見聞。湯日清發覺客戶和自己一樣，是個享受旅遊的人，客戶也肯定了這件事。

「這次去東南亞之後我可能就沒那麼多自由時間可以到處跑了，」客戶道：「所以想趁還有空的時候，先帶未婚妻出去走一走，滿足她的心願。」

「未婚妻？」

「這是婚前旅遊呀；」客戶眨眨眼，「我當然要帶未婚妻一起去。怎麼了嗎？」

「呃，我以為……」

「哦，」客戶露出恍然大悟的神情，「你以為我是要找一群哥兒們到東南亞去搞單身派對？要搞這個不用找你們公司吧？」

說得沒錯。湯日清不好意思地笑了。

「結婚之後，我就得認真面對投入政壇的事了。你先別說出去，下次選舉，黨應該就會提名我當候選人。現在政壇和我爸那時候不同，年輕選民又普遍對我這個黨沒什麼好感，光靠我爸打下來的基礎是不夠的，我需要花更多心力去營造新形象。」客戶坐直身子，「我的未婚妻對那些文化的東西很有興趣，特別是東南亞一帶的古蹟，我答應過她要和她一起去看看；可是等我開始忙了就沒什麼機會，當選之後要做的事會更多，所以得趁這個時候快點把這事做完。」

湯日清點點頭。

「再說，真要搞什麼好玩的，」客戶嘴角浮起微笑，「何必出國？」

湯日清看著客戶遞過來的手機螢幕，上頭有一整排面目姣好的女子照片，隨便點選一名，畫面轉入該名女子的個人頁面，除了姓名、身高、年齡、三圍之類資訊，還詳列了專長、興趣、可以提供的服務內容、拒絕受理的服務項目，以及更多該名女子不同表情、不同角度、不同打扮、不同姿勢的照片。

「這是專為頂級人士安排的陪伴服務，品質保證。」客戶道：「我真的想玩，按幾下就可以了。」

這不就是應召站嗎——湯日清沒說出口，但客戶從他的表情讀了出來，「我剛說這是陪伴服務，挑個懂美食的和你去餐廳、挑個會寫詩的和你逛書店、挑個愛運動的和你去打小白球，或者挑個像大姊姊的幫你掏耳朵，應有盡有。當然，如果你想和她們做別的事，只要不是她們不接受的服務項目就沒問題。」

湯日清在拒絕受理的服務項目裡看到一些描述危險性行為的字眼，明白這代表女子們也可以提供性服務。所謂的「陪伴」是個粉飾太平的門面，還有自欺欺人的作用。

「有看上眼的嗎？」客戶道：「我們聊得很開心，我可以招待你去一次。」

湯日清搖搖頭，正要把手機還給客戶，突然被一個女子的照片鎖住目光。

他沒見過女子的名字——這名字肯定不是真名——但他認得女子的五官。

雖然高中之後就沒再見過，但湯日清認為那名女子是徐霏霏。

09.

女子果然是徐霏霏——她開門的時候，湯日清就確定了這件事。

徐霏霏把他迎進套房，請他坐進兩人座小沙發，端來一杯茶，「初次見面，謝謝你指定我的陪伴，你有什麼需求，我都會盡力配合。」

「我們不是初次見面。」

「唉呀，真抱歉，我也覺得你有點面熟：」徐霏霏搧動捲翹的睫毛，「不過公司只說你是接受招待來的，沒給我你的大名，請問……」

「霏霏，」湯日清清喉嚨，「我是清湯。」

徐霏霏睜圓眼睛。然後掩住嘴巴，壓下了一聲驚呼。

大部分的人突然面對不想面對的事實都會慌亂，不同的是有些人的慌亂會擴散成手足無措、思緒打結，而有些人則會迅速恢復鎮靜——因為面對事實，就能知道自己要處理的是什麼狀況。

從小到大，徐霏霏都屬於後者。

公司通知徐霏霏說湯日清是接受招待的客戶，所以徐霏霏知道湯日清不是從她仍住在小村的父母那裡問到聯絡方式的，再說徐霏霏的父母只知道她的手機號碼，不知道她的真正住址——徐霏霏告訴父母的住處，其實是公司的地址。

既然湯日清是透過公司找來的，表示湯日清已經知道徐霏霏的工作內容，那就沒必要偽裝什麼。

「好久不見。」徐霏霏在地毯上屈腿坐下，「我想，你不是來找陪伴服務的吧？」

湯日清搖頭，「只是想和妳聊聊。」

「是嗎？有的客人也只想和我聊聊，可惜這種客人太少。」徐霏霏抿抿嘴，「你怎麼會有門路找到我？」

湯日清說了自己替客戶規劃行程的事，順便談到自己到旅行社上班的經過。

「我沒想過你會做這行，」徐霏霏微笑，「聽起來你做得不錯嘛。」

「那妳呢？」湯日清反問：「妳為什麼做這個？」

「說來話長，解釋起來很複雜。不對，也沒那麼複雜，有部分是我自己的問題，」徐霏霏看看自己放在地毯上的手，「我很小的時候就壞掉了，一直修正不過來。」

湯日清的個性正向，從不認為有什麼無法修正的問題，而且什麼叫「很小的時候就壞掉了」？湯日清開口，「霏霏，我們小時候是好朋友，我不認為……」

「清湯，」徐霏霏沒讓湯日清說完，「我不想談那時候的事。」

「但是你現在這樣⋯⋯」

「我也不想聽你說教。」

湯日清安靜下來。徐霏霏嘆了口氣，「清湯，我們都不是小孩子了，在這個社會生存，有很多事無法盡如人意。你從前是個為朋友著想的人，我希望你現在還是；如果當我是個朋友，就不要對我的決定指指點點，如果不當我是朋友，那看你是想當個客人要我服務，還是看不起我開門走人，我都沒意見。我已經不是你從前認識的那個人了。說不定現在你再見到從前那群朋友，會發現大家都不是你從前認識的樣子了。」

「我還真見到從前那群朋友了，」湯日清道：「我們聚了幾次，大家聊得很愉快。」

「真的？」徐霏霏臉色微變，「每個都在？」

「馬達、阿損、小秋，還有阿穀。」湯日清看著徐霏霏，「缺妳一個，就全員到齊了。」

徐霏霏聽出湯日清要她出席聚會，搖著頭，「清湯，我不認為⋯⋯」

「霏霏，你說得對，」這回換湯日清截斷徐霏霏的話頭，「我剛才不該還沒搞清楚狀況就擺出一副道貌岸然的樣子。我沒那麼假道學，我只是很驚訝。我不會告訴大家妳的工作，也不會說我見過妳，但我希望妳來和大家聚一聚，我知道大家一定會問起工作，要怎麼說，妳自己決定，我都尊重。妳想坦承聊聊，我們會聽，妳想保有祕密，我會幫妳。妳來了，阿穀會很開心。」

「唉，」徐霏霏輕嘆，「阿穀啊⋯⋯他現在如何？」

「當上律師了，」湯日清停了一下，續道：「對妳的感情還是一樣。」

「這感情聽起來很沉重啊。」

「的確。」湯日清沒有否認，「霏霏，妳記得高中時我幫阿穀送情書給妳嗎？」

徐霏霏點頭，湯日清問：「妳那時為什麼沒有回應？直接拒絕他都可以呀。」

「那時我直接拒絕的人不少，我根本不在乎會不會因此傷害他們；」徐霏霏笑得苦澀，「但我不知道怎麼拒絕才不會傷害阿穀。」

幾週之後的聚會，徐霏霏並沒有出現。湯日清沒抱什麼期望，但還是把下次聚會的消息傳給徐霏霏。

結果徐霏霏來了。

徐霏霏決定出席的原因，除了真的想見見昔日友伴之外，還有一種隱隱的不甘心——她知道在這群友伴當中，有個人和她一樣懷抱著不可告人的祕密。既然那人能隱瞞祕密、繼續和友伴們相處，那麼她也可以在友伴面前假裝從事另一項職業，愉快地享受友誼。在聚會上看到那人的第一眼，徐霏霏就明白自己的猜測沒錯；她不擔心那人會揭穿她，因為那人也不想被她揭穿。

湯日清無法探知徐霏霏這層想法。他看見的是徐霏霏出現，白文禾很高興，聚會氣氛很熱絡，大家又重新在一起了。

10.

「啊？」週二晚上柳亦秋接了湯日清的來電，聽到白文禾的死訊，手機差掉滑下耳際，她慌亂地重新拿穩，「別開這種玩笑，這不好笑。」

「妳知道我不會開這種玩笑。」湯日清的聲音透著幾乎不會察覺的失落，裹著難以置信的穩定，柳亦秋聽得出來，湯日清把個人情緒先壓在底層，用最冷靜的態度面對惡耗，這樣才能好好處理眼前的狀況——清湯帶團出國、遇上各種突發問題時，一定也都是用這樣的姿態一一解決的吧？柳亦秋想著，湯日清在手機彼端補了一句，「尤其是在霏霏出事之後。」

是啊，先是霏霏；柳亦秋心中一緊，「阿穀他……是因為霏霏的緣故？」

「有可能。我剛向警察講了霏霏的事，警察也認為可能性很大。」湯日清道：「我在門口看了，室內很整齊，警察檢查過，說沒有外力入侵的跡象。」

「馬達前天晚上才去找阿穀喝酒，」柳亦秋眉心緊皺，「怎麼會……」

「那時阿穀怎麼樣？」

「當然不是太好，」柳亦秋回答，「馬達等他喝醉睡著了才走的。」

「警方從室內的溫度初步研判，事情發生已經超過一天，可能是週日晚上到週一凌晨；昨天補假，今天阿穀沒去上班，事務所也聯絡不到他，傍晚才派他的同事到他家查看。嗯……」湯日清的自言自語音量越來越低，彷彿悶在手機裡頭。柳亦秋把手機貼近了些，湯日清的聲音忽然清楚起來，「小秋，馬達在妳身邊嗎？」

「他剛走。」

「今晚他會留在妳家嗎？」

「不會。」

「妳有沒有問他……」湯日清剛發問就截斷自己的問題，「不對，現在不是問那個的時候。阿穀的事妳不用通知馬達，我待會兒打給他。」

「好。」柳亦秋慶幸湯日清體貼，她完全不知道應該怎麼告訴馬達翰這件事。未經細想，她脫口而出，「清湯，我心裡覺得很不對勁。」

「別亂想，」湯日清的聲音溫和起來，「早點休息，明天還要上班。」

「但我的心情很亂。」

「我也是。」手機傳達了湯日清的嘆息，「不過我會這麼想：從我們的角度來看，阿穀這樣一聲不響地把我們撇下，實在很不夠朋友，可是這也是阿穀從小到大，第一次這麼主動積極地去追霏霏。妳知道，阿穀這人就是太過瞻前顧後、想太多，才會單戀了二十年還在單戀，現在難得這麼大膽，我們好像也不該光是抱怨他不夠朋友，多少也該給他一點肯定——就算有點勉為其難。所以，從阿穀的角度來看，他應該會覺得自己鼓足了勇氣，做出正確決定，那我們就期望他能趁著這股氣勢衝到霏霏身旁，把早就該說的話好好說一說吧。」

柳亦秋沒到過白文禾的住處，不過她知道白文禾小時候就是全校最乾乾淨淨、一絲不苟的男生，剛才湯日清也提到白文禾的住處整齊，不難想像有個一切家具都各安其位的起居空間，每件衣褲都疊好掛好的衣櫥，每本書籍都規矩擺放的書櫃。

白文禾就在那樣的房間中央上吊身亡。

柳亦秋不知道，白文禾不是在房間正中上吊的。白文禾住處的實心梁柱緊貼水泥天花板，沒有空隙可供繩索穿透；白文禾的住處也沒有繩索。

要吊死一個人不需要多少高度，只要能夠確實地扼住氣管就行。血液無法進入腦部，十多秒鐘之後，人就會失去意識；再過幾分鐘，腦部開始因為缺氧而停止運作，肌肉鬆開、失禁，身體器官漸次停擺。

警方進入白文禾住處時，看到的是把兩條長褲褲腳打結做成的一個布圈，上方繞過書櫃頂端，下方勒著白文禾的脖子；白文禾上半身懸空，腿癱在地上，從胯下、褲管到腳跟附近的地板，可以看得出已經乾涸的尿漬，仍然聞得到酒精氣味。

湯日清也沒看到這副光景。

他到白文禾住處時，警方已經把屍體移走了。

湯日清的安慰雖然有些是歪理，但對柳亦秋很有用。湯日清一向是這群友伴當中最擅長照顧大家情緒的人。

安慰帶來的舒緩讓柳亦秋心情稍稍放鬆。徐霏霏走了，白文禾馬上跟著走了，明明感覺剛在社會上站穩腳步、試著進入下一階段，這兩個朋友卻毫無預警地離去，她又因故和馬達翰嘔氣——自從聽到徐霏霏出事之後，柳亦秋的心情就一直很緊繃。

現在心頭的結略鬆，淚腺的結就一起鬆了。

把臉埋進手心，柳亦秋靜靜流下眼淚。然後，用力哭了出來。

柳亦秋知道哭出來會好過一點。但她沒有意識到，湯日清的安慰無意間讓她的思路偏離了方向——當她向湯日清脫口說出「心裡覺得很不對勁」時，本來差點想到的事，其實與徐霏霏和白文禾無關。

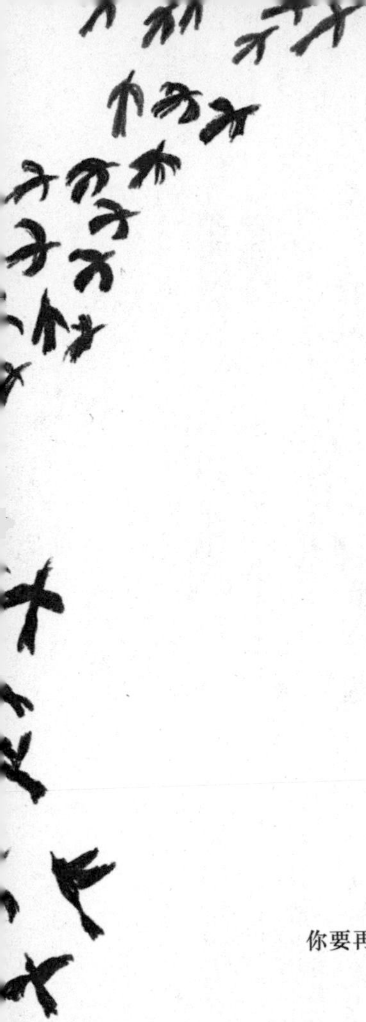

八 你要再黑暗一點

你要再黑暗一點，我們滅了火焰

——Leonard Cohen〈You Want It Darker〉

01.

手機響起的時候，雷損正在開車，後座沒有客人，他也沒亮車頂燈。

他單純在享受開車穿行這城、沒人注意的感覺。

計程車是隱形的。除非剛好需要叫車，否則大多數人對計程車視而不見，即使需要叫車，沒亮車頂燈的計程車也只會掠過大多數人的視野，不會留下什麼印象。去問一個今天沒搭計程車的人今天有沒有遇過計程車、遇過幾部計程車，沒有人答得出來，一如當年警察去問小村居民那天有沒有見過神經仔。

這城總是吵雜。雷損喜歡保有私己的一方小小靜謐，同時在巨大的吵雜當中自在穿行。

車上的音響流洩著旋律，雷損把許多唱片收藏轉成mp3，帶在車上隨機播放。

只是載客時雷損不會播自己預備的音樂。車上的收音機固定在幾個輕音樂頻道——雷損不想因為廣播節目內容開始和乘客討論政治或財經，不想猜測乘客的音樂喜好，也不想和乘客分享自己的音樂——輕音樂頻道所有人都能接受，因為它沒有意義，那是掩蓋幾個陌生人因為暫時被拘束在一個小空間裡生出無趣而存在的、不會令人討厭的雜音。

音響播的是李奧納・柯恩的〈你要再黑暗一點〉。

這是柯恩最後一張同名專輯裡的第一首曲子，這張專輯發行之後的第十七天，柯恩過世。

那天是立冬。雷損記得很清楚。那天他沒出門工作，待在家裡，把柯恩的每張專輯都聽了一遍。他喜歡柯恩寫的詞曲，也喜歡柯恩的聲音。柯恩的聲音會讓他想起祖父。

柯恩的聲音低沉帶著溫厚，雷公的聲音低沉但是響亮，以音質而言並不相同。但雷損第一次聽到柯恩的聲音，就聯想起黑夜與神祕，那種黑暗與神祕當中沒有蠢動的惡意，相反的，它將惡意隔絕在外，濃密地包裹雷損，保護、同時支持他用明亮的眼睛看透世界。如同小時候的許多夜晚，雷損在王爺廟裡聽雷公講述四處旅遊的見聞，也如同雷公過世之前，對雷損說的那一席話。

檢查顱內長了壓迫大腦的腫瘤之後，醫生認為雷公年事已高，開刀風險太大，雷公也認為沒必要待在醫院，「該走的時間到了就得走，」那時雷公這麼說：「每個人都一樣。」

雷公辭世前的那個晚上，把雷損叫到自己床邊。

「阿損，爺爺的時候到了。」雷公道：「你不用難過，這是天地間的道理。我走了之後，你爸媽不會留在村裡，你的未來也不在這裡，就跟他們去吧。」

「爺爺，」雖有心理準備，但雷損還是覺得鼻酸，「我不能留在廟裡嗎？」

「我當年留在廟裡，是我在這裡找到我該做的事。」雷公的眼光望向虛空，「每個人都有自己命中該做的事，有的人了解，有的人不懂；刻意去找的人不見得找得到，渾渾噩噩的人也不見得遇不著，但到最後，該碰上的都會碰上。你爸爸算是會刻意去找的那種，看他下棋就知道，開局走個幾步就看得出他準備用什麼路數；我年輕時就算是渾渾噩噩的那種。」

「渾渾噩噩？」

「爺爺一直教你做事要有計劃，也一直以身作則，不過那是我碰上命中該做的事之後才明白的道理，幸好不算太遲。」雷公聽得懂雷損的問題，「後來我也明白，最好的計劃，就是先鍛鍊自己，不管遇上什麼，都有應付的辦法。」

「那我呢？」

「你呀，」雷公慈祥地笑了，「你和爺爺差不多，得等時機。」

「所以我也不會太晚碰上？」

「我想不會。等你碰上那件該做的事，就得做好那件事。」雷公收起笑容，「不過，你先前看過一次一般人看不見的異象，所以我有點擔心。」

「爺爺，不用擔心，」雷損安撫祖父，「我已經好幾年都沒看過了。」

「我知道。我擔心的是，如果未來你又看到了，沒有準備的話，你會不知道該怎麼辦。」雷公放低音量，「所以，仔細聽好：那些異象只會在特定的情況下出現，你會看到是有原因的，看到之後你選擇要怎麼面對，會決定你的命運。」

那個晚上，雷損聽到他生命裡最大的祕密。

手機鈴聲停了。雷損來不及接，只瞥見來電顯示在手機螢幕上浮出湯日清的綽號。

雷損並不在意。他總認為打電話來的人倘若真有要緊事，就會繼續打來。

柯恩的聲音消失。雷損在路邊把車停好，關掉音響，在寂靜中等了一會兒。

他的確在父母車禍身亡之後再度看到異象，也的確做出了選擇，但那個選擇會如何決定他的命運，雷損還不清楚。他認為自己一向遵從祖父的教誨，可是想到祖父說「碰上該做的事，就得做好那件事」時，他會有點心虛。
他知道自己沒把那件事完全做好。
手機再度響起。來電者仍是湯日清。
雷損接起手機。
湯日清告訴他白文禾上吊的消息。

02.

週三清晨醒來，馬達翰伸了個懶腰，赤身露體下床，踱進浴室沖澡。
他凌晨一點多才筋疲力盡地睡著，算起來沒休息幾個小時，不過熱水當頭沖下的時候，他覺得神清氣爽，身上沒有任何一條肌肉感到倦怠，全都精力十足。
好好發洩才是恢復精神的最佳方式；馬達翰擠了洗髮精，在蓮蓬頭下抓出滿頭泡沫，心想：我這幾天實在太悶了。
覺得悶的原因沒有別的，就是柳亦秋。
週日晚上，馬達翰把項鍊送給柳亦秋、摟著柳亦秋求歡的時候，沒想過會遭到拒絕。都補送情人節禮物了，還在使什麼性子？——當時馬達翰很不高興，他知道倘若自己硬來，柳亦秋根本無力抵抗，他也認為自己有辦法讓柳亦秋到最後心甘情願地配合，但他忍住了。

看起來馬達翰是尊重了柳亦秋的意願，事實上馬達翰是不想破壞自己在柳亦秋心目中的形象。他也不想破壞自己在其他友伴心目中的形象。

他可是大家的超級英雄。

忍是忍住了，但那股不爽並沒有化開，仍然扎扎實實地填塞在胸腔裡頭。

馬達翰知道週一補假，柳亦秋整天都沒有別的安排，所以故意不和柳亦秋聯絡，希望柳亦秋自己反省反省，乖乖向他低頭。

結果柳亦秋沒有打電話給他。連個訊息都沒傳來。

馬達翰的氣悶繼續累積，直到週二下午。

柳亦秋來電，問馬達翰什麼時候下班、要不要一起吃晚飯？馬達翰覺得柳亦秋聽起來態度自然，似乎有意忽略週日曾發生過的不愉快，於是也態度自然地回答了下班時間，提議買點食物到柳亦秋的住處找她。柳亦秋答應，說自己也不想在外頭麻煩地找館子；馬達翰問柳亦秋想吃什麼，柳亦秋說馬達翰決定就好。

馬達翰認為，柳亦秋不提週日的情況，就表示柳亦秋不想繼續糾結先前的爭執、打算當作沒那回事、讓它被未來的時間沖淡稀釋；所以雖然柳亦秋沒有正面道歉，但馬達翰也覺得沒必要哪壺不開提哪壺。

小秋小時候脾氣很硬，現在的個性其實有部分還是一樣，願意打電話來求和就算是認錯了，這回我就這樣算了吧；結束通話，馬達翰心中想著：晚點該買什麼？小秋家裡的保險套好像只剩一個？得順便買新的了。

結果週二晚上那兩盒新買的保險套沒派上用場，沒拆封，甚至沒離開過馬達翰的外套口袋。

到柳亦秋住處快快沖過澡、一起吃飯的時候，氣氛似乎很正常——馬達翰問柳亦秋一整天過得如何、在公司做了什麼，柳亦秋都一一回答；馬達翰在柳亦秋答覆時抓出幾個橋段即席講了笑話，柳亦秋也盡責地笑了。可是馬達翰覺得有什麼怪怪的，只是一時說不上來。

吃完飯之後，柳亦秋收拾餐具，起身到廚房洗碗。馬達翰半閉著眼睛欣賞柳亦秋的背影，突然搞懂了自己覺得怪怪的原因——從他進門開始，柳亦秋就沒有主動開口說過一句話。

倘若是平常時日，一起用餐之後的節目，不是兩個人喝著飲料聊些不著邊際的話題，就是膩在一起看影集，或者是馬達翰趁柳亦秋洗碗的時候，偷偷走到她的身後抱她，朝她的耳朵親吻呵癢，把她逗得咯咯直笑；反正不管聊了什麼聊到一半、影集還沒播完，或者碗盤仍舊浸在流理臺中，接下來的情節都是馬達翰開始剝掉柳亦秋的衣服，不同的只是有時會先摟摟抱抱地上床，有時就直接開始。

但是因為馬達翰覺得怪怪的，所以他沒有做這些動作，待在電視前面，一面盯著螢幕，一面瞥眼留意柳亦秋在廚房的動靜。

柳亦秋洗完碗盤，擦乾了手，端著兩杯開水，默默地在馬達翰對面坐下，清清喉嚨，「馬達，我有事問你，你要老實回答。」

「好，」馬達翰道：「我對妳最老實了。」

「不要嘻皮笑臉。」

「我哪有？」馬達翰看看柳亦秋的表情，坐正身子，「好，老實回答，不嘻皮笑臉。」

柳亦秋咬著下脣，馬達翰知道她正在思考如何開口。過了會兒，柳亦秋道：「我前幾天晚上心情不好……」

「我有注意到，」馬達翰心裡暗罵——搞了半天還是在鑽牛角尖嘛——嘴上辯解，「所以補送了情人節禮物，晚是晚了一點，但是……」

「馬達，」柳亦秋打斷他，「和這個沒關係。是你身上的味道。」

「我那天一來就去洗澡了！」馬達翰心想：這有必要不高興這麼久嗎？

「對，我推你去的。」

「所以我今天自己先去啦。」

「馬達，聽我說完。」柳亦秋咬咬牙，把問題一口氣說完，「你身上為什麼有霏霏的香水味？」

03.

原來是這麼回事。

「我沒注意到，很明顯嗎？」馬達翰挪挪身子，「小秋，我和霏霏沒有什麼，那個味道和霏霏沒有關係；不對，那個味道和霏霏有關係，但不是妳想的那種關係。」

「我不會隨便懷疑霏霏，」馬達翰的反應勾起了柳亦秋的好奇——馬達看起來並不驚慌，不像是做壞事被我抓到的樣子，可是那個味道是怎麼來的？「也不會隨便懷疑你。但是你得解釋清楚。」

馬達翰已經記起春酒聚會時，徐霏霏對柳亦秋提過那款香水不易購得，知道用「味道是從別的地方來的」這類答案搪塞很難說服柳亦秋，所以坦然承認香水味與徐霏霏有關，「我會解釋清楚，不過妳不要生氣。」

還沒聽到解釋怎麼知道會不會生氣？但馬達翰的表情讓柳亦秋不由自主地點了頭。

「轄區分局接獲報案的時候，我正好到那個分局找學長，」馬達翰道：「聽到報案的是阿穀，所以就和學長一起到現場去了。霏霏的房間被翻得很亂，一進去就聞得到很濃的香味，我看到有一瓶香水被打翻在地上，瓶口缺了角、香水全流出來了，味道一定是那個時候沾到的。」

「你為什麼不告訴我？」

「我不知道自己身上有那個味道呀，所有的香水我聞起來全都一樣。」馬達翰攤開雙手，「犯罪現場常常都很恐怖，我怎麼會講那些東西來嚇妳？」

這是事實。馬達翰雖然在聚會時會把辦案經過裡遇上的荒唐狀況當笑話講，但從來沒對柳亦秋描述過犯罪現場的細節。

柳亦秋的神情和緩了些，馬達翰沒有看漏，繼續說道：「而且，那個，我看到霏霏……」

「啊？」

「霏霏那時只穿了一件很薄的睡衣，基本上是被看光了啦；」馬達翰抓著頭，「我可不想被妳知道我看過霏霏沒穿衣服的樣子，妳要是因此胡思亂想，那怎麼辦？」

「我才不會說這種話呢！」柳亦秋笑了。

「小秋，」馬達翰厚實的手掌覆上柳亦秋的手背，感受到細緻的膚觸，「沒事了？」

「嗯。啊，」柳亦秋點點頭，又搖搖頭，沒有抽開手，「還有一件事。」

「王慶陽？」馬達翰皺眉放手，拿起杯子喝水，「我記得，王家的大兒子，有名的流氓學生。」

「對。」柳亦秋問，「你們認識？」

「我和大家一樣，都聽說過王慶陽，這不算認識吧。」

「打過架嗎？」

「一次。」馬達翰承認，「因為他欺負永涵。妳知道，永涵那樣……有些男生會欺負他。」

柳亦秋的確記得馬達翰會去找欺負雷永涵的人、替雷永涵出頭，「沒聽說你和王慶陽打過架──有這種事的話應該很轟動呀？」

「小時候覺得很了不起的事，長大後看看大多沒什麼；」馬達翰苦笑，「這種事我最清楚了。我那時沒講，是因為打輸了，說出去很沒面子。打架輸給別人，那是唯一一次。」

清湯這部分猜對了；柳亦秋想著，問道：「王慶陽也沒說出去？你是打架王耶。」

「國中生打贏小學生有什麼好炫耀的？」馬達翰聳聳肩，「如果我是他，我也不會到處宣傳。妳提王慶陽做什麼？我記得他好像很多年前失蹤了。」

「清湯前陣子回了一趟老家，」柳亦秋道：「聽他爸爸說，王慶陽的屍體被找到了。」

「啊？」馬達翰睜大眼睛。

馬達翰沒有留在柳亦秋的住處過夜。本來以為見了柳亦秋會解開心裡的煩悶，但回答了兩個問題、想起王慶陽之後，他覺得更悶了。

他注意到柳亦秋戴著他送的項鍊，這表示柳亦秋在問他之前，就已經決定無論他提出什麼解釋，她都會把先前的不愉快放下，否則柳亦秋不會約他到住處吃飯——馬達翰認為柳亦秋不可能不明白，這和約他上床沒什麼兩樣。

只是這種悶不是柳亦秋能解決的。

馬達翰走了一段路，掏出另一支手機發了幾個訊息，站在超商門口抽了一根菸，查看訊息，再打幾個字，然後抬手叫了計程車。

氣悶還在。馬達翰需要發洩。

坐進計程車，把地址告訴司機，馬達翰靠向椅背的時候，接到湯日清的來電，聽到白文禾身亡的消息。

04.

雷公對馬達翰說他是個「強運之人」的時候，馬達翰半信半疑，即使當時他的年紀不大，也已經知道成年人講的不一定是真話——至少，他父親揍他的時候，講的原因就全是臨時看到什麼就隨便湊合的假話。

驅動馬達翰父親使用暴力的真正原因，是酒精。

馬達翰的父親在工業區上班，平時親切和氣、愛開玩笑，但喝了酒之後個性會出現一百八十度的巨大轉變，向妻子和馬達翰大聲叫罵、拳腳相向，彷彿身體裡宿著另一個靈魂，而酒精會麻痺平常的父親、喚出另一個父親。

嚴格說來，馬達翰的父親因為喝酒家暴的次數並不多，造成的傷害也不大，每回父親酒醒之後，總會向馬達翰的母親懺悔認錯，保證不會再犯。這類諾言會持續一段時間，然後整套戲碼重演一遍。

這種循環令人厭煩——是故當母親趁著丈夫上班、兒子上學的時候收拾行李，離開父親也離開小村，馬達翰自認可以理解母親的決定。

某些家暴案例當中，受暴者會彼此協助，但馬達翰的母親從沒在那些時候維護過他；有的時候，馬達翰會覺得母親認為他就是迫使父親喝酒的主因——他偷聽過母親打電話回娘家時提及：有了孩子、家用吃緊、丈夫壓力變大，所以才會喝酒。

這並非實情。馬達翰的父親喝酒，只是因為難以抵抗酒精的誘惑。馬達翰不知道，母親這番說詞是在替父親的施暴找藉口。

或許，也在替自己離去的決定找藉口。

馬達翰的父親身材並不魁梧，倒是馬達翰長得很快。母親離開後，父親酒後施暴的次數增加，但馬達翰也越來越覺得父親的拳腳沒什麼力道。

小學三年級，馬達翰第一次在父親揮拳時反擊。馬達翰的力氣比同年齡的孩子大，但父親再怎麼不濟，也不至於對付不了小學三年級的孩童。馬達翰被逼著後退，情急當中摸到桌上的酒瓶，不假思索地掄向父親的頭顱。

父親大叫一聲，驚動了附近的鄰居前來查看；父親說是自己酒醉跌跤，鄰居幫著叫了救護車。

那晚馬達翰在家裡警戒地醒著。父親回來之後，自己收拾了混亂的客廳，沒和馬達翰說什麼就走進臥室。隔天開始，馬達翰的父親沒再喝過一滴酒。

馬達翰因此明白了一個道理：暴力會屈服於更大的暴力，要想自保和保護別人，就必須成為最大的暴力。

這套道理遵行起來沒什麼問題，直到馬達翰遇上王慶陽，才認知道成為全校公認的打架王，其實還沒摸到「最大的暴力」的一點邊。

但他深知彼時自己打不過王慶陽，所以選擇迴避。

其實王慶陽已經把一種馬達翰不熟悉的、連面對父親家暴時都很少明確感受到的情緒，深深地砸進馬達翰的肌肉當中、刻在骨骼上頭。

那是恐懼。

是故馬達翰總會留神王慶陽的身影是否在附近出現，也因如此，有幾回他放學後摸進學校想惡作劇，發現王慶陽在廁所附近時，就什麼也沒做地溜了回去。

雷永涵出事那天下午，小學裡有幾個從垃圾場旁鐵門溜出學校的蹺課學生，馬達翰是其中之一。

有時候蹺課是因為課堂之外有更要緊更有趣的事要做，有時候蹺課是因為課堂當中聽到的東西無聊無趣到連放空腦袋都無法應付的程度，有時候則只是一時興起。

馬達翰那天蹺課的原因就是一時興起。

因為只是為了蹺課而蹺課，所以馬達翰沒和其他蹺課學生結伴，一個人到處亂晃了一會兒，決定去租書店看漫畫。

彼時是國內租書行業的全盛時期，除了傳統的獨立租書店之外，也有在全國大小城鎮以直營或加盟方式設立據點的連鎖租書店，除了言情小說、武俠小說以及各種漫畫，許多店面也兼營ＶＣＤ格式影音光碟的出租業務。幾個繁華大城還有二十四小時營業的店家，店內設有沙發卡座甚至小型包廂，除了漫畫、小說，也有各種雜誌，付鐘點費就能隨意取閱，還能在店裡購買飲料和簡單的餐點。

小村裡沒有這麼流行的玩意兒，學校附近的租書店獨立經營，店面不大，頗有歷史，店裡找得到早年盜版時期的不少薄本漫畫，店面後頭隔間裡還有整櫃印製粗糙的色情漫畫，沒請店員，由老闆娘親自鎮守。自馬達翰這輩孩子有記憶以來，盤踞在租書店櫃檯後面的老闆娘就是熟悉的日常風景之一。

老闆娘年輕時稱得上是個文藝少女，嗜讀各類言情小說，店裡這類書籍有許多是她青澀歲月的個人藏書，徐霏霏也是店裡常客。馬達翰對言情小說沒有興趣——其實他對全是文字的書籍都沒什麼興趣，他到租書店就是看漫畫，小學五年級之後，在小隔間裡翻色情漫畫的時間逐漸增加。老闆娘當然知道馬達翰未成年，就像她知道小學還沒放學、馬達翰一定是蹺課才會在這時間出現在租書店，不過只要馬達翰看書乖乖付錢，她就不會有其他意見。

05.

馬達翰窩在店裡角落的椅子上看了幾本格鬥漫畫，又到小隔間裡翻了好幾本色情漫畫，開始覺得無聊、打算付帳離開租書店但一時還不知到該去哪裡胡混時，老闆娘提醒他：前幾天租回家的漫畫已經到期，今天不還，就要多繳逾期罰金。

那幾本漫畫是標準的青年漫畫題材，熱血沖腦的正義男主角一面保護夥伴、一面帶領大家向目標前進，途中遇上的敵人不是被主角團隊充滿友情的力量擊垮，就是被主角光明正派的魅力折服，馬達翰看得很開心，還把漫畫帶到學校借給其他同學。

所以，那幾本漫畫仍在同學手上。

馬達翰不想付罰款，又不確定漫畫傳到哪個同學手裡、那個同學會不會把漫畫放在學校，思考了一會兒，認為回學校一趟最省事。等放學鐘響、老師離開教室，他就能到教室問問那幾個同學，把漫畫拿回來。

鐵門和馬達翰離開學校的時候一樣，虛掩著沒有上栓。倒數第二堂下課是小學規定的打掃時間，垃圾場堆了好幾袋垃圾，不過沒有太難聞的氣味。馬達翰走進學校，距離放學還有一段時間，於是決定在垃圾場等待。

沒過多久，馬達翰聽到動靜，以為是老師或校工，縮著身子躲到垃圾堆後方，露出半顆腦袋偷偷張望，看見王慶陽從學生廁所方向走來，匆匆穿過鐵門離去。

這傢伙和我一樣蹺課；馬達翰心想：可是國中生蹺課跑來國小廁所做什麼？

接著馬達翰記起，先前有幾次自己放學後跑進學校，也曾瞥見王慶陽在廁所附近出現。

馬達翰有股衝動想追上王慶陽問問，但他沒這麼做——他沒忘記王慶陽狂暴的拳頭和嘴角的獰笑，他畏懼王慶陽，只是不願意承認。

等到放學，馬達翰溜進教室，找到同學拿了漫畫，回租書店還書。

當天晚上，警方從學校老師手上拿到資料，一一拜訪幾個蹺課的學生，確認每個人下午在什麼地方、有沒有在學校廁所周圍看見可疑人士。馬達翰見警察上門，不明白為什麼警察會來盤問蹺課的事，只說自己到租書店看漫畫；警察做了紀錄，表示會找租書店老闆娘確認，態度看來不像要追究蹺課的事，馬達翰開口反問，才得知雷永涵已經過世。

隔天學校老師雖然沒人說起，但神經仔被警方偵訊後死亡的消息，在學生的口耳之間以超乎尋常的速度擴散，宛如前所未見的新型病毒。馬達翰知道警方因為雷永涵的事找上神經仔，也知道指證神經仔的是王慶旭和羅博聞；他不確定神經仔有沒有到過學生廁所，但他確定自己看見王慶陽從廁所附近離開。不管雷永涵的死因是自己發生意外還是與外力介入有關，既然警察問了神經仔，也該要問王慶陽——馬達翰認為這才是正確的做法。那天放學之後，馬達翰生平首次主動走進派出所，找到湯日清的父親。

聽了馬達翰的證詞，湯警員先聯絡工業區國民中學的老師，確認王慶陽那天下午的確不在校內，然後到王家拜訪。

王慶陽坦承那段時間他的確蹺課，否認進過小學，表示自己到處閒逛，沒能提供任何關於確切行蹤的證明。

湯警員在王家客廳詢問王慶陽的時候，王經理夫婦及王慶旭也在場。湯警員並不滿意王慶陽的答案，正要進一步追問，王慶旭開口，「警察叔叔，我哥蹺課當然不好，但你不覺得奇怪嗎？他蹺課就是不想待在學校裡，那為什麼要跑到我們學校來啊？」

「你說呢？你去小學做什麼？」湯警員沒理王慶旭，繼續看著王慶陽。

「那時大家都在上課，我也是恰好往窗外看，才會看到神經仔。」王慶陽沒回答，但王慶旭繼續發言，「所以說看見我哥的人，如果不是和我一樣上課不大專心，就是不在教室裡頭、準備翹掉最後一節課的學生吧？他們的話怎麼能信呢？」

「就是說啊；」王經理不高興地道：「警察怎麼可以因為這種人的話就跑來問我兒子？太

不尊重我了！」

「你哥哥也蹺課。」湯警員沒理會王經理的抗議，把視線轉向王慶旭。

「我知道，警察叔叔，但是如果告訴你這件事的人是馬達翰，那就絕對是謊話。」

「因為他是會蹺課的壞學生？」湯警員並不喜歡王慶旭有禮淡漠又胸有成竹的態度。

「不是。我剛講的不夠完整。」王慶旭道：「蹺課不一定會說謊，我相信我哥沒說謊，但如果說我哥到過我們學校的人是馬達翰，他就一定在說謊。」

「為什麼？」

「因為馬達翰曾經找我哥單挑，結果被打得很慘。」王慶旭講得輕鬆自然，「所以他才會編出我哥到我們學校這種爛理由，想要誣賴我哥。」

06.

調查沒有繼續，馬達翰知道自己素行不良，說的話就缺乏說服力，警方沒再找他，他也沒有詢問後續。隔了兩週，馬達翰才記起自己當時的疑惑：王慶陽在廁所附近做什麼？

這個疑點正是先前王慶旭用以指稱馬達翰證詞不可信、讓湯日清的父親沒有繼續朝這方向調查的原因。馬達翰不知道這件事，但憶及這個疑點之後，他有了個想法。

馬達翰找了一天晚上潛進學校的廁所，移開每一個隔間上方的隔板，伸手摸索；一整排隔間的最後一間沒裝馬桶，是存放鏟子圓鍬耙帚和清潔用品的工具間，他在工具間的天花板摸到東西。

香菸，打火機，還有一個透明的塑膠袋。

馬達翰用手圈住手電筒，以免值夜的老師發現廁所裡洩出亮光，端詳塑膠袋，裡頭有好幾個條狀小包，包裝上頭印著即溶咖啡的品牌。

為什麼要把即溶咖啡藏在這裡？馬達翰把塑膠袋放回去，看了看香菸和打火機。

再過幾年，馬達翰會知道咖啡包裡裝的是毒品，例如甲基安非他命或卡西酮，但那時他沒有多想。

他正在享受生命中的第一支菸。

馬達翰沒有把自己的發現告訴湯日清的父親——咖啡包是毒品，表示王慶陽不是在嗑藥，就是在賣藥，可是馬達翰以為那只是尋常的即溶咖啡。把香菸藏在小學廁所裡不算大事，他也無法證明香菸屬於王慶陽，這個發現無法成為王慶陽與雷永涵出事有關的佐證。

不過這個發現讓馬達翰有免費的菸可以抽。他抽得不多，還沒養成癮頭，只是偶爾偷拿一根，以免王慶陽發現；從前光為了好玩而違規，做事總是沒有多想，現在不希望引起注意，馬達翰就謹慎許多。況且馬達翰抽菸為的不是吸收焦油和尼古丁，而是從王慶陽手裡搶了一點什麼的快感。

國小六年級寒假結束，馬達翰表面上看起來和過往一樣，實際上內心開始出現因為徬徨而觸發的憂鬱。友伴們聚在一起的時間變少了，半年後大家就會進入不同的國民中學，仍會被成年人視為小孩子，雖然童年其實已經結束。

馬達翰知道自己能繼續胡混的時間不多了，但不確定未來想做什麼。

這種事和那些同自己混在一起的傢伙沒什麼好講的，不過理論上可以和友伴們談談——只是馬達翰很清楚，功課好的白文禾和柳亦秋肯定會繼續升學，以他們的成績來看，名列前茅地一路從國中、高中、大學、研究所，或者還有什麼更高學府唸到天荒地老都不是問題；徐霏霏最近好像一直有點魂不守舍，不常和大家待在一起，但馬達翰知道徐霏霏不喜歡小村，無論未來如何，她都一定會想盡辦法離開這裡。所以，他能討論的對象只有湯日清和雷損。

結果這兩個人也沒什麼想法。

湯日清很理所當然地回答說要先上國中，這個回答根本就是廢話；馬達翰追問：「對啦，上國中然後上高中，我也知道，我想問的是，然後咧？你這輩子想要做什麼？」

「小學還沒畢業，想這麼麻煩的事幹嘛？馬達你被阿穀傳染了喔？」湯日清扮了個鬼臉，「我還不知道我最喜歡做什麼，找到了最喜歡做的事，就是這輩子想要做的事啦。」

「什麼時候會找到？」

「我怎麼知道？」湯日清聳聳肩，「我又不是雷公，未卜先知。」

未卜先知也不見得能夠提供解答。馬達翰問雷損的時候，雷損也說除了按部就班地升學之外，他沒什麼其他想像。

「我一直以為你會繼承王爺廟。」馬達翰覺得雷損的未來應該就是如此。

「本來我也這麼想。」雷損道：「不過我爺爺說我和神明的緣分沒這麼深，我爸也不希望我當廟公。」

「那他希望你做什麼？」

「他說他希望我好好做人、快樂地過日子。」雷損笑了笑，「我爸那人很規矩，問他這個只會得到很無聊的答案啦，不切實際。」

比較實際的希望也不見得值得採納。馬達翰的父親戒酒之後，與馬達翰的關係改善了些；有回父子難得一起吃晚飯，馬達翰的父親提及，倘若馬達翰中學之後好好唸書，將來就有機會進入工業區服務。

馬達翰一點也不想和父親一樣當工人。

得不到解答，馬達翰罕見地覺得憂鬱。

憂鬱的男人適合搭配一根香菸。

這天晚上，馬達翰從垃圾場旁的鐵門走進學校，準備去廁所拿菸，想起自己小學畢業也代表王慶陽會離開工業區的國中，高中之後王慶陽還會把菸藏在這裡嗎？馬達翰走到廁所門口，剛要跨腳進門，突然停住動作。

07.

中學時期馬達翰的舉止收斂許多。一方面是他心知肚明，現實不是那種不良少年在整個城市稱王的青少年漫畫，搬出打架王的名號不會換來崇拜的眼光或實質的好處；另一方面是他訝異地發現，真花點時間讀書，自己的成績就不會太差，還不到頂尖，但已經遠離底層。

那時王慶陽已經失蹤，王慶旭小學畢業之後不久，王家搬離小村。馬達翰感覺人生逐漸轉向，剩下的問題是自己要讓人生轉到哪裡。

雖然打架王的名號在日常環境裡沒什麼價值，但在某些圈子裡仍有分量。國中時期，有幾個或大或小的幫派與馬達翰接觸，邀他加入，馬達翰也去見過幾個小幹部、參加了幾次集會。馬達翰對黑道沒什麼興趣，小學時把他當成大哥的那幾個跟班全是不會用腦的笨蛋，馬達翰認為會混黑道的人都是這種資質，中學時見過幫派幹部之後更確定了這個想法——這樣的人只有誇大其辭吹噓自己時好像意氣風發，實際生活都很窩囊。在馬達翰眼中，這類人和小學的自己沒什麼不同，而且他們一直沒有從人生的小學畢業。

高中時期馬達翰還會偶爾應邀出席一些類似場合，見到的幹部層級高了點，不過馬達翰認為他們依然是對底下人擺出大哥臉色、實則仰賴上頭施捨一點好處的蠢貨。那些人大抵把馬達翰視為可以拉攏的助力，就算不入夥，招待一下也比較不容易變成對頭。馬達翰明白那些招待全是人情債，所以有時會答應幫點小忙，同時留心不要牽扯太深。

對黑道沒興趣但仍接受招待的主因，在於被招待的內容有時很合馬達翰的胃口——尤其是性。

因為已經不再到處找人打架，於是馬達翰透過各種重量訓練鍛鍊身體；接受過第一次性招待之後，他領悟到這才是發洩精力的最佳方式。

決定當警察是馬達翰高中三年級的事。

馬達翰曾在友伴聚會時提過，因為湯日清的父親，他才想要投身警界。這話不假，因為馬達翰對湯日清的父親印象很好；但也不完全真實，因為這不是馬達翰報考警察大學的最大原因，他甚至一開始就擬定方向，絕對不能像湯日清的父親一樣，一輩子待在小村的派出所裡。

高三那年，幾個幫派幹部帶著小弟到大城開開眼界，也邀了馬達翰。馬達翰不是沒到大城裡玩過，但沒進過高檔酒家，也沒親眼見過那種花錢的派頭；貼在自己身上的小姐應該沒長自己幾歲，年輕妖嬈，胸大腰細，穿著打扮和脂粉香氣，與自己從前接觸過的完全不在同一個檔次——老實說，馬達翰甚至覺得自己也不在同一個檔次，小姐太光鮮耀眼，他太粗鄙低俗。

包廂裡的進度才剛開始寬衣解帶，外頭響起警訊，服務人員急急開門說有警察臨檢，引導眾人從狹窄的暗道開溜。

馬達翰跑得快，沒被逮著。他再過幾個月就滿十八歲，所以當時仍算未成年；他不確定是成年後被抓到比較麻煩，還是未成年身分的問題較大，只是覺得氣憤——不是因為好事沒能繼續，不是因為警察突然出現，而是氣自己。

小時候到處搗亂，被高舉「秩序」大旗的權力追趕奔逃之類經驗，馬達翰相當熟悉。他生氣的原因是自己明明認定不會再置身於那種狼狽景況當中，行事已經非常小心，結果居然還是被一句「警察臨檢」就嚇得抱頭鼠竄。

翌日，馬達翰在新聞頻道裡看到警方掃黃的畫面，瞥見帶自己到酒家去的幹部——雖然遮著頭，但馬達翰認出幹部身上的花襯衫。

平時那麼神氣，現在這麼難看——馬達翰在心裡哼了一聲，同時發覺這些日子以來累積的幾個心得變得清晰。

暴力會屈服於更大的暴力，但最大的暴力不來自肌肉拳腳，而來自依附體制獲得的權力和金錢。

只要知道怎麼在某個團體的制度裡存活，坐到夠高的位置，就算是個癟三，再怎麼能打的漢子一樣得低頭尊稱一聲「大哥」；只要那個團體的運作還可以，就算是個蠢蛋，一樣能拿鈔票叫看來高不可攀的美女脫下內褲。

想依附某個團體，混黑道不是個好選擇，看看螢幕上那個遮遮掩掩的傢伙就知道了；而且，所有團體都會被一個最大的團體制約，必須服從最大團體的規矩——那個最大的團體叫國家，那套規矩叫法律。

馬達翰決定自己要成為執行法律的人。

那叫警察。

08.

湯日清醒來的時候頭痛欲裂。

撈來手機，時間顯示是週三的近午時分。

從昨晚到白文禾住處卻遇上員警開始經歷的一切，感覺像是一場噩夢。

噩夢不是頭痛的原因。桌腳的空酒瓶才是。

湯日清昨天喝光了自己那個馬克杯裡的螺絲起子，然後喝光了白文禾那個馬克杯，最後沒理會柳橙汁，喝光了酒瓶裡剩下的伏特加。他不記得自己是什麼時候睡著的，也不記得在醒來前一秒的夢裡，徐霏霏對他說的話。

徐霏霏參加過兩次聚會之後，私下約了湯日清一次，鄭重地向他道謝。

「開心最重要，」夢中的湯日清對徐霏霏說：「沒什麼好謝的。」

「真的很開心，比我想像得更開心。」徐霏霏講得誠懇，「不會想到很多不愉快的事，我覺得我變回你們認識的霏霏了。」

「妳一直是我們認識的霏霏。」湯日清由衷地笑了。在回到現實之前。

噩夢並未造就頭痛。但噩夢令人心痛。因為現實就是那場噩夢。

徐霏霏走了。白文禾也走了。

湯日清掙扎地把自己從地上撐起來，搖搖晃晃走進浴室，扭開水龍頭，哆嗦地脫掉衣物。

昨晚睡在地上，沒蓋被子，一定感冒了。有個什麼從昨晚起就一直卡在他的腦袋裡，但他無法確定。

他試試水溫，想起十分鐘後有一場視訊會議。

因為肺炎疫情的緣故，旅行社的員工分為兩組，輪流到公司上班，會議都改為線上進行。這場視訊會議的主要議程是東部套裝行程，主管主持，前幾天到東部踩點的同事則輪流提出計劃。

沖過熱水澡、吞了兩顆頭痛藥，湯日清覺得自己的狀況稱不上好，不過勉強應付視訊會議還過得去。

會議結束之前，主管做了指示，分派工作，然後對湯日清道：「你今天不是應該到公司？我在公司沒看到你。」

「不好意思，我不大舒服。」湯日清記得主管和自己同一組，現在應該在公司，「我會補假單。」

「沒關係，」主管道：「我只是看到公司櫃檯有你的東西，順便問問。」

「什麼東西？」

「等等。」主管的大臉從視窗裡消失，過了會兒重新出現，「很輕，沒寫是什麼，看日期是快遞禮拜天送來的，值班同事幫你簽收了。」

「我晚點去拿。」

「你好好休息吧；等等，」主管的語氣緊張起來，「現在疫情那麼嚴重，你不是中鏢了吧？」

「不會啦，感冒而已。」

「總之先別亂跑，有狀況記得通知我；」主管叮嚀，「這個東西我待會兒叫快遞送去你家。」

視訊結束，湯日清打算爬回床上再睡一會兒，手機響了。

「清仔，」父親的聲音從手機裡傳來，「我聽說徐家和文禾的事了，你應該已經知道了吧？」

「嗯。」

「你還好嗎？」

「還好。」明明不好，但這種問話都只能回答「還好」。

「對了，上禮拜有件事想告訴你，結果忘了，現在想起來正好一起講；」父親道：「你記得派出所裡有個比我小一點的警察嗎？你叫他『達叔』的那個？」

「記得。」

「阿達上禮拜也退休了，擺了一桌請大家吃飯，我們聊到你們這幾個孩子。」父親沒注意到湯日清的疲憊，「阿達說馬達翰曾經有回到派出所惡作劇，被他訓了一頓。」

「什麼時候的事？」

「你們六年級的時候，因為隔天王家到派出所通報王慶陽失蹤，所以阿達記得很清楚。」

「什麼惡作劇？」

「他說看到有人倒在小學廁所。」

「誰？」

「阿達半信半疑，後來還是去看了，結果什麼都沒看到，只覺得陰森森的。」父親的聲音聽得出笑意，「阿達本來就覺得馬達翰在惡作劇，所以叫馬達翰留在分局、要同事看著，那時他正打算回分局開罵，廁所外頭還真的有個影子閃過，阿達嚇了一大跳，追出去一看，是雷公。」

「啊？」

「雷公說他散步的時候看見學校圍牆邊有幾株藥草，所以到廁所工具間找傢伙，想把藥草移植到廟裡的花盆。阿達問他有沒有在廁所裡看到什麼，雷公八成看出阿達臉色怪怪的，還故意說沒看到活人。」父親的聲音恢復鎮靜，「阿達講得很好笑，我就想說要告訴你。不過那時沒人知道徐家和文禾會出事，現在也不是講笑話的時候。他們兩家大人都趕過去了，如果你遇到，就盡量看看能幫什麼忙。」

「我知道。」

「你聲音聽起來不大對勁。」父親注意到了。

「有點小感冒。」

「那不聊了，你早點休息。」父親囑咐，「要是看到馬達翰，記得告訴他：小時候不懂事找警察惡作劇，現在自己當了警察，就該做好警察該做的事。」

09.

一口氣睡到晚上六點左右，湯日清才醒過來。

這回被子裹得嚴實，他出了一身汗，覺得精神似乎好了一些。

睡得很熟，中途他只醒來一次，接近四點的時候。上了廁所，配著不知過期沒有的感冒藥灌了兩杯水，又鑽回被窩。

湯日清重新再沖了一次熱水澡，慢慢吹乾頭髮，走出浴室時覺得全身痠軟，兩腿沒什麼力氣。

從昨晚開始就沒吃東西了；湯日清心想：叫外送？還是到街口小吃店去喝個熱湯？不對，去一下診所吧，如果像主管說的一樣染上正在全球大流行的肺炎了就不妙，早點確定比較好。

疫情肆虐，多數人會遠離醫療院所，住處附近的診所沒什麼人。湯日清戴著口罩縮在候診區，沒等多久。

「小感冒可以不要來。」醫生檢查了一下，「開三天藥給你，多喝水，多休息就好了。」

「我擔心染疫了嘛。」

「小心是很好，但你的症狀完全不一樣啦。」

我又不是醫生，怎麼搞得清楚——湯日清心裡嘀咕，領了藥，到小吃店去吃了一碗湯麵，平常覺得小吃店的湯頭還不錯，現在喝起來倒沒什麼滋味。

回到住處，時間剛過八點。湯日清站在廚房吃了藥，覺得腦袋裡嗜睡的迷霧逐漸聚攏，昏昏沉沉地踱回起居間，瞥見桌上的包裹，愣了一下才記起四點多時醒來的原因不是為了上廁所，而是聽到門鈴響；他迷迷糊糊地起床開門、簽收快遞，然後就隨手把包裹擱在桌上。

包裹不大，沒什麼重量；湯日清輕輕搖了幾下，沒聽見任何聲響。

外層釘的快遞單來自與旅行社長期合作的快遞公司，寄件欄位是主管潦草的簽名，不過包裹的包裝屬於另一家快遞公司，那家快遞公司的業務範圍很廣，一般民眾到國內最大的連鎖便利商店就能交寄。原來的寄件人應該就是這麼做的。

湯日清掀開上層快遞單，貼在包裹上的寄件人姓名剎時衝進他的瞳孔，強勢撞開層層積累的嗜睡迷霧，擊中他的大腦。

他手指一鬆，慌亂地重新拿好差點掉落的包裹，再看一眼寄件人，伸長胳臂到書桌上摸索拆信刀。那把拆信刀是某回旅遊帶回來的紀念品，刻意做成當地歷史名刀樣式，湯日清覺得拆信刀比印象中沉重，沒發現那是因為自己的手在顫抖。

包裹裡用氣泡袋仔細封裝的是一張對摺的紙片和一個隨身碟。

湯日清顫著手指打開紙片，上頭沒幾行字，他盯著讀了兩遍，在書桌前坐下，把隨身碟插進筆記型電腦。螢幕角落跳出訊息，顯示自動備份正常運作。

隨身碟當中有兩個檔案。

湯日清先讀文字檔。檔案裡每個字他都認識，連綴而成的語意他也了解，但內容完全超乎他的想像。

點開另一個檔案。湯日清睜大眼睛。

怎麼會有這種事？湯日清瞪著螢幕，思緒在腦中的迷霧之間亂竄，夾雜著睡意，以及許多無以名狀的複雜情感。

接著，湯日清察覺，那些紊亂思緒隱隱約約把幾樁事件扣在一起。

昨晚湯日清去找白文禾的時候，白文禾家門大開；湯日清站在封鎖線外張望想找警員問問，室內看來一如往常，可是他覺得有種說不上來的怪，稍早沖澡時他還想著這件事。

現在他知道自己為什麼覺得怪了。湯日清撥了通電話，確認了一件事，但無助於釐清思緒。要釐清思緒的最好辦法，就是寫下來。

湯日清打開另一個視窗，趁著腦中湧出的想法尚未被迷霧遮蔽之前快速敲擊鍵盤，修改、重新鍵入、檢查、調整順序、繼續打字。

這是事實嗎？一面打字，湯日清另一部分的腦袋一面自問自答：不，這些都是推測，缺乏證據；當成是我想到的小說情節找小秋討論一下吧？不行，她一定會看出不對勁，我又不想騙她。那如果這是事實，我該怎麼辦？

想到的東西大致上都記下來了。筆記型電腦忠實地執行了湯日清的每個指令，但湯日清無法確定自己後續該做什麼。

纏著迷霧的思緒很沉重，腦袋運轉得很辛苦。

門鈴響起，湯日清沒有聽見。

10.

週四中午接到柳亦秋電話的時候，雷損剛在家裡做完重量訓練、洗好澡，站在廚房微波爐旁邊喝高蛋白飲料。

雷損不討厭運動，也不特別有興趣；他小時候體能普通，明顯比白文禾好，但不像湯日清那麼擅長各類運動，更比不上馬達翰。

不過現在雷損的臥室裡有三組不同重量的啞鈴，整套做胸肌臥推的器材，鍛鍊腹肌的地板滾輪，以及一臺跑步機。雷損曾考慮要買拉舉背肌的設備，後來覺得太占地方，於是自己在門框上方的牆壁鎖了兩組不同方向的拉槓代替。

每次聚會都在雷損住處的客廳，友伴們也會進入廚房和廁所；不過沒人進過雷損的臥室；他們不知道雷損的臥室裡有重訓器材，也不知道雷損的衣櫃裡層放了一綑工具。

起床之後雷損習慣先做伸展運動拉暖筋骨，上跑步機慢跑半個小時，然後開始重量訓練；慢跑大抵直接在臥室裡完成，重訓時大多會把器材搬到客廳，一方面因為空間比較寬敞，另一方面是客廳的音響設備比較好。

重訓結束後沖澡，吃自己準備的午餐，做點雜務出門工作——大多數的日子裡，雷損的一天都按照既定程序進行。

晚餐大多在外頭隨便打發，好停車、能吃飽的地方是首選，吃什麼不大重要，時間大多過了最繁忙的餐期，沒法子固定。倘若工作得太晚，凌晨可能不得不吃點宵夜，早餐多數時候就略過，所以午餐是雷損最能自己掌握內容、也最注意的一餐。

說「注意」倒也不代表雷損會為自己精心烹製美味餐點，他的廚藝水準只停在把「食材變成可以吃下肚的東西」這種程度；反正雷損也不在意味道，他替自己設計的食譜，在意的是營養成分的計算。

做重量訓練是當王慶旭私人司機時培養的習慣，替自己備餐是成為計程車司機後開始的任務，雷損做這些安排的原因，都是為了面對自己該做的那件事。

該做的那件事其實不只一件事，只要遇上了就得進行。做那件事的目的都一樣，但做法得視情況隨機調整。

也就是說，即使事先來得及計劃，也不見得能完全按照計劃。

是故，正如雷公所言，最好的計劃，就是先鍛鍊自己，如此一來，無論遇上什麼情況，都有應付的辦法。

只是雷損做了計劃、鍛鍊了自己，但一直不算做好了那件事。

微波爐「叮」地一聲發出通知時，手機也響了。

「阿損，我是小秋。」柳亦秋的聲音聽來有點怪異，「你在忙嗎？」

「沒有，」雷損一手拿著手機，一手套進隔熱套，從微波爐裡拿出餐盒，「怎麼了？」

「還沒出門？」

「在家，正要吃飯。」

「不好意思，我可以過去找你嗎？」

「現在？」雷損聽出柳亦秋的聲音怪在哪裡了——帶著惶急和緊張，但內裡有個什麼東西撐在那裡，像是童年時期倔強的柳亦秋昂然站在現在的柳亦秋心裡，要自己好好面對某個問題。不過會是什麼問題？

「不方便？」

「沒問題，」雷損問：「但妳下午不用上班？」

「剛請假了。」

「我去接妳吧。」雷損感覺不大對勁，記起這幾天盤據在心裡的不祥預示，快快算了一下時間，「等我半個小時。」

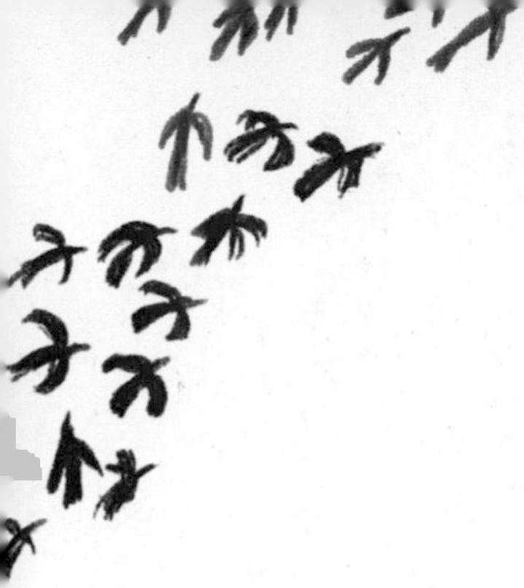

九 我們相識的終末之日

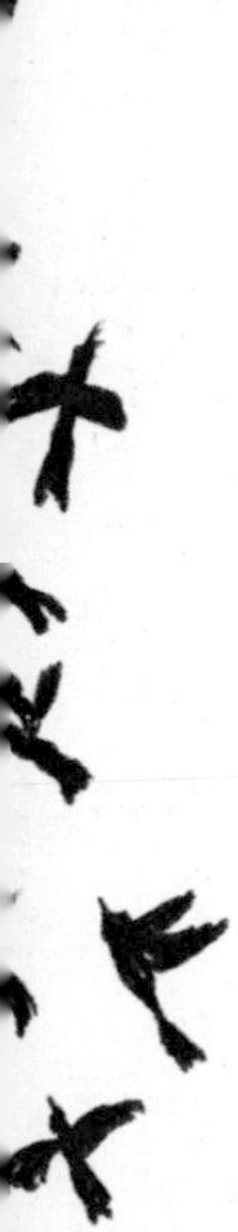

我會説，你不會聽；
而我早已知道你的回應

——Sinéad O'Connor
〈The Last Day of Our Acquaintance〉

01.

「啊——」馬達翰喝乾杯子裡的酒，滿足地嘆了口氣，「這酒真不錯，帶勁。阿損，你怎麼不喝？」

「晚點還要工作。」雷損替馬達翰把酒杯倒滿。

「你別太累啊。」馬達翰拍拍雷損的肩膀，關心地道：「我看你這陣子臉色不大好，少跑一點夜車吧，身體要緊。」

「謝啦，我自己會注意。」雷損啜了一口熱茶，「難得買到這支酒，想找你嚐嚐，本來還擔心你明天輪班，那就不能喝了。」

「有班也照喝啦，哈哈；」馬達翰笑了，「不過明天是真的沒班，可以喝個爽，如果把你的酒幹光了可別怪我。」

「這你不用擔心，我的存貨很夠。」

「那我就不客氣了。」馬達翰又喝了一口酒，「還是我們男生聚聚最好。你知道，我休假的時間和一般人不同，別人在玩的時候我得工作。我明天沒班，正好又遇上週六，所以本來想約個女孩子出門走走，結果想約的人給我搞失蹤，真他媽令人火大。」

「約個女孩子？」

「沒規定當警察不能約會吧？」馬達翰看看酒杯，又喝了一口，「我也三十了，該考慮成家的事了。」

「我的意思是，你可以不用遮遮掩掩；」雷損看著馬達翰，「我知道你要約的是小秋。」

馬達翰的動作停了一拍，然後放下杯子抓抓頭，「你看出來了喔？」

「除了阿穀——他眼裡只有霏霏——其他人大概都看出來了啦；」雷損邊笑邊搖頭，「你當我們是白痴嗎？」

「呃，好啦；」馬達翰歪頭攤手，「不是我故意要瞞著大家，是小秋不准我說。」

「你居然這麼聽話。」

「我可是完美男友，小秋說什麼，我就做什麼。」

「能把打架王管得服服貼貼，我要敬小秋一杯；」雷損拿起茶杯碰碰馬達翰的杯緣，馬達翰笑著喝掉剩下的酒，「但你說她搞失蹤是怎麼回事？」

「說到這個我就有氣。」

「我聽說喝酒最能消氣。」

「有理。」馬達翰自己斟了酒。

週四晚上，馬達翰下班之後去找柳亦秋，自己開鎖進屋，柳亦秋不在住處。

馬達翰臉朝下在留有柳亦秋髮香的枕頭上趴了一會兒，聽見腸胃呼喚食物的聲音。他本來打算和柳亦秋一起吃飯，但沒事先通知，想到柳亦秋或許另有飯局，所以不會立刻回家，又想到柳亦秋對他每回不請自來雖然都不會真的生氣，但仍是不大高興。這陣子柳亦秋的情緒不大穩定，前幾天兩人談過、似乎已經沒事了，但自己還是先出去吃飯，問清楚柳亦秋回家的時間再來，比較妥當。

在附近飯館點好晚餐，馬達翰趁著等待時間掏出手機，「小秋，妳今天什麼時候到家？我過去找妳。」

「我今天不會回去。」

「嘎？」

「臨時到外地出差，」柳亦秋的聲音聽起來有點緊繃，「不在城裡。」

「那我明天再……」

「明天我也不在。」

「小秋，」馬達翰在手機這端皺起眉頭，「妳去哪裡出差？先前怎麼沒跟我說？」

「就說是臨時出差，事先不知道，怎麼跟你說？我做事都要先向你報備是不是？」柳亦秋在手機彼端的解釋聽起來不像解釋。

「不是，」馬達翰聽得出來柳亦秋心情不好，但不知道她為什麼又心情不好，無論如何，先放軟語氣，「我只是想說，這週六我休假，可以陪妳，看妳什麼時候回來，我們可以去看看電影、逛逛展覽什麼的。」

「等我回去，看狀況怎樣再通知你。還有，馬達，」柳亦秋道：「不准你睡在我家。你用過東西都不收拾，出差已經很煩很累，我不想要一回家看到一團亂，還得幫你洗杯子摺棉被。」

我的生活習慣哪有多差？女孩子整理本來就是天經地義的事啊——馬達翰不高興了，但還沒開口，柳亦秋已經先掛了電話。

居然掛我電話？馬達翰瞪著手機按鍵回撥，手機回給他一連串短促重複的單調訊號。

柳亦秋關機了。

「就是這樣。」馬達翰邊講邊喝，「高高興興打電話給她，結果莫名其妙被罵了一頓。」

「小秋大概心情不好。」

「她這陣子是心情不好沒錯，先是霏霏，再是阿穀，老實說，我心情也不好。」馬達翰覺得自己喝得太急了，但提到逝去的友人，又覺得該喝一點，於是沒有拒絕替自己倒酒的雷損，「但就事論事，霏霏的案子還在查，阿穀是自己走的，不管怎麼樣，他們都不在了。我們能做的，就是幫忙兩家大人好好地送他們最後一程，以後聚會時為他們多喝幾杯，不是嗎？活著又沒有比較輕鬆，我們得替未來打算，不能一直心情不好嘛。」

「沒錯。」

「你知道阿穀有頭痛的毛病嗎？滿嚴重的。」

「我知道。」

「哦？那天阿穀喝醉了之後才說出來的，我以為大家都不知道，他的個性就是這樣。」

馬達翰道：「我告訴小秋霏霏出事的時候，也講了警方分析的幾個可能，其中有一個是阿穀行凶。」

「鬼扯。」

「對，不可能嘛，不過我就只是轉述學長的話而已。」馬達翰哼了一聲，「學長是把阿穀當成有計劃的殺人犯，但我對小秋說，阿穀搞不好是頭痛到失去意識，才會做出自己都不知道的事，這是在幫阿穀說話啊，結果小秋聽了很不高興。」

「廢話。」

「反正她前幾天就是因為這類有的沒的在生我的氣，而且從前就算心情不好，她講話也不會這麼衝。」馬達翰咬咬牙，「臨時出差一定是假的，否則她就會先通知我，出版社哪會有什麼突然得到城外去辦、一天兩天還回不來的事？」

「說不定要去拜訪哪個大牌作家？」

「小秋成天說書賣得很差，作家有什麼資格要大牌？」

「藝術高度和銷售數字沒有關係。」

「哪一個很有藝術高度？」

「我怎麼知道？我又不讀書；搞藝術的不都講這套？倒是你和小秋在一起，有沒有多讀幾本書？」

「沒有。不考試了我讀書幹嘛？我考特考時就把這輩子該讀的書都讀完啦。」馬達翰哼了一聲，「就當那個工作真的很臨時好了，等車坐車總有空閒時間吧？但她都沒打給我，一直到我問了才說不在城裡。」

「難怪小秋要說書賣得很差，你看看我們幾個，除了小秋，有誰在讀書？」

「阿穀。不對，阿穀大概只讀專業書籍，不能算數；清湯應該有讀吧？成天說要寫書的人自己總該是讀者。」

「不知道，搞不好就是大家只想寫書不想讀書，書才賣得更差。」

「說到清湯；」馬達翰看著雷損把酒杯加滿，「雖然我不想懷疑朋友，但我認為八成是他又跟小秋說了什麼，小秋才會更生氣、不想看到我。」

「清湯『又』跟小秋說了什麼？」雷損問：「小秋生你的氣關清湯什麼事？」

「我這幾天才發現，」馬達翰喝了一口酒，把杯子放回桌上，「清湯這傢伙其實很陰險。」

02.

前幾天，週二中午，湯日清和柳亦秋吃飯的時候，湯日清坦承約柳亦秋的真正目的不是談小說，而是要當面告訴她一件事——一件與他在聚會時刻意提起神經仔有關的事。

柳亦秋那時以為湯日清要告白，慌了一下，但湯日清沒有示愛，只是接下來的那席話，讓柳亦秋的思緒更亂。

湯日清說王慶陽的屍骨被發現的時候，手裡握著一塊玉。

「我爸不知道那是什麼，但我認得出來；」湯日清道：「那是雷公的玉珮。」

「雷公的玉珮？」柳亦秋微微皺眉思索，「我記得有這東西，不過後來……」

玉珮先交到馬達翰手上，戴了一個月，接著輪到雷永涵，然後是白文禾。拿給湯日清時正好遇上段考，湯日清故意排在白文禾後頭，因為認為白文禾戴過的玉珮能幫他拿到好成績，結果那回考得特別差。玉珮傳給柳亦秋，期末考前輪到徐霏霏，徐霏霏倒真考得不錯。湯日清嚷著不公平，看著徐霏霏把玉珮交給雷損，雷損看看玉珮，「爺爺說過這沒效，你們到底在幹嘛？」

「大家又輪流戴了一陣子，最後回到馬達手裡。」湯日清知道柳亦秋已經忘了，「雷公把玉珮送給馬達，說是要提醒他，他的運勢很強，但不要太過依賴運勢。」

柳亦秋沒有說話。湯日清說明時，她也記起雷公把玉珮送給馬達時說的話。玉珮在王慶陽手裡，可見馬達翰和王慶陽的死有關。柳亦秋明白這層關聯，但她無法接受這個推測。

「我故意在聚會時提到神經仔，就是想觀察一下馬達的反應；」湯日清看看柳亦秋，「我欠大家一個道歉，尤其是阿損，因為我看不出馬達的反應和其他人有什麼不同。」

過了半晌，柳亦秋問，「你為什麼要告訴我？」

「因為我知道妳和馬達在交往。」

「你看出來了？」柳亦秋有點驚訝，她認為自己隱藏得很好，而且湯日清談起這事的態度相當平靜——難道自己料想湯日清會告白，其實是誤解了湯日清的凝望？

「因為我一直在看妳；」湯日清笑了笑，有點落寞，「我也知道妳注意到了。所以妳才故意約在工作日的中午，不讓我吃完飯後有機會邀妳去喝咖啡。」

柳亦秋臉紅了起來。自己的想法完全被湯日清看透，她不知道該如何回應。

「我不是要讓妳不好意思啦。」湯日清覺得臉紅的柳亦秋非常可愛，但他也知道如此讚美會讓柳亦秋更尷尬，所以換上正經語氣，「小秋，永涵的事當時以『意外』為由結案了。我認為馬達在永涵出事時見過王慶陽，又想起他在王慶陽失蹤後講過『神經仔的冤魂』，所以才想觀察他的反應。如果他真的和王慶陽的死有什麼關係，我提到神經仔的時候，他的反應就可能和大家不一樣——不過就我看來，他的反應和大家差不多。我告訴妳，不是想要破壞妳和馬達的感情，而是覺得既然妳和他正在交往，妳應該向他問清楚那是怎麼回事。那是很久之前的事了，馬達是我的朋友，我相信馬達，也相信他會給妳一個好解釋。」

柳亦秋點點頭，放鬆了一點。

「發現你們交往的時候，我還真覺得有點不可思議；」湯日清判斷現在可以開點玩笑了，「原來妳喜歡渾身肌肉的大男人啊？」

「馬達有他細心的一面啦，」柳亦秋浮出笑容，「他只是喜歡在你們男生面前裝得很強悍而已。」

「他是啊，從小就愛說自己是打架王呀；」看見柳亦秋的笑容，湯日清緊張的情緒也鬆開了，但同時覺得心臟被什麼東西狠狠地刺了一下，「妳說他細心一定是偏袒他啦，我就不信他是那種情人節會記得送禮物的人。」

「想不到了吧？他還真的有送。」柳亦秋稍稍傾身，示意湯日清注視銀鍊，「這就是他挑的哦。」

「喔喔，很精緻啊。」湯日清端詳了會兒淚滴狀的鍊墜，快快移開目光，避免視線固著在柳亦秋露出領口的鎖骨上頭，「難道妳認識的馬達不是我認識的那個人嗎？我認識的馬達怎麼有這種品味？」

「喂，」柳亦秋帶笑瞪他，「你說他品味不好，不是在酸我嗎？」

「妳知道我不是那個意思。」湯日清低頭笑笑，忽然覺得微笑真是件累人的差事，「擔誤妳好久，妳該回去上班了吧？」

「清湯……」柳亦秋注意到湯日清表情的細微變化，「你沒事吧？」

「沒事。我晚點要去找阿穀，我們約好了。」湯日清抬頭，繼續保持微笑，「很多年前他失戀的時候，是我陪他撐過來的；今晚，我們要互相陪伴……等等，我不是說那種陪伴，我是說兩個失戀的男人一起喝酒的這種陪伴。」

柳亦秋覺得好笑，又覺得悵然。湯日清沒有真的告白，但說出「失戀」二字和告白的意思是一樣的，他只是跳過自知會被拒絕的橋段，直接把自己放進結局。同時，柳亦秋也想起，白文禾不只是失戀，還永遠失去了鍾愛的人，而那人是她的朋友。

「我先走囉。」過了會兒，柳亦秋道。

「好，」湯日清擺擺手，這回沒有抬頭，「我結帳就好。」

柳亦秋離開之後，湯日清留在座位上。然後舉手要來一杯冰啤酒。

說到馬達翰的時候，柳亦秋的神情讓湯日清理解自己原來就知道的事實，他的心情並不好。但他確實期待馬達翰能給柳亦秋一個好解釋。他不希望自己繼續懷疑馬達翰，更不希望柳亦秋受到傷害。

雖然馬達翰一直認為自己是保護大家的超級英雄，但湯日清明白，朋友相處並不是所有人接受某個人的庇護、遵從某個人的領導，而是每個人都能接納其他人的缺點，並且在團體裡找到能夠發揮自身優點的位置。假若把友伴們每個比喻成一道菜式，那麼湯日清就是口味最淡的清湯，每道菜和他搭配都能襯出獨特滋味，但同時也能與其他菜產生連結，成為一桌完整的饗宴。

湯日清長長地吁了口氣。他希望自己還能繼續擔任這種角色。

他沒料到幾天後馬達翰會用「陰險」形容他——事實上，他沒料到他的人生即將撞上一個重大變化。

03.

週二晚上，柳亦秋約馬達翰一起吃飯，同他說明自己心情不好的原因，馬達翰做了解釋，柳亦秋接受了。接著，柳亦秋談到小村警方發現了王慶陽的屍骨，馬達翰剛覺得訝異，柳亦秋就問起玉珮的事。

「玉珮？」馬達翰看起來很疑惑，「什麼玉珮？」

「雷公送你的，你不記得？」

「喔，那個，」馬達翰舉起手，「我記得。說起那個，我該向阿損道歉，因為玉珮明明是雷公送我的，但我小學還沒畢業就弄丟了。」

「弄丟了？」

「是呀，」馬達翰抓抓頭，「那時不好意思講，後來就忘了講。下回見到阿損，妳記得提醒我。對了，妳怎麼會聽說王慶陽的事？」

「清湯前陣子回老家時知道的，」柳亦秋道：「他認出那是你的東西，和他吃飯時他說起這件事，要我問問你。」

「妳和清湯吃飯？」馬達翰挑起眉毛。

「為了討論他的寫作計劃啦，」柳亦秋解釋，補了一句，「而且清湯早就看出我們在交往了。」

「知道妳是我女朋友還私下約妳、亂說我的壞話，」馬達翰搖頭，「清湯這小子很要不得啊。」

「清湯不認為你和王慶陽有什麼關係啦，」柳亦秋道：「他如果真的懷疑，應該在村裡就會告訴他爸爸了。」

「沒告訴他爸是對的，雷公的玉珮看起來不特別，也不難買到，清湯說不定根本認錯了，告訴警察沒什麼用。」馬達翰還在搖頭，「可是他把這事告訴妳，分明是故意的。」

「不要這麼說；」柳亦秋想放軟口氣，又有點著惱，「大家都是好朋友呀。」

「想搶我女人算什麼朋友啊？」馬達翰站起身來，嘆了口氣，「算了，我的確沒必要生這種氣。明天一早有事，我先走了。」

柳亦秋沒有挽留馬達翰。馬達翰回答了關於香水和玉珮的問題，答案合理、柳亦秋也接受了，但不知怎的，心裡總還是覺得有什麼不大對勁。那個「不大對勁」在稍晚她接到湯日清告知白文禾死訊的電話時差點就會想通，但被湯日清無意間岔了開去。

就算柳亦秋開口挽留馬達翰，馬達翰也不會留下——他覺得煩悶，而這種煩悶沒辦法靠著和柳亦秋甜甜蜜密地上床排解。

馬達翰煩悶的原因和湯日清有關——湯日清私下約柳亦秋談小說他沒什麼意見，談別的他就認為沒必要私下見面，聚會時談就可以了；談的事讓柳亦秋懷疑他不僅沒必要還讓他很不爽，這事和王慶陽有關，就讓他更不爽。

不只因為想起王慶陽就會讓他重新記起童年的恐懼，還因為馬達翰對玉珮為什麼會在王慶陽手裡的原因心知肚明。

馬達翰近二十年來一直認定：因為自己的運勢極佳，這件事永遠不會被人發現。

小學六年級寒假結束前，馬達翰為了未來感到憂鬱。

憂鬱的男人適合搭配一支菸。

馬達翰有免費的菸可以抽。他走到小學廁所門外，正打算進去摸菸，忽然停下腳步——他發現有個人倒在廁所裡，接近門口的地方。旁邊有包菸，幾支菸散在地面。

馬達翰蹲下查看，驚訝地發現那人是王慶陽。

怎麼回事？身體不舒服？馬達翰站直身子，看看四周，繞著廁所外圍走了一圈。他不想叫人幫忙，因為這就得交代自己為什麼晚上要溜進學校，而且他壓根兒不想幫王慶陽任何忙。

四周沒人，連教師室都沒有燈光，看來值夜的老師很不負責任。

馬達翰笑了。

第一腳踩中王慶陽的肋骨，第二腳踢進他的腹部。馬達翰覺得異常地愉快。第三腳瞄準王慶陽的腦袋，抬腳踹下，王慶陽突然伸手抓住馬達翰的腳踝往上一舉，馬達翰失去重心，向後跌去。

「幹，那個衰仔偷襲我？」王慶陽摸著後腦搖搖晃晃地起身，看見馬達翰，「操，原來是你。上回被打得不夠爽？給我站起來！」

馬達翰手腳並用地後退。倘若是其他對手，馬達翰會起身反擊，但面對王慶陽的驚恐在他腦中瞬間膨脹，把平日的戰意全數擠出頭殼。

「想跑？」王慶陽走了幾步，彎腰想揪馬達翰的衣領，但眼光渙散，手撈了個空，只勾到繫著玉珮的紅繩，王慶陽抓住玉珮向後一扯，紅繩斷開。

馬達翰半身已經退出廁所門外，王慶陽再度踉蹌追來，「幹伊娘，給我回來！」馬達翰伸手亂摸，摸到一塊門邊的石塊，沒有多想，在王慶陽傾身揮拳時抓起石塊，轟中王慶陽的頭顱。

王慶陽後退幾步，雙膝一軟。

能贏！這念頭閃進馬達翰的腦海，拿著石塊躍起，繼續攻擊；王慶陽沒有反擊，蜷曲在地翻滾躲避，馬達翰拳腳並用，舉高石塊奮力擊打。

王慶陽的動作停了。

馬達翰蹲在地上喘氣。過了一會兒，看王慶陽沒有動靜，馬達翰也放鬆下來。

靠，真爽；馬達翰心想，又看看王慶陽：打得真爽，不對，打死了更爽。等等；馬達翰警覺起來：我的玉珮在他手裡。

王慶陽蜷著身體，握拳的雙手藏在胸口。馬達翰想使勁掰開，但王慶陽不為所動。馬達翰發現自己的手微微發抖。方才的戰鬥比平時耗掉更多力氣。

快閃？可是如果他真死了，玉珮拿不回來可能牽連到我；馬達翰做了幾個深呼吸，穩定思緒：還是去叫人吧，裝得慌張一點，讓人覺得我是意外看見他才找人幫忙的。如果他真死了，我就說發現他時他還活著，亂抓了我的玉珮，我嚇了一跳；如果他沒事，為了面子，也不會說出被我打敗的事。

值夜老師不在，馬達翰衝到派出所找警察，說學校廁所裡倒了一個人。值班員警知道馬達翰是問題學生，半信半疑，拖了一段時間才到學校，過了一會兒一臉不高興地返派出所，說廁所裡什麼都沒有。

馬達翰被警察訓了一頓，告誡他晚上不要到處亂跑、還到學校裡搞破壞，同時指出謊報案件會有刑責，不要開這種玩笑，這回不予追究，再犯就不會輕饒。

04.

那個晚上馬達翰一直提心吊膽。隔天上學，他聽到王家因為王慶陽徹夜未歸、向派出所報案的消息。再隔一天，湯日清告訴大家，警局已經正式將王慶陽列為失蹤人口，立案協尋。

馬達翰覺得心中一片雪亮。

王慶陽一定是自行離開之後，半路又昏了過去，死在某個沒人發現的地方；或者遇上像馬達翰一樣的舊日仇家，沒放過他無力搏鬥的機會，被人悄悄解決掉了——這樣才能解釋他為什麼不在現場，也沒現身來找馬達翰清算偷襲他的那筆帳。

爽啊——馬達翰很開心，他找警察時沒說廁所裡的人是王慶陽，沒人會把王慶陽的失蹤和他聯想在一起。

值夜老師擅離職守讓我有機會報仇，王慶陽清醒後自行離開然後失蹤——馬達翰想起戴著玉珮去找雷損那天，雷公對他說的話，志得意滿地咧嘴笑了：原來我的確是個強運之人啊。

馬達翰在警察大學比中學時期更用功，術科成績出色，學科成績也不差，加上運氣不錯，畢業後獲得分發到這城工作的機會。

我畢竟是個強運之人——馬達翰如此認為。他還不知道，接下來幾年，他會更深刻地體認到自己的好運。

彼時國內的《社會秩序維護法》已然新增規定，各縣市可以因地制宜，制定自治條例，劃出合法從事性交易的「性交易專區」以及相關的管理規則；也就是說，倘若性交易發生在專區裡、符合管理規則，就是合法的，反之倘若發生在專區之外，就算非法行為，性交易的當事人以及仲介者，都得受到懲罰。

雖然如此規定，但沒有任何一個縣市首長願意設立性交易專區——性交易歷史悠久，在人類社會中從未斷絕，可是大眾普遍將其視為某種低下的禁忌，民選官員提出要設立性交易專區，就會毀掉自己的公眾形象和政治前途。

是故，雖然可以合法，但怎麼做都算非法。身為執法的一方，馬達翰愛死了這套規矩。

大學時期馬達翰交過幾個女友，只是都沒持續太久。女孩子的心思細膩，要照顧得面面俱到十分麻煩；馬達翰有自信能做好這類任務，不過也認為這類任務可以等真想和某個人長久穩定發展再來執行，而他並不打算和那幾個女友長久穩定發展——發展到脫衣上床就夠久了。

找性工作者就沒這麻煩。這是馬達翰解決欲望的方式。

正式成為警察之後，找性工作者就更方便了，而且不用花錢。

違反《社會秩序維護法》的懲罰主要是罰鍰，仲介有時會加上最長五日的拘留；警方查獲這類案件，大多數情況都是罰錢了事，《社會秩序維護法》是行政法，毋關刑事訴訟和判決，因此不會留下所謂的「案底」。

這事仲介大多清楚，性工作者就不一定了。

只要適當時機抬出自己的警察職銜，必要時再亮一下警察證，別讓女子有機會打電話聯絡俗稱「雞頭」的仲介，馬達翰就能夠免費洩欲——他會告訴對方，如果服務令他滿意，他就不會舉發，不用罰錢，也不會留下案底。不諳法律的小姐會乖乖配合、懂得規定的小姐也不會想多生事端；更何況，有些女子是個體戶，透過即時通訊軟體攬客，根本沒有仲介，賺的錢會直接進自己口袋，但遇上事就找不到人幫忙。女子表示願意配合之後，要玩得野一點、狠一點、粗魯一點、暴力一點，就看馬達翰如何發揮想像力。

警察能否透過這類俗稱「釣魚」的手法辦案一直存在爭議，不過沒有小姐敢當面向他提出這點。況且馬達翰的目的根本不在辦案。他不會完事之後才表明身分，因為那會把自己也變成性交易的當事人，對方真要鬧的話他的立場就站不住腳；先講出來讓對方願意無償服務，才是正確做法。

某回馬達翰打聽到一個透過即時通訊軟體聯絡的高檔俱樂部，資料照片看起來個個品質極佳。馬達翰興奮地選定目標，約好時間地點，準時在城裡有名的高級汽車旅館房間等候。

進門的女子比照片更媚，勾人的細眼，勻稱的長腿，馬達翰覺得下腹的火燒得比從前更旺。摟抱交纏一陣，女子把馬達翰推開，說馬達翰下手不知輕重，捏她臀部的力道太狠，咬她側頸的齒痕太深。

「還好吧，我還沒真的用力；」馬達翰一臉得意，「待會兒妳就知道我的力氣有多大。」

「我不玩暴力的；」女子皺眉，「我的簡介上寫過了。」

馬達翰只看照片挑人，完全沒看簡介，聽女子這麼說，覺得不大高興，「出來賣就是要讓我爽，規矩還這麼多？」

「唉唷，別生氣；」女子姿態放軟，「我沒法子提供你要的服務，幫你聯絡公司換個適合的吧。」

進行性交易的女子與客戶單獨待在房間是工作流程中最危險的時段，雖然大多數客戶為的是滿足欲望，但倘若還有別的施為，女子常常無法求援，只能屈從——馬達翰相當了解，不會讓女子有聯絡仲介的機會。再說，方才驗貨，馬達翰十分滿意；揉揉捏捏正起勁，這時讓妳跑了，我不成了沒人消火的傻屌？馬達翰心裡想著，開口道：「別忙，我是警察。」

「真的假的？」女子臉色微變，「別唬我。」

馬達翰掏出證件晃了晃，「聽話過來，我滿意的話就既往不咎，大家開心——我爽了，保證也會讓妳很爽。」

「唔……」女子想了想，點點頭，拿起手袋，「好，先讓我上個廁所。」

「等等，」馬達翰招手，「手機先拿過來。」

「唉唷。」女子不大甘願地交出手機，走進廁所。

馬達翰把女子的手機扔在床上，脫了上衣長褲，坐在床沿抖著腳，聽見馬桶沖水的聲音。

過了會兒，廁所裡沒傳出別的動靜。

怎麼回事？馬達翰站起身來走向廁所，突然發現有人打開房門。

05.

被制伏之前，馬達翰還來得及反擊，揍了一個人的下巴，踹中另一個的側腹；不過衝進房裡的三名漢子肌肉虯結、動作迅速、分工確實，沒有浪費時間叫罵，馬達翰自恃孔武有力，但仍被他們用塑膠束帶綁了手腳，扔在床邊的地上。

女子從廁所出來，沒看馬達翰，朝三名漢子點點頭，拿了東西閃出房間：馬達翰抬頭張眼，看見女子手上有另一支手機。

太大意了；馬達翰心中惱恨，同時好奇：這三個混蛋是接到通知之後來的，應該知道我是警察，為什麼敢對我出手？綁了我之後就沒其他動作，他們想幹嘛？

欲望稍平，腦子就轉得順了，馬達翰發現另一個疑惑：那女的進廁所沒幾分鐘，他們來得也太快了吧？怎麼可能？

啊。馬達翰想到一個可能。

房門又開了。

進門的兩名男子都穿著西裝，較年長的那個坐到床緣，低頭看著馬達翰，「出來玩就好好玩，你鬧什麼呢？」

「警察辦案，」馬達翰咬著牙，「你們有種襲警，等等一個都跑不掉！」

年長男子使了個眼色，一名漢子翻找馬達翰的衣物，遞來證件。「真的是波麗士大人耶，官威比老二還大。」年長男子看看警察證，往床上一丟，「我昨天剛和幾個分局長吃飯，他們都說員警釣魚要不得、抓到就要重罰。你覺得我們繳罰款和你被降職哪個比較慘？」

馬達翰瞥了一眼房門。

「算了，」年長男子抬抬肩膀，「我最討厭看人被罰了。讓你消失好了，什麼都看不到。」

房門關著。高級汽車旅館的房間隔音效果肯定不錯。馬達翰心下一涼。這很不妙。

「駱桑，」進門之後就坐進沙發的年輕男子走了過來，拿起馬達翰的證件端詳，「大家出來做生意，不用這樣嚇唬馬sir吧？」

馬達翰覺得年輕男子有點眼熟。

「小霍，」駱桑嘆氣，看來分明是在裝模作樣，「你知道，每個小姐都是我的寶貝，我不喜歡有人找她們麻煩，這會影響生意嘛。」

「我懂，」小霍道：「不過剛我們也聽說了，馬sir只是沒挑對，換一個給他就好啦。」

「他明明想利用釣魚的名義白搞。」

「誰不想替自己撈點好處呢？」小霍對馬達翰道：「馬sir，你說對嗎？」

「對。」馬達翰知道對方一搭一唱，但形勢對自己不利，他的心裡湧出小時候搗蛋被師長逮到的感覺，知道要先附和才有機會脫困。

「是吧。」小霍續道：「大家都想撈點好處，多交一個朋友，就多撈一點好處。駱桑，依我看，你的朋友層級都太高了，你說，分局長怎麼知道局裡每個人在做什麼？我們合夥做生意，就缺像馬sir這樣在第一線實做的朋友。」

「你有什麼建議？」駱桑問。

「馬sir，我請駱桑換個人給你，如果你還是想要剛才那個，也沒問題，大家交個朋友，朋友間有時意見不合，就別放心上。」小霍對馬達翰道：「以後你有什麼需要都可以找駱桑，駱桑如果找你幫忙，你也別推辭，這樣對雙方都有好處，誰也不會吃虧。」

「有需要都可以找駱桑」聽來誘人，因為駱桑擺明了是這個高檔俱樂部的負責人；但馬達翰雖然喜歡利用職免費洩欲，卻沒打算真的和黑道掛勾。小霍看出馬達翰的疑慮，「馬sir，你別擔心，駱桑的公司正派經營，沒有不良紀錄，你幫他做事等於在公司裡插股，不用出錢，只要出力。」

「出什麼力？」馬達翰問。

「絕對不會強人所難。有時向你要點資訊，有時請你別逼太緊，大概就是這樣而已；」小霍道：「而且我有點人脈，聽到什麼機會就會轉告你，讓你年年高升。」

「什麼機會？」馬達翰皺眉。

「例如我聽說明天有兩個藥頭要去批貨，時間地點都有；」小霍講得輕鬆，「你跑一趟，就立了大功，升遷少不了你。」

「這對你有什麼好處？」馬達翰不相信自己會平白得到毒販交易的資訊。

「你在基層，我們就有在基層的朋友；你當了小隊長，我們就有當小隊長的朋友。等你當上分局長，我們就多了一個當分局長的朋友——這怎麼會沒好處？」小霍笑得很淡，「我剛說過，大家交朋友，就一起撈好處嘛。」

「小霍，你說那個藥……」駱桑話說一半，換了問法，「不會牽連到不該牽連的吧？」

「我相信馬sir懂得分寸。」小霍傾身問道：「馬sir，我問你，你知道我們為什麼可以來得這麼快？」

「因為這地方也是你們管的。」馬達翰剛已經想到這個答案。

「差不多。這裡是駱桑的企業之一，他的辦公室就在樓上，我剛好來找他喝茶。」小霍直起身子，「駱桑，你看，馬sir這麼聰明，一定知道該怎麼做事。」

06.

一段時間之後，馬達翰弄清楚了幾件事。

駱桑檯面上擁有幾家汽車旅館，檯面下控制高檔俱樂部進行性交易；小霍是駱桑的合夥人，另外經營專為金字塔頂層人士設計、馬達翰還搆不著邊的情色服務。

自從小霍走出汽車旅館的房間之後，馬達翰就沒再見過小霍。小霍的生意夥伴不只駱桑，自己的事業也不只情色服務。小霍隨口提到的那兩個藥頭，其實是他地下事業裡辦事不力的末端角色，表面上他讓馬達翰賺了績效，實際上是馬達翰替他解決了麻煩。

馬達翰也得知，小霍就是王慶旭。

知道這件事讓馬達翰的心裡出現一個疙瘩，彷彿自己從小到大一直栽在王家兄弟手裡；但他也會自我說服：我的合作對象是駱桑，和王慶旭沒有關係。

馬達翰看得出駱桑對王慶旭並不完全服氣，但王慶旭在駱桑的事業中占股比例不小，所以雖無實際經營權，駱桑也不敢輕忽他的發言。

是故，王慶旭死亡的時候，馬達翰直覺是駱桑暗中派人下的手。

就算不是駱桑，也是王慶旭的其他合夥人或手下幹的——馬達翰如此認定。因為王慶旭一死，合夥人和底下的幾股勢力就開始彼此爭搶，分裂了王慶旭統整的組織。

以駱桑為首的勢力奪得不少王慶旭先前的情色產業。駱桑的經營手段與王慶旭並不相同，當初制服馬達翰的三名漢子是駱桑的手下，負責處理意圖鬧事的客戶；而王慶旭雖然有時也帶保鑣隨行，但大致上不會直接動用武力。

無論面對的是替自己辦事的手下、身為己方資產的性工作者，還是上門消費的客戶，王慶旭大多會用一種解釋道理的姿態就事論事，讓對方明白：照王慶旭的提議行事，是消弭衝突、化解困境、創造雙贏甚至長期獲利的最佳選擇，輕鬆，而且風險極小。王慶旭不喜歡勉強別人配合他的規劃，但和他談過的人都會理解：不配合王慶旭，就得面對自己不願意面對的麻煩。大多數人在權衡利害得失之後，就會選擇順從王慶旭的指示。

駱桑認為這種做法太溫和。

要一條狗聽話向前跑，光在牠腦袋前面吊一塊肉是不夠的，還得讓牠明白假如跑慢了或跑歪了，主人的腳會從後頭狠狠地踹過來——這是駱桑的經營之道。因此，像王慶旭那樣光靠頂級服務讓高檔客戶開心舒爽地付錢、有需要時交換一些客戶們握有的權力，不算是最牢靠的做法，還得讓客戶們在不聽話的時候，發現他們有把柄在自己手上才行。

駱桑認為，倘若工作照舊、收入不變，那麼王慶旭的死亡與自己的取而代之，對旗下的性工作者而言就像是公司換了個總經理，上班要做的事基本上沒什麼不同，不會有什麼意見。過了一段時間，駱桑決定將王慶旭的經營方式改成自己習慣的經營手法，這麼一來，不免需要知會員工一起配合，這項任務駱桑交給馬達翰處理。

馬達翰和駱桑處得不錯，合作愉快；駱桑事業版圖擴大之後，兩人的合作關係比以前更深——老實說，駱桑的經營手段更合馬達翰的胃口。馬達翰不會像王慶旭那樣勸誘，只要有更直接有效的方式可以讓對方服從，就沒必要那麼虛情假意。

同時，駱桑也發現，雖然馬達翰原來像是王慶旭隨意塞給他的幫手，但馬達翰的確是個極佳助力——腦子靈活、人緣不差，為了自己的利益在談判時絕對夠狠，而且警察身分能在某些場合占盡便宜。更何況馬達翰在分局表現良好，績效卓著，照這個情勢繼續升遷，早早拉攏，絕對是個穩賺不賠的投資。

馬達翰是公職人員，不適合在私人企業的經營階層裡掛名當幹部，無論這個企業合法還是非法；不過馬達翰已經成為幾個情色集團的實質領導者，除了免費的性服務之外，也能拿到管理階級應有的分紅。

駱桑和馬達翰都不知道，當馬達翰只穿內褲、手腳受制、像條等著被放進火鍋的大蝦一樣躺在地上的時候，王慶旭看了馬達翰的警察證，記起這個小學時期著名的打架王。師長們當年提到馬達翰，總會發出他搞怪花樣一大堆、可見腦子不笨卻不愛唸書之類感嘆，王慶旭數不清聽過多少回。王慶旭認為，既然是個頭腦不差體力又好的警察，就有利用價值。

倘若馬達翰那時答不出王慶旭的問題，王慶旭大概會順著駱桑的意思，讓駱桑把馬達翰從這個世界上抹除；但馬達翰證明了自己，王慶旭就幫駱桑保下了這個稱手的工具。

駱桑以為王慶旭是任意為之，其實王慶旭早有算計。

馬達翰不明白自己後來的發展，大抵都在王慶旭的意料之內；相反的，馬達翰認為自己能夠逢凶化吉、有了權力有了錢，正因自己是個強運之人。

07.

週三清晨，馬達翰步出浴室，擦乾身體、穿好衣服，跨過地板上那幾個用過的保險套，拍拍床上一名熟睡女子高翹的臀部、摸摸另一名女子豐腴的大腿，走出房間。

這裡不是馬達翰的住處。這裡是公司為了提供高級陪伴服務的女孩租賃的套房之一，從前屬於王慶旭，現在屬於駱桑。或者說，屬於馬達翰。

馬達翰很少向柳亦秋提起工作細節。柳亦秋不知道馬達翰的工作不只有警務。昨晚那種煩悶需要瘋狂衝刺才能爽快發洩，柳亦秋不會願意配合，就算柳亦秋勉強配合，也不可能達到馬達翰需要的標準。馬達翰不認為自己欺騙了柳亦秋。他認為自己很為柳亦秋著想。

小學友伴最初的幾次聚會，成員只有馬達翰、雷損和柳亦秋。馬達翰發現自己被柳亦秋吸引時有點訝異——撇開後續幾年為了洩欲接觸的那些女子不提，馬達翰大學時交往過的女友，全是作風大膽、性格強烈的類型，這樣的女孩能夠配合馬達翰的欲望，只是她們使性子的時候馬達翰懶得配合。

和柳亦秋私下約了幾回，聊得愉快，馬達翰察覺小時候那個性格強烈的柳亦秋還在，只是覆上了幾層圓融，交雜出誘惑馬達翰攻城掠地的韻致；雖說有時顯得太過保守，不過也因此有了挑發馬達翰揮軍征服的可愛。

小秋的好看並不招搖，帶出去很有面子但不會讓別的男人兩眼發直，放倒在床上脫她衣服時的表情會讓我心裡一陣癢，瘦了點但摸起來很爽，而且只有我能摸；馬達翰認定自己在適婚年齡時和柳亦秋交往，是另一個運勢強旺的證明：小秋是我值得長久穩定發展的對象，我願意好好照顧她，就算她偶爾鬧鬧彆扭也沒問題。

馬達翰唯一不大滿意的是柳亦秋不願配合馬達翰花招百出的體位，也不喜歡馬達翰太過粗暴的力道。不過這不要緊。馬達翰不會強硬要求柳亦秋，不會像他父親一樣用不合宜的暴力破壞自己與伴侶的關係、把伴侶逼到忍受不了終於不告而別。馬達翰會在伴侶眼中保持一個完美的形象。反正在他的領地當中，他不需要煩惱找不到可以滿足需求的人，只需要煩惱該選哪一個人，或哪幾個人。

這當然是為柳亦秋著想的表現。

走進分局，馬達翰想起白文禾。

昨晚離開柳亦秋住處不久，馬達翰接到湯日清打來的電話，聽說白文禾屍體被同事發現、員警初步判定白文禾自殺身亡。馬達翰在座位上翻了一下通訊錄，聯絡上昨晚到場處理的員警，確認警方判定白文禾上吊自戕，死因並無可疑。

掛上電話，馬達翰覺得有點唏噓。

馬達翰從小認為男人就要有男人的樣子。

他覺得像雷永涵那樣不好。不過雷永涵是朋友，他可以對朋友有意見，但別人不能對他的朋友有意見。再說，既然其他朋友對雷永涵沒什麼意見，馬達翰就覺得自己沒必要非得堅持自己的意見。

朋友就是朋友，不是那些跟班。況且要說有意見，他對白文禾最有意見。

永涵其實應該是個女生，只是倒楣被生成男生——馬達翰童年時模模糊糊地這麼想過，成年後確定自己想得沒錯，所以他認為雷永涵的舉止不像男生，理所當然。

但白文禾不同。

白文禾就是個男生，但表現得不夠男生，當然也不像女生，馬達翰覺得白文禾這樣比雷永涵更莫名其妙。長大後馬達翰明白白文禾就是太過謹慎、不夠積極，沒有男子漢該有的果斷俐落，才會在所有人都看得出他戀慕徐霏霏的情況下仍然遲遲沒有作為，任憑徐霏霏裝迷糊地對他的感情視而不見。

馬達翰在春酒聚會時慫恿白文禾展開行動，不過他很清楚白文禾不會因此就有動作，但他也很好奇：倘若白文禾真的表示了什麼，徐霏霏會如何反應？

他早就知道徐霏霏做的是什麼工作。駱桑擴大事業版圖之後，徐霏霏所屬的經紀公司，就在馬達翰無關警務的管轄範圍當中。

馬達翰自認對徐霏霏相當客氣。接管事業之後，馬達翰一一見過旗下每個女孩，脫了每個人的衣褲好確認她們的專業能力——身為主管，這是分內責任。那時他也見了徐霏霏，談了會兒，讓徐霏霏明白組織有了變動，沒做其他要求。倒是駱桑調整經營手法之後不久，馬達翰和徐霏霏上過一次床。就馬達翰看來，那次是徐霏霏向他送出了明顯的暗示，既然她主動示好，馬達翰沒有不接受的道理。

那是徐霏霏來參加聚會之前的事了。馬達翰沒對徐霏霏提過聚會的事，看到她出現時十分吃驚。那時徐霏霏說是誰邀她的？馬達翰一時想不起來。

現在霏霏走了，阿穀走了，而且這方式讓他最後終於像個帶種的男人；馬達翰想：小秋看來也沒事了，過一陣子，一切就會回到正軌。

馬達翰很有信心。因為他是個強運之人。

08.

週五夜裡，向雷損抱怨過湯日清之後，馬達翰把柳亦秋問他玉珮一事的經過說了一遍，當然沒提玉珮會在王慶陽手裡的原因就是自己，也沒提自己替駱桑工作的經過。不管王慶陽後來被誰埋進小學校園，都沒有人知道我襲擊王慶陽的事；再說，在我之前就有人揍過王慶陽，否則他不會昏倒在學校廁所裡，說不定就是那人回頭把王慶陽埋掉的，和我沒有關係——馬達翰這麼想；至於自己涉及色情產業的勾當只有霏霏知道，而霏霏不管有沒有留下相關證據，都沒人會發現了。

雖然不是馬達翰覺得愉快的內容，但講著講著，馬達翰感到有種懶洋洋的放鬆從體內透出來，自細胞內裡慢慢擴散到四肢百骸，彷彿在床上放肆激戰之後的愉悅。找朋友吐吐苦水真不錯；馬達翰心想：阿損這酒也真的好，入口勁道很足，後韻又很溫厚，舒服，我也該買幾支。

雷損的表情帶著好奇，「王慶陽？大家以為他失蹤，其實是死了？還被埋在我們學校裡？他失蹤的時候就死了？還是後來才死的？警察有說什麼嗎？」

「清湯沒告訴小秋細節，不過我猜查不到什麼。」馬達翰想聳肩，又懶得動，「聽說是整地的時候挖到的，那骨頭沒被怪手挖斷就不錯了，別指望現場還能找到有用的證據。」

「警察會立案嗎？」

「如果看起來像他殺就得走流程，不過沒別的東西可查也沒用。」

「被埋了一定是他殺吧！」雷損問：「他手裡不是有你的玉珮？」

「你站在清湯那邊是吧？」馬達翰瞪了雷損一眼，「就算那真的是我的，叫我去認，我也認不出來，都多久之前的事了？我連什麼時候弄丟的都不知道。」

「雷公說他是在地攤買的，那種東西查得出來才有鬼。」馬達翰完全忘了自己說過該向雷損道歉的事。

「不能追查來源嗎？」

「說得也對。」

「所以清湯一定也無法確定，只是故意這樣告訴小秋，想讓我們吵架。」馬達翰想拿酒，抬了一下肩膀又不想再動，「我看得出清湯對小秋有意思啦，所以想挑撥我們的感情。想追小秋就明說，大家公平競爭嘛！居然背地玩這種手段，我才會說他陰險啦。」

「小秋說她不在城裡，會不會是去找清湯？」

「不會，小秋不是那種人。」

「說不定清湯趁機行動了？」

「清湯不敢和我正面交手，不過也不至於這麼小人。」

「你還真肯定。」

「清湯是我朋友嘛。」

「是啊，」雷損道：「而且他已經被你殺了。」

馬達翰一驚，「你說什麼？」

「我昨天下午去找過清湯。他被刺死了。凶器就插在他胸口，一把拆信刀。」

「昨天？報警了嗎？」

「你是警察，報警你不就可能聽到風聲？那時我已經決定今天要找你，找你之前，不能有任何變數。」雷損說得冷靜，「警察怎麼辦事的，你很清楚，我知道你不會留下什麼證據給警察，報警不會有用。不過你又把現場布置成入室行搶——馬達，你沒什麼想像力啊，這招你殺害霏霏時就用過了。」

「什麼？」

「我剛說過，你不用遮遮掩掩。」雷損直視馬達翰的眼睛，「我知道霏霏和阿穀也是你殺的。」

09.

駱桑接手王慶旭的情色產業之後不久，頒布了新規定。

在黑幫的世界裡，王慶旭算是後起之秀，懂得利用各種好處籠絡人心，擅長提出讓人無法拒絕的要求——王慶旭不需要威脅，他會讓和他談過的人明白：照王慶旭的提議做事，能替自己謀得最大利益。

但駱桑不這麼想。準確點說，駱桑沒有王慶旭的頭腦，他在地下產業裡闖蕩的經驗讓他深信，凡事都得替自己留個後手，才是穩坐大位的生存之道——面對腦子不好不想聽話的手下，要有管教的手段，面對腦子不錯辦事牢靠的手下，也要先找出實用的把柄，才能在這類手下另有圖謀的時候拿出來壓制。駱桑特別喜歡把柄，用途廣，效果強，越多越好；王慶旭不明白這種事，說明了他只是個公子哥兒，沒弄清楚黑幫世界真正的面貌。

事實上王慶旭並非不懂這個道理，但他的手法比駱桑習慣的方式更加巧妙。王慶旭統整各種勢力，表面上與各個勢力交好，實際上利用勢力彼此之間的心結加強猜忌，聽命於他，但無法私下聯合反抗；有必要的時候，王慶旭也會使用一支勢力去清除另一支勢力的問題分子，當初透露末端毒販的訊息給馬達翰即為一例，這麼做能穩定整個組織、讓馬達翰建功，又能讓那支販毒勢力與馬達翰及駱桑這支勢力結下梁子、互不信任，一舉三得。

王慶旭沒算計到的，只有自己猝然遇上死神這事。

各支勢力的領導人物都沒料到王慶旭會突然亡故，但都早就看出倘若王慶旭發生意外，必然會發生分裂與爭搶——搶其他勢力的利益，也搶王慶旭自己掌管的生意。笨蛋才看不出這個發展，而笨蛋很難成為領導人，那種因為義氣和熱血被拱上大位的情節只是神話故事。

是故，各支勢力的領導人大多有些盤算，有些準備，尤其是駱桑。

駱桑對情色產業最有興趣，經營的時日最長，也最能掌握訣竅。和王慶旭合作之後，他的獲利更上層樓，入股參與幾家汽車旅館的經營，順便把旗下女子的工作地點全都安排在自己的旅館裡，並且在房間裡安裝針孔攝影機，拍下交易過程。

那些影片大多備而不用，只是當成有糾紛時的談判籌碼，不過倘若交易對象有後續勒索的價值，駱桑也不會放過。

王慶旭經營的陪伴服務沒這麼做，駱桑一直覺得很可惜——王慶旭的客戶權力更大、油水更豐，沒道理不趁交易時留下他們的把柄。

提供陪伴服務的女子全都住在公司為她們租賃的高級套房，陪伴服務雖然常以性行為作結，但不一定會在女子的住處進行。駱桑的新規定，就是在那些套房裡也裝設微型攝影錄頭，並且要求女子盡量讓客戶在不知情的狀況下把客戶留在套房裡，對著鏡頭寬衣解帶。

套房分布在這城各處，不像汽車旅館的房間那樣方便集中管理；幸好科技幫了大忙，微型攝影鏡頭容易隱藏，長效電池讓設備毋需連結電源，拍到的影像還能直接傳到套房裡的儲存裝置。事先設定密碼，那些女子就無法使用儲存裝置，只要不透過網路傳輸、派個信得過的手下定期回收檔案，那些好東西就不會莫名其妙成為情色論壇上供人下載的免費資源，而會成為駱桑將來用得上的把柄。

要求每個女子遵行新規定的任務由馬達翰執行，駱桑認為馬達翰做得很妥當。但過了一段時間，駱桑發現，徐霏霏的影像檔案裡完全沒有激情場面。

客戶倘若不願在套房裡脫褲子，或者和女子在其他地方一時來了興致，當然就無法強求；但新老闆駱桑已經提出要求，馬達翰也會注意狀況，加上那些客戶要求的名為陪伴實為洩欲，所以駱桑到手的把柄大多令他滿意，除了徐霏霏之外。

駱桑不知道馬達翰和徐霏霏是舊識，但他知道馬達翰沒有強求徐霏霏肯定另有因由。他認為這因由很明顯——馬達翰喜歡徐霏霏。

這是可以控制馬達翰的另一個把柄。

徐霏霏本來就認為套房是屬於自己的空間，原初就會避免與客戶在套房裡進行性交易，況且她一點也不想成為色情影片的主角，是故新規定頒布之後，她都在其他地方處理這事；馬達翰明白她的想法，並沒有強迫她聽話。

接到直接來自駱桑的指示，要徐霏霏錄下與馬達翰交歡的過程時，徐霏霏不明白駱桑的用意，但想到一個她從沒想到的主意：馬達翰是警察，倘若錄下他和自己裸裎交纏的畫面，未來或許能夠用來自保。

微型鏡頭和儲存裝置都掌控在駱桑手裡，不過徐霏霏有筆記型電腦。

筆記型電腦的螢幕上方，就有攝影鏡頭。

10.

「我看過你和霏霏的影片。」雷損道：「馬達，你動作滿誇張的，以為自己在打架嗎？還是因為你不能那樣對待小秋，所以對別的女人就特別用力？你以為要這樣才算男子漢嗎？」

「哪有別的女人？我也沒和霏霏怎麼樣。」馬達翰道：「你的性幻想主角是我和霏霏？阿損，我不知道你這麼變態。真有那種影片的話，你拿來給我看看。」

「變態？」雷損搖搖頭，「霏霏、阿穀和清湯都是你的朋友，你對他們做了什麼？你做的事才叫變態。喔，不對，你那叫蠢。你根本沒必要那麼做。」

週六徐霏霏約白文禾吃晚飯之前，先打了電話給馬達翰。她希望在與白文禾見面的時候，已經把該解決的事全部解決。

馬達翰到徐霏霏住處的時候，徐霏霏正在塗抹乳液。她讓馬達翰進門，告訴馬達翰，自己決定結束目前的工作，把大學畢業後近十年的人生從生命裡切割出去，埋葬在腦海深處，一輩子不要再回憶。

徐霏霏認為自己只是整個產業末端的工作者，離開理應無足輕重，但馬達翰認為自己先前替徐霏霏承擔了來自駱桑的壓力，假若放任徐霏霏說走就走，就會顯得自己辦事不力，有損在組織裡的威信。徐霏霏說馬達翰身為警務人員，根本就不該窩在黑幫裡自以為是老大，馬達翰說駱桑的企業是正派經營，沒有任何違法紀錄，徐霏霏反脣相譏說他自欺欺人。

自欺欺人？一個靠張開大腿賺錢的女人說我自欺欺人？明明在做雞卻說自己提供陪伴服務才叫自欺欺人啦！妳這婊子知不知道我對妳多客氣？——馬達翰心底湧出火氣。

徐霏霏還沒講完，馬達翰出手了。

但徐霏霏沒有停。她說馬達翰在警界的績效全是黑幫賞賜的，她說馬達翰自認是駱桑的合作夥伴其實兩人都只是王慶旭的跟班，她還說馬達翰小時候一定曾經被王慶陽打得很慘否則身為打架王怎麼會讓王慶陽有那麼囂張的名聲。

所以馬達翰也沒有停。

待到徐霏霏沉默了很久，馬達翰才發覺自己箍在徐霏霏頸項上的雙手太用力、壓制時間太長。

馬達翰俯身，確認徐霏霏已經停止呼吸。他直起身子，等待驚慌湧上心頭——雖說這幾年替駱桑工作時遇過幾回臨時出現屍體的狀況，不過組織裡專門負責處理這類任務的人員，打個電話給駱桑就可以解決，並不麻煩——但畢竟躺在眼前的是徐霏霏，自己理應慌亂。

可是他沒有等到驚慌。他等到的情緒其實是愉快。一種終於結束某種麻煩的愉快。當年他拿石塊猛砸王慶陽之後，也有相同感覺。

徐霏霏首次參加聚會之後隔天，馬達翰質問過她出席的原因。徐霏霏說自己也想和老同學聚聚，只要馬達翰不戳破她的偽裝，她就會替馬達翰保守祕密。馬達翰嘴上答應，心裡不大痛快，他認為自己有資格控制徐霏霏，但徐霏霏沒資格控制他，那時他剛開始和柳亦秋交往不久，更擔心徐霏霏會不小心漏了口風。

現在沒事了，我早該這麼做，顧念什麼從前的交情呢？搞得我每次聚會都很緊張，對駱桑也不好交待——馬達翰點點頭，接著想起扼住徐霏霏的脖子之前，徐霏霏說她握有證據。

就像王慶陽手裡抓著的玉珮。

證據？什麼證據？可以指認我和駱桑有關的證據？當年我跑進派出所是個錯誤決定，幸好運勢夠強、安然過關；這回要真有什麼證據，我得自己找出來。馬達翰起身，翻尋套房，在筆記型電腦裡找到徐霏霏錄下的影片。

那回那麼主動，原來是要錄這個？這除了證明我和她上過一次床，還能證明什麼？馬達翰看著影片，覺得自己表現得相當勇猛，又看了一會兒，按鍵刪除檔案——雖然小秋不可能會看到這個，但還是小心一點。

證據消失，麻煩結束。不該再扯出新的麻煩。

馬達翰找出幾個微型攝影鏡頭、收回儲存裝置，搜出徐霏霏工作時使用的手機——公司裡的工作人員聯絡業務時都用預付卡門號，不會用自己的手機，徐霏霏如此，馬達翰也是如此——再巡了一遍套房，搜刮現金和存摺，連幾個首飾盒都一一打開確認。

能把徐霏霏和公司連結起來的東西全都放在桌上了，外加一條銀質項鍊——馬達翰認為很適合柳亦秋。

接下來該聯絡駱桑找人來處理。不對；馬達翰浮起微笑：這事連駱桑都沒必要知道，弄得像她倒楣遇上小偷就好。

所以接下來該做的，是布置現場。

馬達翰先把套房裡自己碰過的地方都擦過一輪，再拉著徐霏霏的手在門把、桌面、餐具以及化妝品瓶罐等處印上指紋，然後在手掌上裹了一層毛巾，開始翻箱倒櫃——這麼做事不大靈活，不過反正翻箱倒櫃不需要什麼細膩的動作。

「翻亂現場、想偽裝成入室行竊的時候，你摔破一瓶香水；」雷損道：「小秋那晚才會聞到你身上有香水味。」

「香水味？小秋告訴你的？什麼時候講的？」

「我昨天拜訪了霏霏的轄區分局，和負責的刑警聊了一下，也談到阿穀已經死了。」雷損沒有理會馬達翰的問題，「他不知道阿穀出事，聽到的時候認為阿穀可能是畏罪自殺——我不怪他，因為他說阿穀提及霏霏和情色產業有關，但現場找不到任何證據，所以他認為阿穀可能說謊，但認為瞞不過警方之後決定自我了斷。你清理得很澈底，我有點驚訝，你不是這麼細心的人。其實想想也沒什麼好驚訝的，你本來就熟悉警方的辦案流程，知道他們會查什麼地方。不過刑警說他們已經在清查監視器畫面，這個你沒辦法處理，他們會發現你在案發的前後進出那棟大樓，到過霏霏的套房樓層。」

「就算我去找過霏霏，也不能證明什麼！」

「雖然清得很澈底，但你真的不夠細心。」雷損道：「現場其實有兩個疑點。」

十 我從前認識的某個人

我猜我根本不需要那些，
你現在只是我從前認識的某個人

——Gotye〈Somebody That I Used To Know〉

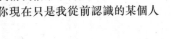

01.

第一個疑點是門鎖。

「你是霏霏工作上沒有掛名的實質主管，有霏霏家的鑰匙。霏霏的鑰匙還在現場，她遇害後不可能自己鎖門，所以門是你離開時鎖的。」雷損道：「這個疑點沒牽連到你，如果確定霏霏與情色產業有關，就會想到幕後組織應該也持有鑰匙；但刑警不知道你和霏霏的關係，倒是因此懷疑阿穀。」

第二個疑點是冷氣——白文禾被刑警詛到分局偵訊時曾經差一點想到這件事。

「你離開之前把套房裡的冷氣打開，溫度調得很低。現在冬天還沒過，霏霏不會在家裡開冷氣，更不會調低溫度。」雷損道：「你希望霏霏的屍體不要太快被發現。霏霏住的高級套房隔音很好，你們衝突和你弄亂現場的聲音沒人注意。你大概知道霏霏的生活習慣，認為不會太常有人去找她；再鎖上門，就不會有人誤闖，即使霏霏有熟客不請自來也進不去，客戶透過公司想聯絡霏霏的話，你可以想辦法拖延。等到真的有人察覺不對、驚動警方，低溫就會讓警方無法判斷準確的死亡時間。」

馬達翰看著雷損，表情難以解讀。

「第一個疑點誤導了警方，第二個疑點沒引起注意，你運氣不錯。」雷損道：「但你沒想到霏霏那天晚上約了阿穀。」

強運之人的運氣的確不錯——倘若馬達翰當時決定留在現場處理屍體，或者想等到入夜再搬運屍體，又或者請駱桑另派專業人士到場處理，都可能會因此遇上到訪的白文禾，白文禾等在樓下的那半個小時，或許就會撞見馬達翰從大樓裡走出來。

但馬達翰的運氣也沒有他自以為的那麼好。

徐霏霏住的大樓不在馬達翰的轄區，他想知道徐霏霏的屍體什麼時候被發現、偵辦進度如何，就得時時向那個轄區分局打探消息。太常打電話去問顯得不大對勁，馬達翰準備了幾個理由，沒想到隔天下午打第一通電話，就聽說已經有人報案，他問了時間，發現自己布置半天，結果前腳剛走沒多久，現場就已經被人闖入，再問細節，驚訝地得知報案的人居然是白文禾。

馬達翰一時有點後悔春酒聚會時慫恿白文禾正式追求徐霏霏——難道白文禾真的出乎意料地行動了？

「你去找負責的刑警了解狀況，明白他把阿穀當成嫌犯，這對你來說是件好事；你同時注意到另一件事：阿穀知道霏霏做的是什麼工作。」雷損道：「這表示阿穀已經查出來，或者霏霏把自己的過去告訴阿穀，說不定把你攪和在裡頭的事也說出去了——你們兩個在聚會時互相牽制，但既然阿穀已經知道她的事，她就沒必要替你隱瞞。而且你會想到，阿穀去找霏霏，代表他們私下其實有來往，如果霏霏有什麼你沒找到的證據，就可能在阿穀手上。所以，你必須搞清楚阿穀知道多少事情。」

馬達翰從徐霏霏的套房拿走項鍊，原初打算等有機會轉送給柳亦秋當禮物。

週六離開徐霏霏的套房之後，馬達翰回到分局處理日常雜務——把現場布置成入室行竊發生意外的另一個好處，是馬達翰不需要先向駱桑報告他殺了徐霏霏。

可以替組織掙錢的商品需要管理，也需要保護，殺了徐霏霏對組織而言是個損失，即使駱桑不至於因此怪罪馬達翰，多少也會影響駱桑對他工作能力的評價；而且讓駱桑知道馬達翰殺了人，就給了駱桑把柄，要駱桑派人處理，就欠了駱桑人情。布置了現場，只要等待屍體被人發現就好，馬達翰完全不會和這件事扯上關係。

那個時候，項鍊被收在馬達翰的抽屜裡。

下手時很憤怒，布置時很冷靜，但馬達翰總覺得下腹有股燥熱無法平息，彷彿某種欲望被挑起卻無法發洩。

要發洩欲望，馬達翰有個最習慣也最有效的做法。

當天晚上，他聯絡了幾個旗下女子，但不是有客戶就是剛好遇著生理期。馬達翰失去耐性，下班就急匆匆地去找柳亦秋。當晚他覺得很盡興，隔天才察覺柳亦秋的心情不對，左思右想，想到情人節沒送禮物的事。

手邊就有現成的禮物，這事不難處理。不過馬達翰週日下午就探聽到徐霏霏屍體已被發現，而且徐霏霏口中的證據可能在白文禾手裡，這事得先解決。

既然知道徐霏霏的狀況，不告訴其他友伴就不大自然。馬達翰打了電話，得知白文禾已經把事情告訴湯日清，還沒通知其他人。馬達翰對柳亦秋說會先去找白文禾聊聊再去找她，原意是要柳亦秋別太早睡，等著他去送禮，但話一出口就自覺失策。他找白文禾的主因是為了確認究竟有沒有證據，如果沒有，那就是徐霏霏為了討饒說的謊，如果有，他就得視情況對付白文禾；無論如何，他都不該讓任何人知道自己要去找白文禾。

話都說了，後續只能隨機應變。

02.

「昨天離開分局後，我到阿穀的事務所走了一趟，問出阿穀聯絡霏霏的原因，得知阿穀詢問了幾家徵信社。阿穀不可能直接質問霏霏，霏霏瞞了大家這麼久，也不大可能突然就說實話。」雷損道：「阿穀沒有什麼和你有關的證據，他不知道你和霏霏的關係，我認為他連霏霏的工作內容都只是推測。但你還是趁他喝醉時吊死他。」

「越講越離譜。」馬達翰皺著眉道：「原來你才該去寫小說，不是清湯。」

「我們待會兒再講清湯。」雷損靜靜地說：「你希望拖延霏霏被發現的時間，但希望阿穀早點被發現，這樣比較符合他因為一時衝動所以自我了斷的想像。不過你不知道阿穀和清湯約好週二晚上碰面。」

週日晚上，馬達翰帶著酒和食物去找白文禾；白文禾把頭擱在馬通邊緣醉倒之前，提到徐霏霏留了證據。

所以霏霏真的把某個證據交給阿穀；馬達翰心想：那是什麼？霏霏對阿穀說了多少？學長提過阿穀可能會委託徵信社、甚至自己調查，那他查出多少？馬達翰不認為徵信社能從徐霏霏所屬的公司挖出什麼內幕，那裡的顧客層級太高，王慶旭替公司規劃的門面又掩飾得太好；但駱桑的產業就可能被找出漏洞，況且王慶旭死後，幾支勢力的爭鬥雖然暫告平息，彼此之間仍有嫌隙，檯面上把酒言歡互稱兄弟，檯面下誰看誰都不順眼，倘若徵信社調查駱桑的風聲傳了出去，難保不會有人抓準機會捅上一刀。

馬達翰關上窗戶，沒理會睡在廁所的白文禾，先搜他的書桌，再搜他的書櫃。

白文禾的東西收得整齊，理論上不難搜索，但馬達翰找了一陣，找不到什麼看起來像是證據的東西。白文禾的筆記型電腦擺在書桌上，螢幕上輪流播著幾張照片，背景全是雷損家的客廳，有的是聚會時六個人的合照，有的是徐霏霏的獨照，獨照裡的徐霏霏都沒看鏡頭，應該是白文禾趁徐霏霏沒注意時拍下的。

阿穀這傢伙不敢明說要追霏霏，結果偷拍照片？——雖然那些獨照裡沒有刻意窺探領口或裙底的角度，但馬達翰認為白文禾八成也拍了那類照片，只是沒有選進螢幕保護程式；他不屑地搖搖頭，在心裡哼了幾聲：沒種啊，阿穀，你真沒種。

移動滑鼠，筆記型電腦的螢幕亮起；這是白文禾自用的電腦，開機登入需要密碼，喚醒螢幕不需要。馬達翰打開幾個資料夾，全是與事務所有關的文件，沒看到其他東西。

「你在幹嘛？」白文禾的聲音從背後傳來，馬達翰暗吃一驚，轉頭一看，白文禾已經坐回原位，拿起酒杯，「電腦裡沒什麼好看的啦。」

「阿穀，」馬達翰問：「你剛說霏霏留了證據？那是什麼？」

「對，證據……」白文禾喝乾杯子，又倒了半杯，「霏霏……霏霏死了啊……」

「呃，」馬達翰剛開口，白文禾已經趴在桌上哭了起來。馬達翰又問了幾句，白文禾沒有理會，越哭越大聲。

馬達翰覺得煩了。

沒找到不代表不存在，也不知道你有沒有看過那個證據的內容；不，肯定還沒看過，否則你如果知道我上過霏霏，還會和我喝酒嗎？問題是除了那段影片，霏霏還有沒有給你什麼東西？學長說你應該已經有了調查的方向，你腦子很好，會不會真的查到我身上？現在這樣什麼都問不出來，放著不管誰知道你清醒後會拿什麼東西指證我——馬達翰皺眉瞪著白文禾的背：現在喊「霏霏」哭得這麼醜有什麼用？想要不早點行動，你長了根老二是要做什麼的？

白文禾的哭聲漸弱，喃喃喚著徐霏霏的名字。

馬達翰明白，為免未來另生枝節，事情得在當下解決。

而且，他最看不起哭泣的男人了。

「霏霏的事還可以說是你失手造成的無心之過，阿穀的事你就沒別的理由開脫了。」雷損道：「還是你覺得你算是幫了阿穀一把？幫他結束痛苦？送他去找霏霏？」

馬達翰的確這麼解釋過自己的行為。但他現在不可能承認。

「你不知道證據到底是什麼，所以無從推測阿穀知道多少。你可能想過，如果阿穀看過證據，應該不會讓你進門、放心和你喝酒；不過你可能也會想到，就算證據指出你涉及情色產業，也不會指出你就是殺害霏霏的凶手，那就只表示你是個操行有問題的警察，阿穀把你當成朋友，一定會想先和你談談。」雷損道：「事實上，阿穀根本沒拿到什麼證據。他把你當成朋友，以為你是因為關心才去找他的，結果害死自己。」

03.

湯日清對白文禾會自我了斷其實有點存疑。

因為白文禾和他約好了要見面，而白文禾一向是個信守承諾的人。

但湯日清也不是不能理解白文禾的決定。

因為這決定與徐霏霏有關，而湯日清明白徐霏霏在白文禾心中的分量。

是故，湯日清在週二與柳亦秋共進午餐、聽說馬達翰週日晚上找過白文禾的時候，並沒有把馬達翰的到訪和白文禾的死亡聯想在一起。

他和白文禾一樣，把馬達翰視為朋友。

「你沒在阿穀那裡找到什麼，原因是阿穀並沒有從霏霏手上拿到證據，但這不代表霏霏說有證據是個謊話——只是她沒把東西託給阿穀。」雷損道：「你大概忘了，霏霏第一次參加聚會的時候說過什麼。」

徐霏霏首次出席聚會時提過，自己和湯日清在路上偶遇，因而得知聚會的訊息；湯日清附和了這個說法，說自己沒有先講，是想看看大家驚喜的表情。

「看你的表情就知道我猜的沒錯，你不記得霏霏是清湯邀來的。那回霏霏和清湯都沒講實話——他們並不是恰巧遇上，清湯早就知道霏霏的工作，但瞞著我們、沒說他見過霏霏，原因是他不確定霏霏會不會出席聚會。」雷損道：「我昨天下午得知清湯可能有危險，去找他時已經晚了一步，我想你週三晚上就下手了。那時我以為你在阿穀那裡沒找到證據，會想到他和清湯最熟，接著就得去查查證據是否在清湯手上。但是剛和你聊了一下，發現你找清湯另有理由，你不希望清湯糾纏小秋，打算和他說清楚，也想探探清湯的口風，看看警察對王慶陽的死究竟知道什麼。」

「我管王慶陽幹嘛？」馬達翰開口，覺得自己的聲音很遙遠，「那塊玉珮和我沒關係！」

「是嗎？我沒看過王慶陽手裡的玉珮，不能確定，但清湯看過照片，他不會認錯，否則他就沒必要把這件事告訴小秋。」

「清湯想追小秋，所以耍小手段陰我！」

「我不能否認清湯耍小手段，但我指的是他在聚會時提神經仔這件事。他沒明講王慶陽的事，拐彎抹角地講了大家都記得的神經仔，為的就是觀察你的反應。你那時有沒有聯想到王慶陽？我不知道；也許沒有，就算有，你也掩飾得很好，因為清湯不認為你的反應和我們有什麼不同。但他放心不下，告訴小秋，除了想解釋自己提神經仔的原因之外，也想讓小秋向你問清楚。」雷損長長地嘆了口氣，「馬達，我們把你當成朋友，包括清湯在內。他再怎麼喜歡小秋，也沒想過要暗中搞你。你不要汙辱這份友情。」

「你講這些還說什麼把我當朋友？」馬達翰也嘆了口氣，「現在是怎樣？你要說我不只殺了朋友，連王慶陽都是我幹掉的是不是？」

「王慶陽是你殺的。」

「真的？什麼時候？」

「小學六年級。」

「阿損，我老實跟你說；」馬達翰道：「我小時候雖然號稱打架王、打架從沒輸過，但我打不過王慶陽。我曾經為了替永涵出氣去找過王慶陽，但是被他痛扁一頓，幾乎沒辦法還手。這件事很丟臉，我一直沒有告訴別人。」

「你有沒有為了永涵和王慶陽打過，我不知道——你那時找人打架需要理由嗎？」雷損道：「不過我相信你被王慶陽揍過，因為你殺他的時候，看起來分明是在報仇。」

馬達翰先是驚訝，再是疑惑，然後迅速恢復冷靜。

迅速恢復冷靜是把事情做好的關鍵。尤其是在這種時候。

每個現場他都自認處理得很好。徐霏霏的事是個意外，他幫了徐霏霏那麼多忙，徐霏霏卻不知感激，身為他管理的商品，居然反過來成為他在友伴面前的不定時炸彈，這一點道理也沒有。開冷氣和鎖上門是正確決定，要不是白文禾晚上跑來，這兩件事就不會變成什麼疑點。

白文禾的事做得乾淨俐落。馬達翰認為自己一勞永逸地解決了隱憂，同時幫白文禾做出為愛犧牲的大膽決定，讓他在人生的最後展現男子氣概。除了柳亦秋之外，沒人知道他去找過白文禾，馬達翰連自己帶去的酒和食物都清理帶走了，現場沒留任何和他有關的東西，警方也已判定白文禾死於自殺。

湯日清的現場雷損已經發現了？湯日清的門鎖是簡單的喇叭鎖，馬達翰離開時上了鎖，雷損是怎麼進去的？阿損發現屍體之後沒有報警，這事很奇怪；阿損說我殺了王慶陽，這事更奇怪——馬達翰從未忘記當年在廁所裡發生的事，他很清楚，那時周圍都沒有人。

雖然剛才酒喝得太快，但馬達翰的神智還很清醒。既然雷損現在滔滔不絕，馬達翰決定先聽聽雷損到底知道多少事，再看看該怎麼收拾。

畢竟，自己以為殺了白文禾就不需要再擔心什麼證據、卻真的在湯日清住處看到證據時，馬達翰可是吃了一驚。

沒想到殺了清湯，麻煩還沒結束；馬達翰心忖：阿損這裡必須是個終點。

04.

直到前天，週三下午，湯日清才對馬達翰起了疑心。

徐霏霏不知道湯日清的住址，但知道湯日清在哪家旅行社上班。她本來想打個電話問問湯日清，後來又覺得沒必要這麼麻煩，反正寄到旅行社也一樣。倘若先找湯日清要住址，湯日清不免會問徐霏霏要寄什麼給他，而徐霏霏不想在電話裡多做解釋。那時她覺得人生煥然一新，心情很好，把證據寄給湯日清為的是求個心安、買個保險。

身為情色產業的末端工作者，徐霏霏對組織內部的狀況了解有限——她知道王慶旭身亡、駱桑成了新老闆，自己的工作內容沒什麼變化，但得在微型鏡頭前表演；她知道公司的客戶名單當中有些人物來頭不小，有些人後臺很硬，這些人當中有些曾經指名要她服務，有些算是她的常客——但她知道的大概也就這麼多。徐霏霏沒有能夠一爆料就動搖政壇的內幕，沒有一公開就會震撼股市的資料，也沒有一揭露就能讓檢調單位將整個情色供應鏈掀翻的真憑實據，顧客們在她面前多少會提到政界或商場的暗盤交易，但徐霏霏難以確定那是事實還是吹噓，一如他們總愛在女性面前誇耀自己的性能力。無論是王慶旭還是駱桑，都沒讓基層工作者有機會觸及管理層面的事務，她們是他們的商品，負責的是把自己賣掉、讓買下自己的顧客滿意，經營結構和銷售網路之類商業策略，她們沒必要知道、沒資格知道，也不應該知道。

徐霏霏唯一能掌握的，就是馬達翰。

某個方面來說，徐霏霏仍然認為馬達翰是自己的朋友，也認為馬達翰把自己當成朋友。駱桑的新規定頒布之後，徐霏霏打從心裡覺得反感。王慶旭不會做這種要求，一方面是王慶旭會讓人知道，照他的建議做是最好的選擇，另一方面是王慶旭也會讓人感覺，違逆他的指示就會招來不想面對的後果。駱桑的新規定不但踹開了王慶旭用來粉飾工作實質情況的偽裝，還把交易內容往下拉了幾個等級——誰知道駱桑會拿那些偷拍影片做什麼？

所以徐霏霏雖然無法拒絕在套房裡裝設微型鏡頭的命令，但從沒按規定讓那些顧客出現在錄影畫面裡。

而馬達翰沒有對此表示過意見。徐霏霏知道馬達翰在這件事上頭護著她。徐霏霏認為正因如此，駱桑才會要求她拍下與馬達翰交歡的影片——駱桑必須確認徐霏霏仍是個聽話的工作者，沒拍到該拍的，只是因為那些客戶偏好在其他地方辦事。

徐霏霏了解馬達翰。馬達翰極度在意男子氣概，愛面子、重形象，處處都得顯出「我是男子漢」的姿態。這樣的人可以為了滿足某些欲望涉入髒事，但不會想讓別人發現自己的手腳不乾淨。徐霏霏也看出馬達翰和柳亦秋正在交往，所以馬達翰絕對不會讓柳亦秋知道自己和徐霏霏發生過關係。

況且，馬達翰還有警職。與情色產業有染的事實一旦被揭發，對他的職業生涯有害無利。

週六近午，徐霏霏在筆記型電腦裡開了個文件檔，寫下自己約了馬達翰見面，稍晚會聯絡白文禾，接著將馬達翰在駱桑情色產業中扮演的角色、參與的業務，就她所知的範圍盡量詳細記錄，存進隨身碟，再把自己和馬達翰的影片檔也備份進去。她找了一張小紙片，寫下「清湯，隨身碟裡有重要資料，請先代為保管，不要偷看。霏霏」，然後把隨身碟和紙片用氣泡袋裝好，出門交寄快遞。

倘若沒有必要，徐霏霏不希望湯日清看隨身碟的內容，尤其是影片檔。徐霏霏信得過湯日清——湯日清知道她的工作，但從沒告訴其他友伴，也從未看輕她。

這份證據只對馬達翰有嚇阻作用。徐霏霏週六下午打算向馬達翰提出脫離組織的要求，她認為馬達翰會像從前一樣幫她；要是真的說僵了，她就會說已經把證據交給信得過的人，逼迫馬達翰合作。

在紙片的最後，徐霏霏寫道：「p.s. 如果我出了什麼事，隨身碟裡的人就是凶手。」這只是句玩笑話，徐霏霏不認為馬達翰會傷害自己。

可惜她沒有自己以為的那麼了解馬達翰。

對湯日清而言，徐霏霏的那句話不是開玩笑——他收到包裹時，徐霏霏已經死了。

他看了隨身碟裡的兩個檔案，雖然不願相信，但仍做出馬達翰可能殺害徐霏霏的推論。

接著，湯日清想起一件事，那件他站在封鎖線外張望白文禾住處時覺得古怪的事。

他找出負責白文禾案件的刑警電話。

05.

「清湯覺得怪，是因為阿穀的住處太整齊。他知道你帶酒和食物去找過阿穀，而你不是個會自己收拾餐桌的人。假如阿穀半醉半醒時決定自殺，酒瓶剩菜就應該還在桌上。」雷損道：「清湯打電話問了刑警，確認現場沒有那類東西，所以不是他看漏了。那些東西是你帶走的，因為你想讓阿穀看起來是獨自一人時上吊，不想讓警方知道有人找過他、循線追查。」

八成是小秋告訴清湯的；馬達翰心中懊惱：她和清湯到底多常背著我私下聯絡？女人真會

製造麻煩！

「發現這件事，清湯自然也想到阿穀可能是你下的手。」雷損道：「然後你出現了。你去找清湯本來是為了小秋，但是卻看見了霏霏寄給清湯的包裹，包裹和紙片就擺在進門的起居室桌面。誤打誤撞啊，馬達，你的運氣真不錯，只是清湯的運氣就不好了。」

週三晚上，湯日清在筆記型電腦上將自己紊亂的想法理順，皺眉盯著螢幕時，門鈴響起，他沒有聽見。

門鈴沒響太久。隔了一會兒，湯日清的思緒回到現實。他想上廁所。

蓋上筆記型電腦，起身如廁；從廁所出來的時候，湯日清嚇了一跳。

馬達翰站在起居室中間，手裡拿著徐霏霏寄來的紙片。

「你怎麼進來的？」湯日清問。

「我按過門鈴，你沒聽見？」馬達翰道：「我明明聽見裡頭有聲音，但沒人應門，還以為是小秋來找你、你們正在忙，所以就自己開門了。你那個喇叭鎖沒什麼用，下回忘了帶鑰匙不用找鎖匠，找我就好。」

「小秋怎麼會來找我？」湯日清瞪著馬達翰，「不管我在不在，你都不能自己進來。」

「清湯，別那麼見外；我們是朋友啊！」馬達翰揚揚手上的紙片，「什麼隨身碟？插在你電腦上的那個？你看過了？」

「馬達，」湯日清移動腳步擋在書桌前面，遮住筆記型電腦，「霏霏說的是真的嗎？」

「我怎麼知道她和你說了什麼？」

「你和黑道掛勾？」

「沒有，胡說八道。」

「但是你和霏霏上過床。我知道你和小秋在交往。」

「你知道？那你還想追小秋？」馬達翰皺眉看著湯日清，「別否認哦，我都看在眼裡，而且你還惡意中傷我，把我和王慶陽扯在一起。」

「惡意中傷？我只是認為小秋既然和你交往，就有權知道真相。」

「真相我告訴她啦，我的玉珮早就不知道丟到哪裡去了，而且就算王慶陽手裡真的握著一塊玉珮，也不能證明那就是我的；就算那是我的，我也和他的死沒有關係。」

「別轉移話題；」湯日清扶著桌角，「我在問你和霏霏的事。」

「那是我和小秋交往之前的事了，講那個幹嘛？」

「你怎麼會遇到霏霏？」

「剛好碰到的，聊聊天，感覺對了所以就進了汽車旅館。霏霏很開放的。」

「那我們開始聚會之後，你為什麼沒把霏霏找來？」

「我們那個是一夜情，我沒有她的聯絡方式。」

「是嗎？」湯日清搖頭，「不對，你們不是街上巧遇，然後一起去汽車旅館。影片裡是她的房間。你有她的住址，又是警察，真要聯絡她一點都不難。」

「你怎麼知道那是她的房間？你也和霏霏搞過？」

「沒有。霏霏不是那種人。」

「哦？你不知道霏霏在做雞？」

「所以你知道霏霏的工作。」湯日清瞇起眼睛，「我知道這件事，但從沒說出去，連阿穀我都沒講。霏霏不可能自己告訴你，你是怎麼知道的？」

「好吧，那天我和她不是剛好遇到，是我叫小姐時發現是她。」馬達翰心裡譙了一串髒話，「所以我才沒有叫她來聚會，這樣明白了嗎？我們大家都是清清白白的正派人士，怎麼能叫她來？」

「霏霏是我們的朋友，不管她做哪一行，你和我都不比她高尚。」湯日清道：「別忘了你從黑道裡拿到的好處是她賺來的。你覺得她的工作不入流，那白拿錢的你又算什麼？」

「講話乾淨點，清湯，」馬達翰瞥了一眼包裹旁邊的拆信刀，語氣轉冷，「我說過我和黑道沒關係，不要讓我再講一遍。我的耐性有限。」

「是誰講話不乾淨？」湯日清道：「馬達，霏霏蒐集的證據，已經足以讓你在警界混不下去，小秋不會想和你繼續交往；而且從她的證據裡，我可以很有把握地說，霏霏和阿穀都是你殺的。」

「把隨身碟給我！」

「不可能。」

「這由不得你。」

「你不覺得很奇怪嗎？」雷損問：「清湯為什麼會那麼說？」

哪裡奇怪？不就是因為清湯發現我做了什麼？馬達翰盯著雷損，突然想通了雷損的問題。

「想明白了？」雷損點點頭，「你被清湯擺了一道。」

06.

馬達翰不確定徐霏霏究竟寄了什麼證據給湯日清——肯定有他和徐霏霏的影片，因為湯日清知道這事，但從湯日清說的話表示還有更多對他不利的東西。

殺了湯日清之後，馬達翰重施故技布置現場，鎖了門，認為這回不會再有人突然到訪。他相信柳亦秋不會到湯日清的住處，而雷損會工作到凌晨。湯日清的筆記型電腦設了喚醒密碼，馬達翰把筆記型電腦、隨身碟和徐霏霏的快遞包裹帶走，順便搜刮了住處的現金；既然要布置成入室行竊，就得做得澈底一點。

回到自己住處，馬達翰發現隨身碟是空的，知道湯日清已經把檔案移到筆記型電腦裡。他懶得思考怎麼破解密碼，直接把筆記型電腦砸了，以為麻煩終於到此為止。

倘若那時仔細想想，馬達翰應該會明白，徐霏霏不大可能掌握什麼組織內幕——王慶旭和駱桑都不會向基層工作者透露管理階層的運作內容，徐霏霏對組織的事也一向沒有興趣打探。

所以，所謂「證據」，最有可能只和馬達翰有關，亦即湯日清口中「和黑道掛勾」這件事。但那只會是徐霏霏的片面之詞，沒有真憑實據。

也就是說，即使湯日清從徐霏霏的說詞裡認定馬達翰與黑幫有關、因故殺了徐霏霏，再怎麼看就是個推論，毫無實證；只因他找過白文禾就說他殺了白文禾，聽起來幾乎等於瞎猜。倘若馬達翰矢口否認，湯日清就算把隨身碟的內容交給警方，大概也不會有哪個警察會認真調查馬達翰有否涉案。

再者，倘若湯日清真的有任何實質證據可以證明馬達翰與兩樁案件有關，那麼湯日清就該知道自己單獨面對馬達翰十分不妥；最好的應對方式，是顧左右而言他、設法蒙混過去，不是讓馬達翰知道他已經查出真相。

是故，湯日清是刻意刺激馬達翰的。

倘若馬達翰並未殺人，即使被湯日清的說詞惹惱，湯日清也不會有生命危險；徐霏霏留下的東西只能證明馬達翰和徐霏霏發生過肉體關係，連要指稱馬達翰涉入黑幫經營都太過薄弱。但是，倘若馬達翰當真殺了徐霏霏和白文禾，在無法確定湯日清是否真的握有堅實證據的情況下，就可能選擇乾脆將湯日清滅口。

真動起手來，湯日清不認為自己贏得了馬達翰，但他知道會有別人看到徐霏霏留下的證據和他整理的想法。

湯日清希望馬達翰沒有殺掉朋友。他希望一切只是他的病中妄想，靠著一個文字檔、一段影片和消失的酒瓶剩菜編造的小說情節。他希望徐霏霏寫的全是假話。但他也知道徐霏霏沒必要說這種謊。

而馬達翰證明了徐霏霏的確沒有說謊。

「你知道我看過影片，所以你接下來會想的是：為什麼霏霏的檔案會在我手上？清湯寄給我的？」雷損看透了馬達翰的思路，「不，清湯沒有寄給我任何東西，事實上，清湯沒有寄東西給任何人。」

「阿損，」既然缺乏實證，表示雷損也只是推測，那就還有轉機；馬達翰道：「我的確和霏霏上過床，只有這樣而已。我不知道霏霏寫了什麼，那都不是真的，我可以解釋。」

「現在才想清楚證據的事，實在太晚了。」雷損道：「馬達，如果你肯先動動腦筋，就知道你沒必要殺清湯，沒必要殺阿穀，也沒必要殺霏霏。你就是想保有在組織裡的地位、想繼續當我們眼中的正義男子漢，才會一步錯，步步錯。說穿了，你想維持的是個假象，你早就不是你自己認識的那個人了。」

沒有實證，就沒必要殺阿損；但阿損明知沒有實證，為什麼還說得胸有成竹？難道他還知道什麼？我得準備一下——馬達翰暗暗鼓動肌肉，突然發覺不對。

「喔，」雷損沒看漏馬達翰肩膀微微抽動，「你發現你不能動了。」

酒有問題！馬達翰的眼神難得出現驚恐，「阿損，你做了什麼？我是你朋友！」

「我也一直當你是朋友。」雷損站起身來，「否則你不會活到現在。」

馬達翰看著雷損走進臥室，過了會兒，背了一綑東西和一捲塑膠布回來，放在地板上。

「你會覺得奇怪：沒有實證，為什麼我說得那麼有把握？」雷損蹲下，解開那綑東西外頭的繩結，「其實你該更早覺得奇怪才對。推論出你行凶是一回事，把過程講得那麼清楚是另一回事。警方既然沒注意霏霏套房裡的冷氣溫度太低，既然認為阿穀是自殺的，既然還沒發現清湯遇害，你不好奇為什麼我能把細節講得那麼詳細嗎？或者，你不好奇為什麼我知道你殺了王慶陽嗎？」

那綑東西攤開。有刀有鋸。馬達翰睜大眼睛。

「我說過晚點還要工作對吧？這事我本來想在浴室做，比較方便。不過你塊頭大，我不大想扛你。」雷損抖開塑膠布，「這裡沒什麼鄰居，而且我裝了很好的隔音設備。待會兒會有點痛，你叫沒關係，哭也可以，我不會告訴別人你不夠男人。」

「阿損……」馬達翰開口，聽見摻在自己聲音裡的情緒。

那是馬達翰已經很久沒有真正感受到的恐懼。

「馬達，」雷損沒讓他說完，「或許你不相信，但我對你這個朋友真的仁至義盡。」

07.

週三晚上，湯日清收到徐霏霏的包裹之後，看了隨身碟裡的文字檔和影片——湯日清的筆記型電腦設定了自動備份，隨身碟插入後，檔案會複製到硬碟。

湯日清在筆記型電腦上整理了自己的想法，得出馬達翰殺害徐霏霏和白文禾的推論。他知道那些推論缺乏堅實的證據，但認為應該讓柳亦秋知情。事實上，馬達翰的玉珮出現在王慶陽屍體手裡這事，一直讓湯日清耿耿於懷——湯日清的父親剛在電話裡說過馬達翰小時候曾經到警局通報小學廁所裡倒了一個人，但警察到場後並未發現，認定馬達翰在惡作劇。湯日清認為馬達翰小時候只會避著警察，不會去找警察惡作劇；倘若倒在廁所那人是王慶陽，原因是與馬達翰衝突受傷，所以手裡抓著玉珮，而馬達翰擔心王慶陽被人發現後牽連到自己，所以主動報案，那就說得通了。

不過湯日清知道這是更加缺乏實證的猜測，況且他也無法解釋為什麼王慶陽會憑空消失，所以並沒有寫下這部分想法——雖然這部分想法增強了他對馬達翰的疑心。

湯日清寫完推論，想了想，圈選徐霏霏的兩個檔案和自己寫的推論，移進他和柳亦秋共享的雲端資料夾。他沒有直接聯絡柳亦秋，這事很難在電話裡講清楚，他希望柳亦秋先看過徐霏霏留下的檔案，再和他當面討論。

起身上廁所之前，湯日清刪掉了隨身碟裡的檔案。

他其實不大確定自己為什麼決定清空隨身碟，可能只是覺得要是不小心弄丟隨身碟，就會讓徐霏霏的影片外流；但上完廁所發現馬達翰出現在住處時，湯日清很慶幸自己清空了隨身碟——筆記型電腦有密碼，隨身碟是空的，即使馬達翰強搶電腦，也沒辦法馬上知道徐霏霏寄了什麼。湯日清只需要向馬達翰確認自己的推論，倘若真的發生他不想發生的情況，檔案也已經交給柳亦秋了。

柳亦秋週四近午才打開雲端資料夾。

週二晚上馬達翰向柳亦秋解釋了她的疑問，週三晚上馬達翰說有事沒來找她，柳亦秋心裡知道湯日清是為她著想，但多少有點怨怪湯日清用王慶陽的事多疊了一層對馬達翰的懷疑；加上湯日清週二中午不算告白的告白，讓柳亦秋不想馬上查看雲端資料夾的東西。直至近午，柳亦秋才想到湯日清會把東西存在雲端，理論上與寫作的點子有關，應該看看。

徐霏霏的紀錄和湯日清的推論讓柳亦秋大為驚駭。

柳亦秋拿起筆記型電腦躲進廁所，關了聲音點開影片檔。她不僅認出影片裡猛烈交纏的人體是馬達翰和徐霏霏，還認出徐霏霏戴在脖子上的項鍊。

馬達翰送給柳亦秋的項鍊。

這是怎麼回事？柳亦秋想起馬達翰說他聽到徐霏霏死亡的消息之後，曾經到過現場；馬達翰是那個時候順手牽羊帶走徐霏霏的項鍊、當晚轉手送給自己嗎？

不對。柳亦秋記起另一件事。

馬達翰聽說徐霏霏遇害是週日的事。那天他打了電話給柳亦秋，下班去找白文禾，半夜才到柳亦秋住處分析案情，最後拿出項鍊。

但是柳亦秋聞到馬達翰身上有徐霏霏的香水味，所以生了悶氣，那是週六晚上的事。

週二夜裡，馬達翰向柳亦秋解釋香水味是他和轄區刑警到徐霏霏陳屍的套房裡沾上的，那就該是週六。但週六晚上見面時，馬達翰沒提徐霏霏的事，他是週日才打電話通知柳亦秋的；在那通電話裡，他說自己「剛聽到消息」。馬達翰沒說實話。倘若他是週六去的，當晚不可能隻字不提，倘若他是週日去的，週六晚上就不會有香水味。也就是說，湯日清推論馬達翰殺害徐霏霏、將現場布置成入室行竊失手殺人的可能性很大——馬達翰在搗毀室內陳設時倘若打翻或打破香水瓶，就可能沾染香味。

柳亦秋初聽馬達翰解釋時還沒有意會到這個時間差——她隱約覺得有什麼不對，但還沒細想，就接到湯日清那通告知白文禾死訊的電話。柳亦秋在電話裡對湯日清說「心裡覺得很不對勁」時，其實想到的是藏在馬達翰解釋當中的疑點，可是湯日清以為柳亦秋因為乍聞白文禾的死訊所以心情慌亂，出言安慰，結果把柳亦秋的思路帶離了原來的方向。

馬達翰週日晚上去找白文禾，白文禾的屍體在週二傍晚被同事發現，湯日清在電話裡說過，事發已經超過一天，可能是週日晚上到週一凌晨發生的；此外，湯日清在檔案裡也指出，現場沒有酒瓶剩菜，而他和柳亦秋都很清楚，馬達翰不會自己收拾餐桌。

依此推算，馬達翰週日晚上殺害白文禾的可能性也很大。

等等；柳亦秋發現：清湯寄了這些給我，但也該打個電話和我談談，怎麼什麼都沒說？

柳亦秋撥了湯日清的手機。湯日清沒接。試了幾回之後，柳亦秋想起雷損。

08.

週四中午雷損到柳亦秋的公司把她接回自己住處，看了那三個檔案。柳亦秋把週日晚上馬達翰向她分析徐霏霏的案情，以及週二中午湯日清提到王慶陽的事都說了一遍。

柳亦秋講得很鎮定，但雷損知道她的心情很煩亂。

「小秋，先別急。」雷損道：「清湯的推論不是沒有道理，但他自己也寫了，這推論沒有實際證據。我會去查查，再判斷該怎麼做。」

「怎麼查？」

「最晚明天就能搞定，週六我會告訴妳結果。」雷損看著柳亦秋，「如果馬達這幾天找妳，妳可以和從前一樣正常地面對他嗎？」

「我不確定。」柳亦秋實話實說，「我大概會忍不住問他。」

「那不好。」倘若湯日清的推論為真，柳亦秋開口問就會有危險——雷損沒說這個，只道：「我先送妳回家拿些衣服，然後找家旅館住幾天。不要接他的電話，最好關掉手機。週六我會直接去接妳。」

「好。」柳亦秋明白雷損的顧慮——無論她待在家裡還是雷損住處，馬達翰都可能找來，

「你會找馬達嗎？」

「今天先查點事，明天找他談。」

「你要小心。」柳亦秋不想相信馬達翰是連殺兩名朋友的凶手，但馬達翰對她說的謊及那段影片，都證明馬達翰對她並不完全誠實。馬達翰說過他不會對柳亦秋說謊，但現在柳亦秋已經覺得馬達翰不是自己認識、甚至有可能在未來一起生活的那個人。

「謝謝，我不會有事。」雷損眼神憂慮，「我比較擔心清湯。」

撳下湯日清住處的電鈴，無人回應。雷損自己開了喇叭鎖，發現滿屋凌亂，以及湯日清被刺死的屍體。雷損四下查看，沒找到筆記型電腦，也沒找到徐霏霏的包裹，連快遞包裝都不見蹤影——湯日清的檔案裡提及自己在家收到徐霏霏的包裹後做出推論，筆記型電腦和包裹不在、湯日清死了，馬達翰的嫌疑變重了。

雷損沒動現場，鎖門離開——他不想如此對待朋友的屍體，不過他也不想驚動馬達翰。馬達翰肯定會透過警務系統注意這個現場的動靜，雷損找馬達翰之前，不能讓他知道自己發現了什麼。

跑了一趟湯日清工作的旅行社，問了幾個人，湯日清的主管確認週三曾經叫快遞送包裹給湯日清。所以湯日清的確收過包裹，但包裹不在他的住處。

雷損到徐霏霏的轄區分局找負責案件的刑警。刑警以為雷損是好事的死者親友，想來探問偵辦進度，不想多談；雷損解釋自己並不想央求刑警透露偵辦內情，只是得知白文禾被當成嫌犯，結果隔天晚上自盡，所以想知道刑警認為白文禾涉嫌的原因。

「自殺了？」刑警皺眉，「畏罪？不過我看他那樣子，應該打算拚到底呀。」

「拚到底？」雷損問：「什麼意思？他要自己查？」

「他是律師嘛，事務所有長期合作的徵信社。」

「聽說他傳了很多訊息騷擾死者？好愛妳好想妳之類的？」雷損又問。

「你到底是聽誰說的？」刑警揮揮手，「他傳的訊息是很多，但都是些網路趣聞或者可愛動物，沒有什麼露骨的文字和噁心的東西。」

「可能刪掉了？」

「不可能，我們查過了。」刑警瞪著雷損，「我不管你是哪裡聽來的，不要再到處亂傳，我們已經在查大樓監視器，如果你胡說八道妨礙偵辦，我就唯你是問！」

柳亦秋說馬達翰分析案情時提到白文禾傳大量訊息騷擾徐霏霏，也提到白文禾過去有騷擾女性的紀錄，同時還誇大了白文禾的頭痛症狀，目的都是加深柳亦秋對白文禾的懷疑——既然警方將白文禾視為嫌犯，增加白文禾的嫌疑就是多層保險，等白文禾上吊的屍體被發現，馬達翰無論說白文禾為愛殉情、畏罪自殺，還是被警方懷疑之後感到心煩意亂想要以死自清，都解釋得通；相反的，倘若馬達翰只是如實轉述警方的看法，就沒必要加油添醋。

刑警的回覆證明了馬達翰說謊——白文禾的確常傳訊息給徐霏霏，但內容與馬達翰的敘述不符。

雷損不關心過去的騷擾事件，但他不相信白文禾會騷擾徐霏霏——倘若真有這事，徐霏霏就算不想在聚會時當著大家的面讓白文禾難堪，也會私下要湯日清去規勸白文禾。徐霏霏沒告訴大家，最大的可能，是徐霏霏不認為那是騷擾，或者雖然不見得樂意，但覺得反正白文禾只是傳傳簡訊，這事由著他、讓他好過一點，不算什麼麻煩。而雷損也知道白文禾的頭痛真的只是因為工作太忙、情緒太緊之類問題引起的——白文禾後來信守承諾，找雷損一起去醫院檢查過。

湯日清對馬達翰殺害徐霏霏一事的推測成分居多。徐霏霏在文字檔裡說要和馬達翰見面，也會聯絡白文禾；白文禾晚上去接徐霏霏時發現屍體，倘若馬達翰的確先見過徐霏霏，那麼就有嫌疑——那時徐霏霏必然還活著。假設徐霏霏當時就已殞命，馬達翰可能不想被人發現他和徐霏霏的關係以及涉及情色事業，所以只搜走套房裡的相關物件、放著屍體沒有報警，但這樣的話，馬達翰就沒必要在柳亦秋面前中傷白文禾。

柳亦秋注意到的香水味，可以證實馬達翰上週六到過徐霏霏住處，甚至可以猜測那是他布置現場時沾上的。

雷損無法得知馬達翰殺害徐霏霏時，是否知道徐霏霏握有對他不利的證據。但馬達翰知道白文禾是發現徐霏霏的人，看過現場，而且負責的刑警說過，白文禾知道徐霏霏的工作，也想自己進行調查。假設馬達翰不知道證據的事，去找白文禾就可能是想探探口風、看白文禾知道什麼、查到什麼；假設馬達翰知道證據的事，去找白文禾的目的就是為了找出證據。證據不在白文禾手上。白文禾和湯日清最要好。所以湯日清就是下一個目標。

09.

雷損把所有事情從頭到尾想了一遍。

馬達翰週六找過徐霏霏，週日找過白文禾；目前還沒確認的，是雷損去找湯日清之前，馬達翰有否到過湯日清的住處。不過，雷損在湯日清住處沒找到包裹和筆記型電腦；竊賊或許會拿走筆記型電腦和隨身碟，但不可能帶走快遞包裝。

一切推論都指向馬達翰。而馬達翰沒有留下任何能夠連結到他的實證。

雷損必須用自己的方法證明。

週六深夜，雷損到旅館接回柳亦秋，帶她到先搭電梯再走樓梯，登上自家住處的頂樓。

從小學六年級自己在王慶陽身上看見異象開始，雷損長長地敘述了一切，包括他查到的、看到的、做過的，以及馬達翰昨晚求饒時坦承的事實。

夜風獵獵，柳亦秋拉攏領口。

昨天週五，柳亦秋自己在旅館房間待了一天。週四她打手機給雷損時心情很慌，但週五已然冷靜。

那個倔強的柳亦秋在心裡穩穩地撐著她。僅在剛聽雷損說到湯日清身亡時，明明早有準備，還是動搖了一下。

週四中午住進旅館時，她以為最糟的情況是確認馬達翰行凶，最壞的打算是和馬達翰分手。可是週五她仔細重讀湯日清的推論，明白最糟的情況其實是無法確認馬達翰有否行凶——沒有實證，就無法讓馬達翰面對法律，但也無法讓她解開懷疑。在這種情況下，沒有最壞的打算，因為無論如何都沒有比較好的打算。

出了這些事，柳亦秋知道自己已經沒辦法與馬達翰如常相處，遑論未來共同生活。柳亦秋感受到的不是從前與其他男友分手時的悵然，而是更複雜的情緒，揉雜著欺瞞與歡愉、依賴與誤判，以及某些關於已然逝去的依戀與憎惡。

而這一切情緒將永遠無從定錨安歇，一如友伴們永遠不會再次凝聚出共處時的愉快。

柳亦秋預期會聽到雷損講述調查經過，可能會知道徐霏霏真的從事情色工作、馬達翰真的利用警職與黑道掛勾，可是她沒預期自己聽到更多意料之外的內容：羅博聞性侵多名小學女生、雷公其實是連續殺人者，連雷損都曾經殺過人。

「阿損，」柳亦秋開口，「你為什麼要告訴我這些事？」

「我得從頭說明。」雷損雙臂撐著住處頂樓的牆垣，遠眺這城的燦爛燈火，沒有轉頭看柳亦秋，「小秋，妳要先知道我從前做過什麼，才能理解我怎麼處理這次的事。」

柳亦秋明白了。雷損要告訴她，他的調查補強了推論，仍然沒有實際物證，所以他用自己的方法最終核實，以及最終裁罰。

「阿損，」柳亦秋問：「你是故意挑昨天找馬達的？」

「嗯，」雷損仍然看著遠方，「昨天驚蟄。」

「馬達呢？」

「消失了。花了不少時間，今天才這麼晚去接妳。」雷損轉頭面對柳亦秋，「我很抱歉。」

10.

柳亦秋沒有說話。

雷損剛在她面前坦承自己殺過人——除了王慶旭，還有馬達翰，而柳亦秋不知道該怎麼反應才好。一部分的她無法完全相信雷損能夠看到異象、異象即為罪行，也不認同私刑正義，即使查出馬達殺害朋友，也該將他交給司法處理；另一部分的她認為明知馬達翰就是真凶卻缺乏實證，雷損的做法是正確的。

柳亦秋認為雷損沒有必要編出一大套謊言騙她。雷損心思細膩，反應敏捷，會在聚會笑鬧時聽出某個人的語病趁機酸上幾句；雷損做事有計劃、有正義感，所以在她被騷擾時出手相救。可是假若雷損沒有騙她，她現在就和一個殺人凶手單獨待在大廈頂樓。

但反過來說，柳亦秋並不覺得害怕。

就算雷損真的是殺人凶手，柳亦秋也深信雷損不會傷害她。只是，雷損也該知道柳亦秋的個性，難道他不擔心柳亦秋告發他的行徑？

「阿損，」柳亦秋開口，「你為什麼要告訴我這些事？」

「小秋，我考慮了一天，才決定要把一切都告訴妳。」幾分鐘前，柳亦秋才問過一模一樣的問題，而雷損明白箇中差異，「我做事有我的理由，不過我不會美化我做過的事——無論有什麼理由，殺人就是殺人。告訴妳這些，不是要妳怕我，也不是要妳因為要不要告訴警察而感到為難。妳聽完我剩下的話之後，我認為妳不會想要報警，妳也會發現自己沒有必要報警，我不會把這種麻煩事扔給妳。況且，如果妳報警，警察也不能對我怎麼樣。」

柳亦秋問題出口之後也已經想到答案。

王慶旭的案子幾年前就結了，只要雷損讓馬達翰「消失」時沒留下證據，這兩樁案子就不會與他有任何關連。

那現在呢？朋友們只剩下我和阿損，然後呢？

柳亦秋思緒煩亂。

「小秋，」雷損開口，「我說我很抱歉，不是因為昨天處理了馬達，而是我昨天才處理馬達。」

「什麼意思？」

「我想，妳大概不知道，我在這城第一次遇見馬達，就是因為王慶旭的案子被找去分局。」

柳亦秋搖頭，「馬達沒提過，我也沒想過要問。」

「我沒講過，是因為不想解釋自己為什麼得進分局；我不擔心妳們發現我和王慶旭有關，不過還是越少人知道越好。」雷損道：「馬達沒講，是因為他下意識迴避談到王慶旭——他和王慶旭那些見不得光的事業牽扯很深，也知道王慶旭一死，底下的各個山頭會開始爭奪權力。我還記得那時他說那些派系的動作可能會給『我們』帶來一些機會；當時我以為『我們』指的是警方，然後才想通他說的『我們』，指的其實是他依附的那股勢力。」

雷損頓了頓，指指自己的眼睛，「那次見面，我已經看出他殺了王慶陽，也看出他當警察手腳不乾淨。但我總說服自己，他殺王慶陽是為了永涵，而後來那些為欲為錢的髒事都罪不致死，所以一直拖著。我如果早點處理，霏霏、阿穀和清湯現在就都還活著。」

「那不是你的……」

「他也不會有機會傷害妳。」雷損沒讓柳亦秋說完，「我從來不想讓妳受到傷害。開車的時候我一向不理後座發生的事，那天如果坐在後座的人不是妳，我就肯定不會出手阻止。」

「阿損……」

「我不是我爺爺，但第三條規矩說，一旦開始，就得繼續。」雷損幽幽地道：「我殺了王慶旭之後，曾經想要按照規矩行事，我一直在鍛鍊自己，早就買好了必要的工具，還去學過怎麼開鎖。可是我覺得人命很沉重。我不想替天行道。」

「這不是壞事啊。」

「我也這麼認為。我甚至認為，因為我還沒有處理馬達，所以開計程車時碰巧看見其他罪都放任不管，也不算違反規矩，我甚至盡量不在節氣的日子工作。但面對異象很累人，而這套說詞也許只是自我開脫。因為我最近做了檢查，」雷損用指尖點點太陽穴，「和我爺爺一樣，裡頭長了東西。」

「什麼？」

雷損得知自己顱腔裡有顆腦瘤是農曆年前的事，前幾天才到醫院確認複檢的結果，報告顯示腦瘤變大了。雷損原本認為生病的原因是自己並未恪遵第三條規矩，一如雷公認為自己違反了第二條規矩，但這個月讀了一些相關書籍，有了一些不同想法。

「我一直無法明白爺爺是怎麼得知那些規矩的。腫瘤壓迫大腦，可能會產生幻覺。也許神經仔是如此？或者他那是思覺失調的症狀？爺爺和我看到的異象會不會都是幻象？醫生說這個腫瘤應該已經存在很久，說不定我小時候就有了？」雷損道：「醫生也說，不開刀的話隨時會有危險，建議盡快安排手術，但承認成功機率很低，而我向來不是一個靠運氣做事的人。」

柳亦秋不知道該說什麼。

「我並不後悔自己處理了王慶旭和馬達。我沒有只憑異象就下手，我很確定他們犯了法律無法制裁的罪過。但我也說過我不會美化我做的事。我殺了兩個人，沒留任何證據，警察抓不了我。無論異象是真相還是幻象，就看老天爺何時要拿走這條命。」雷損道：「所以，我才決定把一切告訴妳，讓妳知道我是什麼樣的人。我喜歡和大家在一起，喜歡和妳在一起，但對不起，我不是妳以為的那個人，只是妳從前認識的某個人。」

「阿損……」

「說清楚，是為了說再見。不，到此為止，我們不會再見了。謝謝妳聽我說完這些。讓我靜一靜吧。」

柳亦秋還想說什麼，但終究沒有開口，低頭轉身，邁開腳步。

大家一起喝春酒才過了兩個多禮拜，感覺卻已像是上輩子發生的事。從徐霏霏一週前遇害，到雷損把柳亦秋從旅館接到住處、帶她上了頂樓、說了自己的離奇遭遇，一切都像夢境一樣不切實際。

然後雷損快要死了。所有友伴只剩自己。雷損甚至不想再與她見面。

柳亦秋胸口一緊，接著聽見心底有個微小的聲音大喊：既然阿損並不後悔，為什麼不接受手術？聽他坦承一切之後，決定要不要再見的不該是他，而該是我呀！為什麼他把我帶到頂樓才說明一切，最後又把我支開？為什麼那些男生決定了一切，而我只能乖乖聽話照做？什麼叫讓他靜一靜？

剎那間，柳亦秋感覺有股尖利的電流竄過顱腔。

柳亦秋急急轉身，看見雷損已經坐上牆垣。

「不可以！」柳亦秋失聲大喊，向前衝去。

雷損動了一下。

遠方的天際，猛地炸開一聲雷鳴。

鏡小說
067

我從前認識的某個人

作　　者：臥　斧
責任編輯：孫中文
責任企劃：藍偉貞
整合行銷：黃鐘獻
副總編輯：陳信宏、林毓瑜
總 編 輯：董成瑜
發 行 人：裴　偉

封面設計：鍾以涵
內頁排版：宸遠彩藝工作室

出　　版：鏡文學股份有限公司
114066 臺北市內湖區堤頂大道一段 365 號 7 樓
電　　話：02-6633-3500
傳　　真：02-6633-3544
讀者服務信箱：MF.Publication@mirrorfiction.com

總 經 銷：大和書報圖書股份有限公司
248020 新北市新莊區五工五路 2 號
電　　話：02-8990-2588
傳　　真：02-2299-7900

印　　刷：漾格科技股份有限公司
出版日期：2023 年 3 月 初版一刷
I S B N：978-626-7229-21-7
定　　價：480 元

國家圖書館出版品預行編目 (CIP) 資料

我從前認識的某個人/臥斧著. -- 初版. --
臺北市：鏡文學股份有限公司, 2023.03
面；14.8×21 公分 . -- (鏡小說；67)
ISBN 978-626-7229-21-7(平裝)

863.57　　112001045